賴上皇商妻 2

風文創 785

頡之 著

目錄

第二十九章 盤算 005
第三十章 鬧事 017
第三十一章 報名 029
第三十二章 牛肉麵 041
第三十三章 還鄉 053
第三十四章 相人家 065
第三十五章 商量 075
第三十六章 牙莊 085
第三十七章 賣茶 097
第三十八章 趕集 107
第三十九章 棉衣 117
第四十章 多嘴 127
第四十一章 有了 139
第四十二章 爛攤子 151
第四十三章 翻臉 161
第四十四章 心意 173
第四十五章 納采 183
第四十六章 成茶 195
第四十七章 價格 207
第四十八章 反常 217
第四十九章 巧遇 227
第五十章 誤會 239
第五十一章 上京 251
第五十二章 擠對 261
第五十三章 出事 271
第五十四章 問話 283
第五十五章 真相 295
第五十六章 買房 305
第五十七章 隔壁 315

第二十九章 盤算

「這些自不用說，雖說上回杜家小姐送了不少東西，咱也分了，米糧、肉、菜還是得再買些送去，是個心意。」吳大爺接過話。

這些人情客往，老一輩總比她周到，蘇木沒有意見。

上午，三人歇息一番，下晌，蘇世澤駕著牛車，拉著吳大爺夫婦上鎮子採買。

蘇木上山時袖口沒紮緊，被螞蟻咬了好幾個疙瘩，又疼又癢，便沒一道去。如此便落得清閒。

她將一布袋的野茶葉拿出來，準備炒了。

以前上培訓班，專門有炒茶一課，備有烘乾機，也有大鐵鍋。學員分作兩組，一組用先進機器炒，一組用大鐵鍋炒，最後再來比較，竟是鐵鍋炒出的茶更加香醇。

雖說只操作了一次，蘇木還是將步驟記得牢牢的，便抱著茶葉進灶屋。

生火，鐵鍋燒熱，滴水不沾，將茶葉一股腦兒地倒進鍋裡，抄起鍋鏟，不停翻炒。

鍋鏟不似現代的木頭鏟、鋁合金輕便，那都是實實在在的鐵，柄把雖塞了木頭，蘇木還是揮得費勁。

翻炒片刻，嫩綠的茶葉發黃、打蔫，盛到事先準備好的簸箕，拿去院子晾曬。約莫一盞茶工夫，水氣蒸乾，又至大鐵鍋翻炒。

反覆幾回，茶葉已變暗黑，直接曬乾、曬透即可。

她將將忙好，聽見院子外頭傳來說話聲。

「木兒！木兒！」是文哥兒。

見他最先躥進院子，著青襟、揹布包，顯然一副剛下學的模樣。只是月餘不見，個頭躥不少，快趕上自個兒了。

「木兒，聽說妳搗飭了奶茶，快做給我嚐嚐！」

蘇木翻了個白眼。「合著巴巴跑來，就是討吃的！」

侯文撓著頭，咧嘴笑。「妳做啥呢？」

蘇木正搬來板凳，放在屋簷下，打算把曬茶的簸箕放到低矮的房檐上，那裡日照充裕。

「曬茶，來幫忙。」茶葉不多，簸箕卻重。

侯文從她手中奪過，站到板凳上，踮著腳往房檐送。

「小心些，放穩當。」

二人這處忙活，一眾大人也進了院門。

侯家幾兄弟、田家一行人，滿滿當當能坐兩桌，熱鬧非常。

蘇世澤和侯老么挑著擔子，把兩筐東西往灶屋送。

待侯文放好，蘇木到屋子把凳子都搬出來，長的、短的，高的、矮的。

「太奶、田大爺、么叔、叔、嬸……快坐。」一一招呼，無一遺漏。

不過，婦人們也就意思地坐了片刻，灶屋一堆活計，光吳大娘一人忙活兩桌菜，自要幫忙。

於是乎，一行人分作兩撥，當家的於院子落坐，談話。

廚房的事蘇木幫不上忙，便做起端茶遞水的活計。農村沒那麼多講究，一人一個茶碗，一旁放個茶壺，隨時添加即可；不飲茶時，茶碗腳邊地上一放，繼續嘮閒話。

說是茶水，卻沒有放茶葉，一般都是白水，家境好些的放點糖，卻放不多，只淡淡甜味即可。

「木丫頭，別忙活了，過來坐。」田大爺招呼她。

「誒。」蘇木將眾人的茶碗都添滿了，才挨在蘇世澤邊上坐下。

大家自然關心郡城開的鋪子，蘇世澤講得仔細。

一家子的辛勞看在眼裡，好在都值得，苦是苦些，到底把日子過起來了。

只是這木丫頭當真能幹，那些個古怪想法竟做成了生意。尤其田大爺，瞧蘇木的眼神熱切了幾分。

蘇木乘隙去屋子拿了兩個布包，給田大爺、侯老么一人一份。

「我家遭難，虧得兩家長輩幫扶，銀子如今賺回來了，悉數歸還。」

侯老么拿著銀子，滿是欣慰，關心道：「我們不急，方才妳爹給一家送了五斤豬肉、二斤白麵、一斤薯糖，真真見外。鋪子剛開月餘，哪兒都需要用錢，莫巴巴惦記著還我們。」

錢還了不說，這樣的禮著實貴重了，饒是嫁娶、辦席也沒得這般。

「說得是，郡城不比咱們小鄉鎮，各處打點，要不少銀子。」田大爺附和，他比侯老么想得多些。

「放心吧，一切都好。我本想著這冷飲生意做好了，咱三家再合夥。只是鎮上開銷不少，且過了季，冷飲也不好賣，也就作罷。」

幾人擺手，不甚在意。先前跟著在作坊賺了不少，至少比種田賣菜多得兩年的錢，已是滿足。

蘇木說著，起身朝屋簷走去，站在板凳上，自屋簷的簸箕抓了一把茶葉，分給幾人。

「瞧瞧這茶葉如何？」

聞聞、嗅嗅，又放嘴裡嚐嚐，除了田大爺有幾分見識，大都不甚了解。

蘇世澤熬製奶茶，卻是見識過的，木兒炒的茶葉雖還有水氣，香味卻更濃。

他看向蘇木。她何時學會炒茶了？莫不是那幾日天天往書店跑，就是為了學這個？「妳炒出來了？」

「是，第一回炒，也不曉得怎樣，預備帶回郡城讓人驗貨。若好，往後就是和官府打交道了。」

眾人面面相覷。賣茶？和官府打交道？那是他們這輩子想都不敢想的事。

「木丫頭，妳是打算種茶樹？」田大爺不可思議地看向她。

蘇木點點頭。「我們這回回來得突然，就是得了好茶種。外公預備把茶種種在二灣，來春嫁接，到七、八月收成。這生意若成，大爺、么叔，咱地裡就種茶！比起糧食、菜，那是一本萬利！」

侯、田兩家長年買賣，哪會不知道茶葉的金貴？若真的做了這生意，發家致富指日可待。

只是這沒底的事，兩家人也不好這麼快下結論，畢竟身後一家子張嘴吃飯，出不得事。不過木丫頭周到，願以身犯險，若賠了，還有家鋪子撐著，當真精明！

「成，大爺往後跟著妳幹！」田大爺對蘇木豎起大拇指。

侯老么一家也紛紛附和。

侯家女眷自不懂這些生意之道，見他們談完正事，才關懷何時返回郡城？

蘇木只道就這幾日，畢竟放吳氏娘仨在郡城，也多有不放心。

蘇世澤又給田大爺講，良哥兒一切安好，有無東西捎帶云云。三家人安坐一處，相互關懷，堪比血親。

而那有血親的人，又處於何地呢？

在家住了三日，田地的事，蘇世澤同吳大爺都置辦好了。如今手頭寬裕，每月又有不少進帳，蘇世澤便作主不讓吳三兒去鎮上蹲活計，幫人打零工累不說，工錢又少。

如今田地多了，就跟著吳大爺侍弄茶樹，每月也給工錢。

吳大爺父子滿口答應，工錢卻咬死不收，每月用度夠一家溫飽即可。

一家人這般實誠，蘇木多給銀子，老倆口也是不敢收的，便打定主意銀錢不多給，每月從城裡捎米糧、豬肉等補給，省得二老太過節儉，不捨得花銷。

至於蘇家，回村那日請吃飯，蘇世澤是去叫了蘇大爺的。可蘇家大門緊閉，壓根兒不搭理，倒是他二弟偷偷摸摸地溜出來說了幾句話，直至走的那日，蘇大爺都不曾露面。

對此，蘇世澤心裡很難受，蘇木卻不以為然。這般最好，巴巴地上門，她才頭疼。不過，顧忌老爹的感受，也為免讓人說閒話，往後每月給吳大爺捎補給時，還是往蘇家帶一份。這好壞、多少麼，得看她心情來。

初八的清早，回了郡城。

侯老么和田大爺都來送父女倆，別的拿不出，魚、菜、雞蛋、鴨蛋、滿滿兩擔，送到鎮子口，上了馬車才揮手離去，甚是熱情。

寬敞的馬車堆得滿滿的，父女倆縮在角落，滿是無奈。

想做的事正一步步完成，蘇木心情大好。

她緊了緊手上抱著的茶罐，尋思要不要藉此機會探探茶的銷路？細想又不妥，成茶要到明年這個時候，早早送上去，若出個什麼意外，到時候拿不出茶，就不光是買賣的事了。

若只獻茶，不談買賣，是否讓杜郡守刮目相看？

蘇木閉目養神想了一路，待車入城門，也沒個章程。

這會兒恰到飯點，路上行人不多，車一拐彎，便看到蘇記冷飲。

店裡沒客人，只有吳氏拿抹布擦拭櫃檯，不見她一貫溫柔的笑，眉心緊鎖，似有什麼愁事，連馬車停到門前她也沒發現。

「娘。」蘇木跳下馬車，喚了一聲，吳氏未應，便提高了音量。「娘！」

吳氏一個激靈，抬頭見父女二人立在面前，綻開驚喜的笑臉。「可算是回來了！」她忙出來幫著搬東西。「怎麼又帶這麼些？上回爹擔來的還沒吃完。」

「么弟和田叔送的，推脫不得。」蘇世澤笑著將筐子從車上端下來，筐子裡頭的活物似乎受到震盪，掙扎著動不停。

這時，蘇葉和虎子也出門來，喜氣洋洋；虎子更是圍著馬車轉不停，咯咯直笑。

蘇葉面子薄，吳氏便看店，讓她在後院做晚飯。父女二人回得突然，並未做他倆的，只好再烙幾個菜餅。

一番忙碌，一家人坐在院子吃晚飯。院子一角栽了石榴樹，飯桌便安置在其下，抬頭便是滿眼蔥綠和青白色拳頭大小的果實，再過一月才能熟透。

蘇木想起方才吳氏難看的臉色，開了口。「娘，這幾日我們不在，可是發生什麼事了？」

蘇世澤雖念著媳婦兒和兒女，卻不若蘇木心細，並未發現吳氏有何不妥。聽見蘇木這般說，正色起來，關切地看去。

吳氏挾菜的手頓了頓，臉上一閃而過不自然，不知道如何開口？

一旁的虎子卻沒那麼多顧慮，噘著嘴告狀。「是小姑！喝咱的茶不給錢，還罵人！」

小姑？蘇世安？不提她都快忘記這家人了。怎麼，害了人還有臉上門占便宜？

吳氏瞪了虎子一眼，看看丈夫，見他臉色果然不好。

都是蘇家人，是他的至親，還有蘇老太爺在，縱使受了點委屈，也只得受著，不願讓丈夫為難。

只是那小妹，日日上門要許多奶茶不說，還嚷嚷不停，左鄰右舍、常來的幾位熟客如今都知道她二嫁。

她認命，卻不想讓丈夫臉上蒙羞、讓兩個女兒供人議論，這才愁苦不堪。

蘇木臉色沈下來。上回的事還沒算，如今又欺上門了！她別的不怕，唯恐蘇世澤夾在中間為難，於是冷冷道：「爹，自問咱沒有對不起蘇家任何一人，您且看他們都是怎麼待咱？這事不能就這般算了，娘如何自處？咱姊弟仨平白供人笑話？您又不知背地裡被人如何議論？且表個態吧！」

蘇世澤低著頭，瞧不清神色。他痛心疾首，這就是自己的家人，生他、養他，和他血脈相連的家人，背後捅刀，不讓人活啊！

只是……背上的一個孝字壓著他，他不知該怎麼辦？和三叔勢不兩立？和老爹老死不相往來？

吳氏見他這般樣子，也難受，拉著蘇木的手，搖搖頭，示意她不要再相逼了。

蘇木嘆了口氣，無奈地搖搖頭，放緩了聲音。「爹，我理解您的難處。這事我看著辦，若小姑只是驕橫，便打發她走。若背後有三爺什麼事，咱也不得不早點打算，莫不是你還想蹲大牢，讓我們母女幾人蹲衙門口，無處伸冤？」

「自然不！」蘇世澤抬起頭急忙道，痛苦的眼中多了一絲堅定。

蘇葉雖然心裡難受，卻也沒什麼主意，只是淚眼汪汪地看著蘇世澤。

虎子也癟著嘴，耷拉著腦袋，十分委屈的模樣。

蘇世澤無奈，嘆了口氣。「只是該如何是好？咱無權無勢，饒是有人出陰招，也反抗無力……」

「咱們雖說無權無勢，可蘇記冷飲得許多權貴之人青睞。那幾個常光顧的下人，爹莫不是以為花近一兩銀子是為自個兒解饞？」

蘇世澤一愣，看向女兒。

蘇木繼續道：「如今的影響，已不是三言兩句就能隨意抓人的！再者，田良哥在郡城書院，倘若再發生那樣的事，不愁找不到人。只要爹不犯糊塗，當斷則斷，莫怪女兒不敬長輩。」

一番分析，蘇世澤心裡也亮堂了，都聽女兒的吧！

上回吳大爺上郡城就擔來許多雞蛋、鴨蛋，吳大娘養的雞鴨都還小，並不能生，家裡又沒幾個錢，定是田、侯兩家拿來的。

田家有魚塘，除了養魚，鴨子定然養得不少。侯家田地多，主種農作物，雞鴨也沒少養。

在鄉下，雞蛋、鴨蛋甚是金貴，得了便存到趕集賣錢，少有人家常煮來吃。饒是煮上一、兩個，那也是寵愛小孫子，抑或是家有考生學文，比如侯文、田良、蘇青。

這次回村，兩家更是恨不得把雞屁股都掏了，送了滿滿一筐子。

天熱，蛋易壞，可愁死吳氏了。

「娘，挑什麼呢？」

蘇木穿戴整齊，一邊紮著辮子，一邊走進後廚，見吳氏蹲在筐子邊上挑蛋，好奇問道。

這會兒天還沒亮，約莫四、五點的樣子，是一家人幹活的時辰。

屋裡沒點燈，灶膛已燃起了火，吳氏總是最早起的一個人。

她一手拿了兩顆蛋，另一隻手還在筐裡挑。「天兒熱，蛋都爛了，我聞著臭味，趕緊揀出來。可惜這麼好的蛋……」

能不可惜嗎？吳氏簡直心疼壞了，若是這臭蛋能吃，她都能嚥下去。

蘇木走近，果然聞到一股臭雞蛋的味道。但這麼放著也不是辦法，一筐蛋就是日日吃，沒個七、八日也吃不完啊！

要不醃起來做鹹蛋？茶葉蛋？抑或是……皮蛋？

對，做皮蛋！蔥油皮蛋拌豆腐，是她前世最愛吃的一道菜！

「娘，把這些蛋給我。」

「啊，給妳？」吳氏不知所以。

這時，蘇葉同蘇世澤也穿戴整齊，走了進來。

蘇葉笑道：「娘，木兒怕是又有鬼主意了！」

「莫不是咱又有口福了？」蘇世澤走去牆邊，將昨夜進的兩筐桔子和雪梨提過來，笑著搭了句話。

「且等著吧！爹下晌得空，幫我挖些黃泥回來。」蘇木邊說著，邊幫忙抬筐子。

天際泛白，一家人忙得熱火朝天。

第三十章 鬧事

今晨，難得下了場小雨，少有的涼爽。

臨近正午時分，沒幾個客人。閒得無事，蘇世澤便應女兒要求，扛著鋤頭、揹著簍子，去城外挖黃泥。

吳氏看店，姊妹倆在後院弄鴨蛋，時而聽見虎子的嬉鬧聲。

吳氏坐在櫃檯前，也不是無事發呆，將一捆蘆管拿出來剪，整整齊齊的一段段插在竹筒中。

「高姊姊，就是這處，是我爺的產業。」

「最近出的稀罕冷飲竟是妳家的？」

「嗯！」

吳氏埋著頭，聽見熟悉的聲音，抬頭一看。

就見蘇世安挽著個紅衣少女走來，二人年紀相仿，紅衣少女衣著華貴，生得也好看；而一旁的蘇世安雖著櫻紅，卻稍遜幾分。

吳氏額上冒汗。這小姑自得知自家開店，便日日來，今日這個姊姊、明日那個妹妹，當鋪子是自己家開的。

「大嫂，這是高亭長的千金，妳快給我二人做兩杯珍珠奶茶，珍珠要多放，高姊姊最喜歡。」

吳氏笑了笑，沒有接話，手上動作卻照她的話來了。

那高小姐被蘇世安的話取悅了，顯得很高興。「世安妹妹，妳家可真能幹，做出這般好喝的茶；那汽水也不錯，真真可口。我娘和幾個姊妹都愛喝，日日讓下人來買。」

「姊姊喜歡就好。」蘇世安咧嘴笑，轉過頭對吳氏吩咐道：「大嫂，再做十杯奶茶、十杯汽水，給高姊姊府上送去。」

二人各帶一丫鬟，二十杯飲品是拿不過的。

吳氏犯了愁。二十杯？那可是二兩銀子啊！她心疼不已，且鋪子沒有送貨上門一說，結結巴巴回話。「這……咱只管賣……不送的……」

蘇世安沒料到吳氏會拒絕，鬧得她很沒臉面，語氣便不好起來。「怎麼送不得？腿長妳身下，二十杯今兒就要送去！」

那高小姐見吳氏一臉無奈，也不好意思。「不必了，蘇記冷飲不送，我是知道的，一會兒我回府讓下人來取便是。」

蘇世安哪肯在小姊妹面前失了面子，她爹官職最低，平日在一眾官小姐跟前本就說不上話，如今藉著蘇記冷飲，倒是得意了一陣。

「高姊姊，無事的，她本就是我大哥的續弦，身分低賤，這些粗活做慣了的！」

高小姐若有所思地點點頭，看向吳氏的眼神也複雜了幾分。
吳氏眼神躲閃，忙側過身，淚水在眼眶打轉。
「喲，小姑怎麼來了？」
蘇木撩起門洞的布簾走出來。
她的突然出現讓蘇世安一愣，卻也沒多大驚慌，畢竟自個兒長一輩，饒是她再伶牙俐齒也壓一頭。
「我大哥的鋪子，自然要光顧。」
蘇木笑了笑。「方才我在後院聽見您要了二十杯飲品？還要送高亭長府上？」
這般和顏悅色教蘇世安疑惑了。她和這小丫頭不對盤，一說話就嗆，今兒態度倒是好，便不由自主地點點頭。
蘇木得了肯定答案，忙轉頭看向吳氏，埋怨道：「娘，咱是不送貨，可那人是小姑的閨中好友，怎可怠慢？一會兒做好就送去。」
吳氏懵了，蘇世安和高小姐卻笑了，很滿意蘇木的態度。
只是沒高興多久，她又開口了。「二十杯飲品，加您二人兩杯，總二十二杯，二兩二百文，自然您買得多，零頭就去了，車馬費也算了。這二兩銀子……」蘇木說著，看看蘇世安，又看看高小姐，道：「小姑您是現在付呢，還是一會兒上高小姐府上取？」
這話一出，蘇世安不淡定了。家裡銀錢短缺，她哪有什麼銀子，莫說二兩，就是二百文她也沒有啊！況且這是她大哥的店，憑什麼要給錢？

這般想，也就說出來了。「這是我大哥開的店，便是爺的產業，我是爺的親孫女兒，怎麼喝杯茶，還要付自家錢？」

蘇木不得不佩服，她這彎彎繞繞往身上攬關係的能力。

「小姑您說笑話吧？」蘇木搗嘴，似不在意她的一番話。

蘇世安更惱了。「誰跟妳說笑話！我就是要十杯、百杯、千杯，也不給錢！」

這時，又來了幾位客人，吳氏忙招呼，等得無事，自然被小女娃間的拌嘴吸引。

高小姐何曾被人這般打量，臉上有些掛不住。蘇世安不甚在意，蘇木就更沒關係了，她巴不得鬧大，看誰沒臉面！

「噗！」蘇木噗哧一笑，也不再與蘇世安糾纏，而是轉向一眾客人，笑道：「大家評評理，我太爺自三房做官就分家了，我家屬大房，也是分了家的，怎地我爹開鋪子，還是太爺的產業？我小姑更說，她是太爺的親孫女兒，要十杯、百杯不必給錢，我沒唸過書，卻是不懂這個理。」

站在前頭的矮胖婦人，濃眉大眼，瞧著就是爽快的，見她道：「這年頭，哪樣的親戚都愛上門亂攀關係！」

「妳！」竟然說她攀關係，她爹是典史，犯得著攀這些上不得檯面之人的關係？她氣得吐血。「我大哥見了我，也是關愛非常，喝一、兩杯奶茶又如何？木兒，妳是我蘇家的子女，怎幫著外來的說話？她帶前夫的兒子嫁進蘇家果真居心叵測，將妳都帶壞了，這是存著爭家產的心哪！」

說著看向吳氏，眼神頗為陰毒。

三言兩句將風口浪尖拋到吳氏身上，吳氏手一抖，半杯奶茶灑到身上。她抿著嘴，說不出半句話。

蘇木十分心疼，想來這幾日她和老爹不在，就是這般受辱的。

攜子入嫁，少有聽聞，眾人開始議論起來，言語中有對吳氏的指責。

蘇木白了蘇世安一眼，繼而轉向眾人。「我雖不是娘親生，卻堪比親生。她和我爹相愛結合，體貼丈夫，關愛子女，何罪之有，要供人鄙夷？怪只怪她運氣不好，所託非人，可有幾人有她這般膽色！」

眾人點頭。蘇家娘子能幹不說，溫柔大方，就拿賣茶來說，哪回不是裝得滿滿的？有幾次見人不慎將奶茶打翻，蘇家娘子便送了一杯，那可是一百文啊！

天秤又往吳氏這頭傾斜。

而吳氏早已淚流滿面，裡頭的蘇葉、虎子聽見前院動靜，走了出來，雖看不清情勢，卻見吳氏一身狼狽，蘇葉忙拿乾淨的布巾幫她擦拭，虎子更是拉著她的手關切。

如此有愛的場面，狠打了蘇世安一巴掌。

不等她再挑撥，蘇木直接話鋒一轉，冷冷道：「倒是身分高貴的官家小姐吃人東西竟不欲給錢！」

她並未指名道姓，便是把高家小姐也說在內。

高小姐哪裡經受得起這些，羞愧難當，吩咐丫鬟甩下一個銀錁子，倉皇離去，對蘇世安自然沒好臉色，簡直丟臉丟到家了。

蘇世安見高小姐離去，她扮演數日的臉面崩塌，急瘋了眼，一個箭步至蘇木跟前，揚起手就是一耳光。「妳個賤人！」

只是，巴掌還未落到人臉上，只覺手腕被箝住，腕骨似要被捏碎般疼痛。她受不住，痛苦哀喊：「哎喲，好疼！」

蘇木沒料到她敢打人，自然沒防備，那手離自個兒的臉就差一點。

但見櫻紅的袖口被一隻乾淨、修長的手牢牢抓住，手背青筋隆結，顯示出主人的怒氣。

尋而望去，只見唐相予一臉怒氣。

他手勢一帶，蘇世安便踉蹌地往後倒去，站都站不穩，若非丫鬟扶著，定要摔個四仰八叉。

怎麼是他？他何時進的店門……

這時，杜雪瑤也鑽進來。

為何是鑽呢？這個年代的人最喜歡的莫過於看熱鬧。這不，有一點動靜，鋪子便被圍得裡三層、外三層。

「木兒，妳沒事吧？」杜雪瑤也不顧衣鬢散亂，拉著蘇木關切道。

蘇木搖搖頭，笑著拉過她的手。「妳怎麼來了？」

「昨兒得信妳回來了，這不巴巴地跑來找妳！」杜雪瑤噘著嘴，似埋怨，又斜眼看蘇世安。「哪裡來的野丫頭，這般惡毒！」

若說看熱鬧的人不認識杜雪瑤，蘇世安卻知之甚詳。她可是官家小姐圈爭相追捧的杜郡守千金，家裡父親哪個不是在杜郡守手下當差，自然囑咐女兒百般討好，藉此升官發財。

只是典史太過低微，她是挨不上杜三小姐的邊，只有遠遠見過幾回。今兒還是杜三小姐頭次正眼看自個兒，也是第一次搭話。

只是，蘇世安沒料到那野丫頭與杜三小姐這般交好，她悔恨自個兒來得不是時候，而箝住自己的俊朗少年又是誰？

蘇世安覺得自己快要瘋了，若不是丫鬟攙著她往門外去，便只會呆愣著遭眾人唾罵。

忽然，門口小廝攔住二人去路，也不知是哪邊的人？

「給本小姐讓開！」蘇世安低聲怒斥。

「怎麼，鬧完就想走？」

好聽的男聲自堂內傳來，只是那聲音清冷，又帶著威脅，教蘇世安不寒而慄。她緩緩轉過頭，便看到一雙寒光湛湛的眸子。「哪有這般便宜！」

「你想怎樣？」蘇世安哆哆嗦嗦地回道，又看向蘇木。「我可是妳小姑！」

唐相予眉毛一挑。「買賣付錢，天經地義。蘇家小本生意，二十杯茶，二兩銀子也是不小數目，這位小姐，還是付過再走吧！」

蘇世安與蘇家沾親帶故，旁人不好管，可唐相予絲毫不提家事，倒是情理之中。

「什麼？二十杯奶茶我不要了，不要了！」蘇世安忙擺手，她哪付得起錢？

「又不要了？莫不是存心鬧事的吧？」唐相予眼神一冷，大袖一揮，對門口小廝吩咐道：「雲青，綁了送官府！」

「你敢！我爹是典史，你們誰敢綁我?!蘇木，妳這個賤丫頭，我是妳小姑，我大哥呢？大哥，快來看看妳的好媳婦兒、好女兒，她們要綁我！」

小廝得令綁人，蘇世安哪肯乖乖就範，掙扎不說，嘴裡更是什麼話都來。

唐相予滿臉厭惡。「把嘴堵上，拖走！」

蘇木半句話未說，冷眼看著。

身後的吳氏拉了拉她的衣袖，蘇木轉過頭，見吳氏和蘇葉皆一臉擔憂。送官府，顯然把她們嚇著了；虎子倒是鎮定，抿著嘴，似覺得大快人心。

「放心吧，不是什麼大罪，頂多關上半日。」蘇木輕聲道。

關上半日事小，她的聲譽卻是挽不回了。哪家小姐被關過大牢？她看了唐相予一眼，不由得笑了。

這人，倒是有趣。

鬧事的人綁走了，看熱鬧的人也漸漸散去。

蘇木將二人請進後院。

店鋪狹小，進了門洞，才發現別有洞天。

院子雖破舊，卻打掃得乾淨整潔，又種了幾盆茶樹。

她就這般喜歡茶？

院中長了一棵石榴樹，樹下擺著方桌，桌上是一個大鐵盆，裡頭放著鴨蛋。方桌邊上還有一筐子，筐子裡同樣是鴨蛋，像是活計做到一半，被方才一行人打斷了。

「真是不好意思，太過簡陋，招待不周。」吳氏將桌上的蛋收起來，蘇葉從旁幫忙。

「嬸兒，莫客氣，我又不是外人，妳們只管忙活。」杜雪瑤忙阻止，見這麼多鴨蛋，很是好奇。「這是做甚？」

吳氏收了手。「都是鄉親送的，吃不完，天又熱放不長，木丫頭便說她來搗鼓，也不知是打算做什麼？」

「哦？」杜雪瑤越發好奇了。

蘇木正端了一杯奶茶、一杯汽水進院子。杜雪瑤迎上去，自然接過那杯奶茶。「快與我說說，妳要將這些鴨蛋做什麼？」

「嗯……怎麼說呢，我從話本上看到一種醃製鴨蛋的法子，書上道這般做出的蛋，口感鮮滑爽口，色香味均有獨到之處，且易於保存，放置陰涼處存上幾月半載不成問題。」

說著走向唐相予，將汽水遞給他。

皮蛋製成，她自有用處。杜雪瑤是信得過的，這個唐公子麼，不清楚底細，還是要防備一手。

於是便道：「我將那法子進行改良，加了些配方，等做成了給妳府上送去些。」

「好嘞！」杜雪瑤興致勃勃。「那妳快做，我來幫忙。」說著挽起袖子，又對一旁的唐相予道：「唐少爺若有事就先去吧，我還要待上一會兒。」

唐相予撇撇嘴。「無事。」

無事？便是要一起待會兒？

自從路上偶遇得知自個兒要去蘇記冷飲，他便一路跟隨。杜雪瑤瞇著眼看他，莫不是還存有捉弄木兒的念頭？她絕不允許！不過，倒可以捉弄他……

「我留下是要幹活的。」

唐相予似無所謂。「那便幹活。」

杜雪瑤捣嘴偷笑，朝蘇木眨眨眼，後者無奈。

吳氏則驚慌了。杜雪瑤相識已久也就算了，那年輕公子一看便非富即貴，哪敢由著兩丫頭胡鬧。

「可莫胡鬧，木丫頭帶兩位貴客坐坐即好，這些活計我來。」

「嬸兒，您就去忙吧！」杜雪瑤半撒嬌推著吳氏往前堂去。

時間。

「這……」吳氏無奈，只得隨他們去。

這時，蘇世澤也回來了。郡城修建得太好了，出了城還走上一段才尋著黃泥，耽擱不少時間。

杜雪瑤以同樣法子將蘇世澤哄走，院中只餘四人加來回跑不停的小虎子。

打了主意要做皮蛋，材料都是備好的，鹼、粗鹽、茶葉，還有黃丹粉。蘇木先進灶屋將這些用料與草木灰混合，裝一大簍。蘇葉跟著進來，二人合力抬出去。

「木兒，這等沈重的活計交由唐少爺，咱做輕省的。」杜雪瑤說著，挑釁地看向唐相予。

後者二話不說，從兩個女娃手中接過簍子。「說吧，要做什麼？」

蘇木狡黠一笑，指了指蘇世澤留下的黃泥。「將二者混合成糊狀，要均勻。」

二人心照不宣地捉弄，唐相予哪會不知？可不知怎的，心裡竟願意這般去做。

第三十一章　報名

見自家少爺要動手，雲青慌了。「我來！我來！」

「一邊去！」唐相予輕呵，卻不知道從何下手？

他看看簷下放著鋤頭，便拿起，將黃泥倒在地上，草木灰撒在上頭，用鋤頭攪和，似乎有些乾……

「雲青，去弄些水來。」

雲青苦著臉。要是讓老爺、夫人知道少爺做這些活計，非剝了他的皮。

三個女娃坐在樹下，看活計做得有模有樣的唐相予，先是好笑，後竟覺得不錯，戲弄之心也去了，取而代之的是想著如何包皮蛋？

待唐相予和好泥，蘇木示範著包了一個，活計雖簡單，卻有些髒手。杜雪瑤倒是沒什麼，蘇木包得，她也不怕，即刻上手。

唐相予卻為難了。他有潔癖，那黃泥或草木灰看上去污穢不堪，方才因幹活，額上出現細密的汗，這會兒直接就流下來了。

蘇木偏著腦袋看了他一眼，見他一臉土色，顯然為難，想到方才他讓人帶走蘇世安，維護自個兒，便心底一軟。

蘇木將手洗乾淨，拿出帕子遞給他。「這是細緻活，你沒個輕重，將蛋捏壞就不好了，且在旁處看著吧！」

唐相予接過帕子，擦擦額上汗水，如釋重負，安心坐在旁側喝茶，只有他自己知道，手心陣陣發疼。那等粗活還真是不好做……

姑娘家手巧，一個個鴨蛋穿上灰褐色外衣，被整齊排放在缸裡，說說閒話、鬧鬧趣事，一筐子鴨蛋很快包好。

天色尚早，杜府派了兩撥人催杜雪瑤回去，她只得告辭。

三人便於蘇記冷飲門前分開。

唐相予雖在郡城書院唸書，卻不住書舍，他在郡城購有房產。

還沒走出一條街，就見書院方向走來一個著青襟的學生。他面上含笑，一手抱一束黃花，一手拿兩本話本，去向似乎是蘇記冷飲。

唐相予放慢腳步，與其擦肩而過。

該不是那野丫頭的情郎……這是去相會了啊！

唐相予停下腳步，轉身看向離去少年的背影，心底生起一股莫名其妙的怒意。

「良哥兒來了！」

吳氏站在櫃檯朝遠處走來的田良招手。

「大伯娘、大伯。」田良禮貌地喊人。

蘇世澤衝他點點頭。「木ㄚ頭她們在裡屋。」

「誒！」田良笑得溫和，進了鋪子，往後院去。

他手上的東西，吳氏瞧得明白，都是木ㄚ頭喜愛的，心裡生出念想，拉住丈夫問道：「她爹，你說良哥兒這孩子怎樣？」

「良哥兒？他怎啦？」蘇世澤沒反應過來，被問得一頭霧水。

吳氏輕擰了一把傻愣愣的丈夫。「我說良哥兒人品、模樣，怎樣？」

「自然沒得說。」蘇世澤撓撓腦袋。「平白的問這做啥？」

「良哥兒性子溫和，生得周正，學問又好，還是咱村子的，知根知底。田大爺家就這麼一個寶貝孫子，誰嫁給他都是福分。」吳氏細數田良的好，只等丈夫開竅。

哪承想蘇世澤濃眉一擰，惋惜道：「只可惜妳也沒個妹妹！」

「你！」吳氏好氣又好笑。「你真是個二愣子！咱家不現成有姑娘嗎？要啥妹妹！」

「啊？」蘇世澤這才反應過來，喃喃道：「木ㄚ頭年紀還小，大葉兒倒是可以議親了……只是良哥兒能看上咱家？」

「怎不能！你沒瞧見方才他手上拿的啥？都是木ㄚ頭愛的花兒和話本！」吳氏白了他一眼。

「妳說良哥兒看上咱木兒了？」蘇世澤驚訝地張大嘴。「不能吧……」

蘇世澤轉頭看看後院。方才他還與良哥兒道木丫頭在裡屋……雖說農村不忌諱這些，大葉兒和虎子都在，他還是覺得不妥。

他看向媳婦兒，問道：「那……管不管？」

「管啥？良哥的人品，你擱這兒操啥心？有這空就去割些肉，晚上留未來女婿吃好的補補。」後半句吳氏說得小聲，卻是由衷地希望。

這……蘇世澤雖認同田良，但總覺得不是那麼回事。怎麼木丫頭就要許人家了呢？他可捨不得！罷了，還是割肉去吧！

後院，田良剛踏進，便聽見虎子脆生生的嘻笑和蘇木打趣的聲音，不由得嘴角翹起。走至屋門前，他放慢了腳步，進與不進，有些猶豫。雖說關係好，從前也都不計較這些，可到底是姑娘家閨房，他是不是該避諱些？

就在猶豫不決時，蘇木突然出現在眼前。「田良哥，在想什麼呢？怎不進屋？」

不等田良回話，虎子聞聲也跑了出來，撲向田良懷裡。「田良哥，方才二姊唸話本，樂死虎子了！」

田良用拿著話本的手抱起虎子，思緒也回來了，暗道自個兒讀書讀傻，以往都親密非常，今兒怎麼計較起來了。

他將花遞給蘇木。「書院附近有許多這樣的花，我路過看到，就採了些。」

語氣輕描淡寫，可他沒錯過蘇木方才見到他時眼中的驚喜……見到花時。

蘇木接過，湊上去聞了聞，笑意更甚。「你這不是採了些，怕是將能採的都採了吧！」

田良也笑了，確實貪心了些……

「進屋吧！」蘇木說著轉身往屋裡去了。

田良再無猶豫。跨步跟隨。

這會兒太陽正落山，暑氣已消。蘇木怕熱，從早至晚都放著冰盆子，屋子裡涼絲絲的，很舒服。

案桌上的素瓶空著，蘇木端起冰盆子，將化了的水倒進素瓶，再將花插好。花兒多，顯得有些擁擠，但插花之人並不在意，隨興、無章法也有另一種美。

「真好看！」連坐一旁繡花的蘇葉也忍不住誇讚。

田良心頭歡喜，放下虎子走過去。「書院有個閱覽室，裡頭藏了好些書，比外頭的書店還要大，啥樣的書都有，連妳最愛的話本都放了整整五個架子。」說著將手上的書本遞給她。「只可惜，每人只能外借兩本，妳先看著，過兩日我再替新的來。」

蘇木接過，隨手翻了翻，紙質上乘，字跡雋秀，內心感嘆道：名校就是名校啊！歡喜之意，溢於言表。「真是好，只是如今不似從前，整日無所事事，早晚忙於鋪子，兩日怕是翻不完。」

「不礙事的，妳啥時候看完，我啥時候來取。」

「嗯。」蘇木笑瞇了眼。

「還有一事。」田良捏了捏抱住蘇木腿的虎子臉蛋。「我打聽了，書院旁有個朝陽學舍，專收啟蒙學童，聽說是郡城書院的一位師兄開的，往後這些啟蒙的學童若通過書院一年一次的考試，便能直接入學。」

蘇木喜出望外。她正煩惱這事呢！聽這意思，朝陽學舍就像郡城書院的學前班，不管家境貴賤，若好好學習，考進了，便能深造，於虎子是再好不過的去處。

「何時能入學？」

「這幾日都有招生。」田良見她歡喜，自個兒也高興。

「那明兒一早就去！」

虎子還有些懵。「田良哥說的學舍，虎子是可以唸書的嗎？」

「是！」田良抱起虎子。「朝陽學舍沒有飯堂，是同郡城書院一起，往後中午下學，我便來接你一道。」

「好耶！」虎子拍著巴掌。於他而言，二姊最高興他唸書，他自己也喜歡，還能跟田良哥一起，再好不過了。

將好消息告訴蘇世澤夫婦，二人高興得合不攏嘴，吳氏置辦了一大桌菜，蘇世澤也拿出酒罐。一家子坐院裡，吃著笑著說著，很是溫情。

直至街市上掛起燈籠，田良才從蘇記冷飲出來。他喝得不多，沒有醉，手上拿著吳氏給的包袱，裡頭是田大爺捎給他的。

就著徐徐涼風，緩步走回書院。

城中一處豪華的宅院，一位藍衣少年正憑窗而望。

「少爺，您瞧啥呢？這都一個時辰了。」

雲青順著自家少爺的視線看去，不就是郡城書院嗎？有啥好瞧的？

「呵，還知道回去……」

唐相予輕蔑一笑，嘴裡喃喃自語。

「回去？回哪兒去？」

唐相予收回視線，站直了身子，一巴掌拍到雲青頭上。「回屋去。」

說罷，轉身離去，留下雲青一頭霧水，摸摸腦袋，轉頭看看書院。

少爺今兒吃錯藥了？

次日大早，吳氏給虎子穿戴一新，正經地束起髮髻，還連夜縫製了一個小挎包。

蘇木也翻出新衣服穿上。這衣服還是杜雪瑤答謝她，初次送的，料子、款式沒得說。她要帶虎子報名，自然不能寒酸，否則讓人小瞧了去，要受欺負。

「二姊，好了沒？」虎子在吳氏的屋子遙聲呼喊。

蘇木從妝匣拿出那支桃花簪簡單綰了個髻，對窗回話。「就好！」說完又對鏡梳妝。

「姊，妳瞧我的髮髻鬆嗎？」

沒有橡皮筋，只有頭繩，對於髮量不少的她來說很沒安全感。平時隨意紮條辮子無所謂，可頭上綰個髻，要是在外鬆散就丟臉了。

蘇葉幫她緊了緊，笑道：「挺好，我們木兒都成大姑娘了。」

銅鏡裡面容嬌俏，比初來時長開了些，是少了幾分孩童的稚嫩。蘇木對這副相貌還算滿意，不算頂美，卻生得靈動。

收拾妥當，姊弟倆大手牽小手，朝書院方向走去。

「二姊，妳說這裡的夫子跟咱鎮上的一樣嚴厲嗎？」一向話多的虎子，今兒卻十分安靜，忐忑問道。

「那是自然，所以你要用功。」蘇木放緩了步子，照顧虎子的小短腿。

還記得虎子剛來福保村，又黑又瘦，也不說話，膽小得緊。如今換個人一般，身子好了，人也開朗了。她盡力培養，希望將來能成為家裡的支柱，畢竟在這個錢、權當道的年代，有個取得功名的男丁到底是不同的。

「可是……」虎子情緒突然低落。「青哥兒說，郡城的夫子都看不起鄉下學生，會日日讓學生背文章，背不出來，就拿戒尺打手心，那戒尺比他爹的手掌還寬。」

青哥兒？蘇木眉頭一皺。難怪接虎子來郡城這麼些日子，他從未問過學堂，半字未提及唸書。雖日日翻書，卻不及從前熱愛，還當小孩子換了新環境，一時不適應，原是被青哥兒恐嚇。

「莫聽他胡說，你還在啟蒙，夫子只會教你識字。三字經、百家姓、千字文都是背過的，已比別的學生優秀，夫子怎會看不起？」

「我聽二姊的！」虎子抬頭，笑眯了眼。

蘇木也笑了，緊了緊牽著的小手。「走吧！」

約莫走上一盞茶工夫，已到郡城往南，剛過城中心便看到宏大的郡城書院立在面前，周遭是小吃街，很是繁榮。

而此刻書院對面不遠處是一座學舍，門口排滿了人。姊弟二人加快腳步，排在隊伍最末。

「木兒、虎子！」

聽見有人喚，二人轉頭，見田良自郡城書院大門走來，身後是一群著儒生服的學子，儼然一副要外出的樣子。

「田良哥！」虎子蹦跳著揮手。

田良走近，只見姊弟二人，問道：「大伯沒來？」

「爹要進貨，趕不及，娘和姊看鋪子。」蘇葉回話。

田良探身看看隊伍前頭，有些不放心，只是今兒夫子安排遊南山作文章，無時間多逗留，只得囑咐她。「填了姓名、住址，繳了束脩，領取學服和書本即可回去。可會寫？」

蘇木點點頭。「放心吧！雖不算頂好看，還能識得出來。」

那便好。田良放下心來，這才察覺蘇木今兒精心打扮過了，多了幾分女兒家的嬌俏，很是好看。

「我臉上有東西嗎？」見田良盯著自個兒，蘇木摸了摸臉蛋。

「沒……沒東西。」田良忙收回視線，頓覺耳根發熱。

「田良兄！」遠處有人喚他名字。

「木兒，我得去了，妳自個兒當心些。」

「放心吧！」

田良又看了蘇木一眼，這才轉身離去。

隊伍不長，卻很慢，不僅方才田良交代的這些，夫子還提問，似乎以此分班。

終於輪到他倆，見一中年男子端坐案堂，堂上擺著筆墨紙硯，堂前只一把椅子。夫子奮筆疾書，像在記錄什麼，頭都未抬，只道：「坐。」

蘇木暗笑。這算是第一道考核嗎？

她悄悄拉了拉虎子的手，看著椅子，朝他眨眨眼。

虎子的機靈勁都是蘇木帶出來的，一個眼神，他自然懂了。

「二姊，妳坐。」

蘇木這才牽著虎子去到案前坐下；而虎子也不似在家中，愛依到蘇木身邊，只規矩地站一旁。

果然，先生抬起頭，仔細打量姊弟二人，拿出學生的帖子放置蘇木面前。

一個學生再有慧根，家人的影響更是少不了，所以家人識字與否，也列在分班的條款內。

蘇木大方執筆，寫下虎子的名字、生辰八字及住址。寫畢，呈遞給夫子。

夫子接過，抬眼掃視。雖算不得出眾，好歹清秀工整，還是個女子……便將帖子放到甲班一碟。

蘇木見帖子放置的一碟最少，便明白。

夫子再無別的話，告知往右側院子領書籍和學服。

蘇木起身，背過夫子，朝虎子眨了眨眼睛。

這一幕正好落到從書院過來的唐相予眼中。

她今兒一身粉黛，綰著髻，格外好看。他心一熱，腳步便加快了，三兩步到可人兒身邊。

「喂！」

突然一聲，將蘇木嚇得身子一抖，一臉的驚慌。

唐相予覺得很有趣。「想不到妳這個野丫頭還會寫字。」

「我會的多了！」蘇木白了他一眼，又看向書院門口。「今兒不是外出，你怎會在此？」

發書的先生將厚厚一疊遞過來，蘇木忙探身去接。

乖乖！一大摞，十餘本，一個啟蒙孩童需要那麼多書？看來學生書包沈重，從古至今啊！

唐相予見她小身板顫顫巍巍，一把接過。「我三歲便能作文章，還需爬山找思緒？」

蘇木噗哧一笑。那便正好當勞力，這麼一摞書搬回家，估計手得廢了。

今兒見他著儒生服，少了周身的貴氣，多了幾分清俊，那張臉……還是一如既往的養眼。

領了書，又領學服，再帶虎子認門、找好學堂，遇到幾個熱心家長攀談，一番折騰已臨近晌午。

三人累得氣喘吁吁，虎子可憐巴巴道：「二姊，我餓……」

而一旁的唐相予也望著她，好看的眸子似也在對她說：餓……

第三十二章 牛肉麵

蘇木見一大一小望著自己，甚是無奈。餓了，那便……先吃點唄！她看向唐相予。「我見書院附近多賣吃食，哪家味道好？」

唐相予往兩條街市看了看，搖搖頭。吃食是多，可他從不在外吃，那些小鋪子，能好吃？哪及得上自家酒樓？可他打定主意要賴著蘇木，若暴露自個兒是福滿樓的東家，便不好厚臉皮跟隨。

「不是說書院管得嚴格，卻見你日日在外晃蕩，哪家鋪子好吃竟不曉得？」蘇木一臉不信。

唐相予眉毛一挑，一本正經道：「我又不是剛入書院，日日守著做甚？妳那同鄉哥哥還得尊我一聲師兄。」

說著不露痕跡地打量蘇木的反應，後者斜眼看他。原來是老油條，難怪蹺課！不再理會，牽著虎子往街市走去，唐相予自然抱著課本緊跟上。

路過一家麵館，見裡頭客人不少，且那牛肉麵賣相不錯。麵館是夫婦倆開的，二人將鋪子收拾得十分乾淨，穿得也俐落，招呼客人面帶微笑，很是和善。

蘇木帶一大一小進了鋪子，尋一空桌，要了三碗牛肉麵。

唐相予第一次來這樣的小鋪子，有些不自在，他貼著桌面看了半天，才把課本放上去。桌子有四、五張，挨得很近，幾乎後背都能貼到另一桌的人，這教他渾身不舒服，手腳不知該放何處？

自上回包皮蛋，蘇木猜出他可能有輕微潔癖，這會兒見他一臉菜色，想是還要嚴重幾分。

既然不喜這樣的地方，又何苦巴巴地跟來？見他輕輕捏著痠軟的手臂，蘇木便心軟了，柔聲道：「我方才瞧過了，老闆夫婦愛乾淨，煮的麵放心吃。小鋪子自然比不得大酒樓，卻別有滋味。」

唐相予硬撐的臉面鬆泛下來。她這是在體貼人？不由得心頭湧上一陣喜悅。這家麵館也不錯嘛！

店裡沒有小二，只有夫婦倆邊做邊跑堂。

不一會兒，老闆娘端著托盤過來，其上是三碗熱騰騰的牛肉麵。她麻利地一一擺在三人面前，熱情介紹桌上擺的辣子和醋，需要自添。

碗很大，麵很滿，上面蓋了一層牛肉，撒了蔥花，很是誘人。

原以為該是同從前吃的差不多，一碗湯、半碗麵、三片牛肉、四粒蔥花。蘇木從桌上的箸籠抽出三雙筷子，遞了一雙給唐相予，又細心地把虎子那碗攪了攪，吹了吹，才將筷子給他。「有些燙，吃慢些。」

般體貼。

「嗯！」虎子飢腸轆轆，直嚥口水，接過筷子便大口大口吃起來。

蘇木將他顧好了，才端著自己的碗。牛肉很多，她見虎子愛吃，便分了幾塊給他。

唐相予將她的一切動作都看在眼裡。明明是個年歲不大的小丫頭，卻這般會照顧人、這般體貼。

蘇木眼角餘光見他直勾勾地盯著自己手上動作，會錯了意，以為他也想吃牛肉，便挾幾塊放他碗裡。

唐相予愣了，心兒怦怦跳不停，忙伸手捂住胸口。這是怎麼了？

蘇木瞪了他一眼。看這模樣是不夠？

哼！管你夠不夠，自個兒還沒嚐呢！便不再理會，逕自吃起來。

唐相予看著她，手上的筷子不由自主往碗裡去，挾起麵往嘴裡送。

一碗麵吃盡，連湯水都喝得乾乾淨淨，唐相予放下碗筷，咂咂嘴。聽見虎子咯咯直笑，蘇木也是一臉笑意。「方才還不適應，倒是忘得快。」

唐相予故作嚴肅，垂眸看著碗，似在品鑑一件珍品。「還不錯，尤其是……牛肉。」

蘇木睨了他一眼，抱著學服，站起身，牽過虎子往外走。老闆娘在門邊候著，她順手就遞給她幾個碎銀子。

唐相予落到後頭，自是快不過她，手往袖子一掏，一個大元寶尷尬地放了回去。

罷了，就蹭一頓吧！他抱起課本，追隨而去。

此時正午，太陽正毒辣。

蘇木帶著一大一小自鋪子下的陰影往回去，彎彎繞繞，姊弟倆每每出門都這般玩鬧。

唐相予默默跟在後面，笑呵呵看著前頭二人。

他從不知道小麵館也好吃，走路還能這般，也不知道她打扮起來……挺好看。

這般看著走著，臉上不由得露出寵溺的神色，也不覺炎熱和手臂疲軟。

走上片刻，已能瞧見蘇記冷飲，只是門口圍了許多人，鬧哄哄的。

前頭人兒拉著小虎子，快步跑起來；唐相予自然不敢落下，跟了上去。

擠進人群，但見兩個留著絡腮鬍子的壯漢，神氣地站在門口，嘴裡嚷嚷著賠錢。

蘇世澤也站在門外，他本是莊稼漢子，幾分健壯，可與二人相比還是落下風；吳氏抱著蘇葉站在裡屋角落，顯然嚇壞了。

「我家鋪子開了月餘，從未出現這樣的情況，二位兄弟怕是搞錯了。」

「搞錯了？」其中一名漢子從櫃檯上拿起一杯奶茶，往地上一砸，茶水沁入地裡，青石板上赫然躺著五、六粒老鼠屎。「前腳在你鋪子買的茶，後腳就喝出這死人的東西！」

圍觀眾人被這一動作嚇得瑟縮地往後退了兩步，見地上的老鼠屎，紛紛表示噁心難耐，立即就有人說難聽話。

似曾相識的一幕，教蘇世澤面上露出恐懼，他百口莫辯，呆愣在原處一句話都說不出來。

那漢子更得意了。「要麼賠錢，要麼見官！」

蘇世澤身子一抖。「多……多少錢？」

漢子伸出三個手指，一臉奸笑。「三百兩！」

話一出，蘇世澤踉蹌地往後退了兩步，抖著身子，看熱鬧的人也放低了聲音，只小聲嘀咕，似有同情之意。

蘇木仔細打量那兩個漢子，流裡流氣，不像正經人。飲品都是今晨現做的，不可能有老鼠屎，擺明了訛錢！

她牽著虎子，氣定神閒走過去，緩緩道：「怎麼，郡城繁榮安定，杜郡守管制有方，還有人敢出來做訛錢這等下作事？我倒想問問二位，是受何人指使？」

兩壯漢相互看了看，見蘇木牽著虎子走近蘇世澤，猜想是一家人。

「訛錢？這麼多人，這麼多雙眼睛都瞧著，妳家茶水吃出耗子屎，還想抵賴不成？」

蘇木覺得好笑，看向眾人。「敢問諸位叔、嬸，誰親眼瞧見他吃出耗子屎了？」

眾人面面相覷，紛紛搖頭，並無人應話。

壯漢頓覺不妙，開始目露凶相，恐嚇道：「地上的耗子屎就是證據！」

事情真偽不好辨別，可唐相予卻不能讓蘇木受傷害，就要站出來。

卻見那人兒迎著壯漢凶狠的目光，絲毫不畏懼，不卑不亢道：「沒錯，地上的耗子屎就是證據。」

眾人不解。這姑娘是嚇傻了吧？怎麼順著人家的話說。

蘇木繼續道：「哪家的耗子一次能拉這麼多屎，若不是一隻，那四、五隻耗子都往同一個杯去，牠們當我蘇家杯子是糞坑？賣了一上午，獨你跑來說茶中有耗子屎，該是怪你得罪了那些耗子，還是有人訛詐？」

一番話雖糙，細想卻是這麼個理。

壯漢想狠狠抽自己一個大嘴巴子。怎麼貪心多抓了些，本想著放多了，更好將事情鬧大，哪承想偷雞不著蝕把米。

不過指使他的人有些後臺，只要弄到銀子，關進衙門也不妨事。

想到這兒，他膽子大了些。「好一張利嘴，耗子屎是從妳家茶水吃出的，我管牠是拉屎撒尿，要麼賠錢，要麼見官！」

聽他這話，是不怕見官，莫不是又同上回一般遭人暗算？

蘇木頓覺不妙，卻不似上回慌張，好歹與雪瑤交好，只是不到萬不得已，她是不想去求杜郡守的，因為她還有別的打算。

如今這一齣將她的計劃打亂，當下也沒個頭緒。

這時，唐相予站出來。「怎麼，鬧事的反而不怕見官，背後是有人撐腰啊！若不然，我稟明郡守大人，看這事，他管還是不管？」

漢子見人群中走出一個俊朗少年，著郡城書院的儒生服，當即亂了神。

郡城書院的學子要麼是富貴公子，要麼是有真才實學的寒門學子，哪個都不容得罪。這個少年周身氣度都不像家境貧寒，方才又要稟明郡守大人，莫不是有些來路？

漢子有些遲疑，問道：「你是誰？」

唐相予踱步至蘇木身旁，袖子一甩，背在背後。「小爺是你惹不起的人！」

二人再不似方才跋扈，一番較量，相互遞眼神。惹不起！

「哼！算你們走運！」撂下一句話，疾步而去。

唐相予瞇眼看著離去的二人，自是不能就這般算了，心裡有計較，轉向看熱鬧的人道：「都瞧見了吧，鬧事的，趕緊散了，散了！」

蘇木吁了口氣，感激地看向唐相予，後者恢復一貫吊兒郎當的傲氣。

蘇世澤難看的臉色有所緩和。「外頭熱，進屋說吧。」

幾人進屋落坐，吳氏忙做了幾杯冰汽水，給一人一杯，個個臉色不好，心有餘悸。

唐相予先開了口。「你們可是得罪了什麼人？」

蘇世澤搖搖頭。他們一向老實本分，鄰里和睦，就是跟客人也從未發生過臉紅的事，除了今日。

蘇木想了想，看向老爹。「爹，您是不是把小姑忘了？」

「妳小姑？」蘇世澤臉色更不好了，上回發生那樣的事，他不在，也只想著小妹看不慣吳氏又占了些小便宜，到底是女兒家的小伎倆，若說今日之事是她所為，是不信的。

「妳小姑到底是未出嫁的小丫頭，哪會做這樣的事？」

蘇木不再回話。說得沒錯，蘇世安只是驕橫，卻沒那個膽子買凶抓人，那便是……蘇三爺故技重施？

蘇三爺雖說官級低，到底是個官，官官相護作惡不是沒可能。只是到底是蘇家人，他怎就在一隻雞上拔毛，還是家裡養的雞，莫非真當他們好欺負不成?!

蘇木覺得頭疼。

唐相予從父女倆的隻言片語中猜想此時應是與蘇典吏有關，也不好多問。再說了一會兒話，便起身告辭，一家人一番感謝，將人送出門。

自早晨在書院門口碰到蘇木姊弟，唐相予便打發雲青回去。

剛進家門，雲青巴巴地跑來，手上還拿著一封信。「少爺，夫人又來信了。」

「嗯！」唐相予心情不錯，從他手中抽過信，拆開一番流覽。

雲青見他臉色大好。莫不是這回夫人說動少爺回京都了？眼神不由得往信上瞟。

「雲青，你收拾下東西。」唐相予將信塞回信封。

雲青臉上掛笑，看來是要回去了。

「明兒去趟郡南縣。」

「誒，啊？」雲青看著大步朝裡屋走去的少爺，面上神色一僵。「郡南縣？」

「去查查蘇典吏。」唐相予坐下，端茶杯，抿了一口，補充道：「要鉅細靡遺。」

這是哪齣？雲青雖不明就裡，還是應下了，又問道：「夫人那兒……」

唐相予放下茶盞，信往袖口一藏。「要你多事！」

雲青癟了嘴。「是，小的多嘴了。」

自兩壯漢鬧事後，再無意外，繁忙而平靜地到了八月中旬。

蘇木撥弄算盤，除日常開銷，陸陸續續買地、買茶樹，銀子如流水般花去，總共也就餘下三十幾兩。

兩個月未回家，恰逢書院放授衣假，一家子決定月底回去一趟。

授衣假，即時令進入九月，氣溫漸涼，學子們可以回家取過冬的衣服，大體相當於寒假，為期一月，包含路上花費的時間。

除了授衣假，還有田假，於六月中農忙時分，也是一月，相當於暑假。再就是過年，也有一月假期。

這三個假期，相較十日休一日的旬假長許多。以此看來，這個年代對學子們的假期還是比較寬裕，估計是照顧到那種離家較遠的學子。

回家之前，蘇木將陰藏在後廚的大陶罐搬了出來，皮蛋該是熟了。

一筐子皮蛋逐一擺在院子，蘇木一個個檢查，挑了幾個個頭大的裝兩籃，打算給杜雪瑤和唐相予送去。

一家子圍著她。黑乎乎的一堆，能吃？

虎子挨著蘇木蹲下。「二姊，我想嚐嚐。」

蘇木便拿起一個往地上磕，將表皮的草木灰和泥磕掉，露出暗白發灰的蛋殼。順著磕裂的縫隙剝開，便是白黃相間的蛋肉，那蛋肉晶瑩剔透，其上還有雪花點綴，很是好看。

虎子拍手稱讚。「好看！真好看！」

蘇木一分為二遞給他，另一半遞給蘇葉。

姊弟二人捧在手裡，不敢下口。

蘇木輕笑，從蘇葉手中掰下一小塊，塞進嘴裡。還是從前那個味道，只是口感更細膩，香味更濃郁。

二人見她一臉享受，不再猶豫，放進嘴裡，小口咬著。

虎子眼睛一亮。「真好吃！」

蘇葉也不住點頭。不似平時吃的鴨蛋，味道很奇怪，卻好吃。

見三個小的這般模樣，蘇世澤也忍不住拿起一個，剝開，分給吳氏一半。

二人反應與虎子無異。

「娘，這叫皮蛋，生吃可，烹煮亦可。我瞧書中寫表置蔥花，倒醬油，熱油慢淋，是為蔥油皮蛋；還有道皮蛋拌豆腐，作料加嫩豆腐拌勻即可。」

吳氏點點頭。「不難，晚間我就試試這兩道。」

「那我去買豆腐。」蘇世澤積極道。

一家子忙活開來，收拾妥當，蘇木拎著兩籃皮蛋回屋。她從櫃子裡掏出一個陶罐，置於桌上，正是從福保村帶來的茶葉。

次日上午，蘇木拎著大包小包上郡守府。

自個兒親手包的鴨蛋熟了，杜雪瑤興致勃勃讓後廚照蘇木的法子烹煮，而那罐茶葉也由她仔細收好。

得知蘇木一家要回鄉住二十幾日，她很是不捨，只得吩咐要時常來信，早些回來云云。

蘇木自是不便親自去找唐相予，便將他那份一併給杜雪瑤，由她轉交。

二人又說了些體己話，才不捨地分開。

第三十三章　還鄉

臨月末，田良和虎子都要放假了，一家人也著手準備回鄉一事。

他們包了兩輛馬車，各樣地道點心、衣裳布料，還有一些精緻的飾品。種類不多，數量卻不少，三戶人家，一人不落。

田良遞了家書，大家也都知道一家子回村的訊息，早就盼著。

進了九月，氣溫似乎一下子降下來，雖仍著單衣，卻不似從前趕路時汗流浹背。車身搖晃，從車窗送來徐徐微風，十分爽快。

日頭到頂，兩輛馬車駛進福保村。

正在地裡幹活的莊戶人家放下鋤頭，朝官道口望去。

村裡何時出了坐馬車的人家？租馬車的是有，一般到鎮上就下了，少有駛進家門口的。

蘇大爺此時也在田裡刨土，收了麥子，養地種紅薯。今年收成不錯，比去年多了一半，樹上瓜果也結得好，賣了不少錢。

只是郡城要錢要得更緊，這還沒到年關就來信催了兩回，說老爹身子不爽快，要吃藥進補，只得先湊了些送去，今夏算是白忙活了。好在雞鴨養得比去年多，平日賣賣蛋，到年關再將雞鴨都賣了，該是將將夠過年，只又是緊巴巴的。

他有些茫然。收成越好，雞鴨養得越多，怎日子越過越緊巴？酒罐許久沒添新酒，他的水煙管也許久未響了，好在還有青哥兒這個念想。再苦兩年，等青哥兒考上功名、當了官，苦日子便熬出來了。

「爹、爹！」

蘇世福將他的思緒打斷，沒好氣道：「吼啥？」

蘇世福扔了鋤頭，三兩步走到蘇大爺身旁。「爹，您瞧，那是不是大嫂的兒子？」

什麼大嫂？那女人不配進蘇家門，他也不承認她是蘇家媳婦！正要呵斥老二，卻瞥見一個小腦袋從車窗探出來，白白淨淨，哪還是剛來村裡的啞巴娃子，竟坐在馬車上！

那是……那是老大一家回來了？

他身子不穩，有些晃，若非手上鋤頭撐著，定要一屁股坐地裡。怎會，怎會……

「我去瞧瞧！」

蘇世福眼巴巴望著大房一家的風光，管不得老爹神色恍惚，丟下一句話便朝官道奔去。

不只父子倆認出來，其餘鄉親也都認出來，大夥兒歇了地裡活計，紛紛上前招呼。

於是馬車停了，蘇世澤一家也就下車，與鄉親們寒暄，吳氏便從馬車上拿出點心、糖果分給眾人。

沒有人不誇讚一家子有出息，不忘本云云，話匣子一打開，就聊起往年趣事，自然也關心一家子在城裡的生活；得知虎子上郡城唸書，更是止不住讚嘆。能唸得起書已是不錯，上郡城唸書那是了不得啊！更有人直言虎子往後有大出息。

蘇家田地離官道遠，蘇世福自然落到後頭，隔著半塊田埂便開始叫喚。

「大哥、大哥！」

見到自家親兄弟，蘇世澤很是歡喜。「二弟，家中一切可好？」

蘇世福巴巴地跑來，氣喘吁吁，見一家子的穿戴，心裡泛酸。「好啥呀！幾日不見油葷，哪及得上大哥。」

這話分明是埋怨蘇世澤只顧自家享受，不顧手足艱辛。

蘇世澤尷尬，不知如何回話？

蘇木站在後頭，上前從吳氏手中的袋子裡，抓了一把糖，走至蘇世福面前，玩笑道：「二叔，您這話說出來，我怕是要揹罪了。怎地每月捎回來的補給是沒收到？上上月起，有點餘錢便往家裡捎東西，雖只兩回，卻不能抹嘴不認帳吧！二叔，吃糖。」

這回輪到蘇世福尷尬不已。郡城捎補給，村人大都知道，沒人不說蘇世澤有孝心。

他接過蘇木遞來的糖，訕訕道：「我說笑哩！說笑哩！」

蘇木不再言語，蘇世福得以喘息，臉上又堆起笑。「大哥這回預備待多久？明兒回家吃頓飯吧！咱爹娘都擔心你哩，丹姊兒和青哥兒也都想念得緊。」

蘇世澤心有感慨，到底是親爹娘，他自然心有眷顧。「虎子放授衣假，就待一月上下。」

說著轉身看看媳婦、兒女，到底沒應下回蘇家。

是夜，田家擺席，為蘇世澤一家子接風洗塵，也為著諸多照顧田良表示感謝。整了滿滿兩桌菜，喝酒的男人一桌，吃菜的女人、小孩一桌。主菜是大瓷盆裝的水煮魚，堆得滿滿的；各式肉菜也將桌子擺得滿滿當當，跟過年似的，熱鬧非常。

二兩老酒下肚，男人們那桌話匣子打開便收不住了，田大爺家的媳婦添了幾回菜，都沒有收場的意思，直至桌上的菜不再動了，才上茶水，只是談天還在繼續。

女人們早就下桌幫著收拾，完事才挨坐一起，嗑瓜子，嘮家常，從開作坊那會兒說到進城，最後說到蘇葉的親事。

年一過，蘇葉該十四了，是到了說親的年紀。幾個婦人說起這家男娃、那家少年，將蘇葉臊得不行，害羞地與眾長輩道先回家了。

知她害羞，大家就由著去，並不挽留。

趕了一天路，蘇木覺得有些累，便陪著她一道先行。

姊妹倆走在田埂上，聞著麥稈香，聽著蛙鳴，吹著微風，好不愜意。

蘇木走在後頭，看著前頭比自個兒高半頭的蘇葉，有些感慨。初到蘇家，是她不顧一切救自己、照顧自己，這樣一個文靜、內斂的好女孩，往後會和什麼樣的人一起過日子呢？

「姊，妳有喜歡的人嗎？」

前頭人兒腳步一晃，身子也跟著一歪，兩隻手臂在空中亂擺，才將將站穩。她轉過頭，藉著月光，眸子亮晶晶的，不好意思道：「連妳也打趣我！」

「自然不是。」蘇木推著她往前走。「我是想姊能嫁個心儀的人。」

蘇葉覺得臉頰發燙。心儀的人？並沒有，這事不還得由爹娘作主嗎？父母之命，媒妁之言，估計已深深烙在她心裡，蘇木嘆了口氣。「放心吧，姊，我定為妳把關，挑個讓妳心儀的。」

蘇葉沒有回應，卻默認了妹妹的話。

姊妹倆回到家，將東西歸置好，又燒了熱水洗漱，還將水溫在鍋裡，等蘇世澤他們回來直接好用。

直至月上柳梢，院門才出現動靜。

吳大娘和三兒攙著醉得不省人事的吳大爺回了東房，蘇世澤揹著已經睡著的虎子回主屋；吳氏落在後頭，鎖了院子，先去姊妹倆的屋子，見二人都睡熟了，才回正屋。

「木丫頭和大葉兒都睡了，我去端熱水。」

吳氏去到灶屋，見鍋裡溫了熱水，不由得笑了。兩丫頭當真貼心。她舀一小桶，沖了涼水，伸手摸摸，又將鍋裡的水添滿，塞了兩把柴，這才提著桶回屋。

蘇世澤還沒躺下，輕手輕腳將虎子放在床上，給他脫了衣裳。方才同文哥兒跑跑鬧鬧，一身的汗，便拿著扇子輕輕搧風。

吳氏進門就看到這一幕，心底柔軟，不知該說什麼好？

「喝那麼些酒，難受不？」

蘇世澤挪開些，吳氏便坐過去，拿布巾給虎子擦洗。

「難受……」

吳氏轉過頭看他，擔憂道：「哪兒難受了？」

「渾身都難受，黏糊糊的，還發臭。」

吳氏噗哧一笑。這般模樣怕是醉了。

「難受就去洗洗。」說著手上動作加快，擦完便提桶走出去。「我去給你提水。」

房與房之間修有角屋，東南角一個，西北角一個，專作茅房和浴室。

吳氏提著熱水進屋，蘇世澤已經在脫衣服。

「水來了，給你放著。」

她放下桶，準備出門，卻被蘇世澤拉住。

吳氏險些驚叫出來。「你做啥？」

蘇世澤一個用力，便將她拉入懷中。「擦背。」

吳氏撲進丈夫懷裡，入手是堅實的肌肉，臉噌地就燙起來，嘟囔道：「沒正形！」

說著推開丈夫，蹲下身子擰汗巾。

溫熱的水在身上流淌，後背是一雙柔軟的手擦拭，蘇世澤舒服得直嘆息。

「吳娘，咱要個孩子吧！」

吳氏眼眶滿是霧氣，不知道熱氣是熏的，還是她自個兒的眼淚？她何嘗不想要個孩子，屬於她和丈夫的孩子，可這都要一年了，肚子沒動靜，她也無奈。

「是我不好……」

好好說著，身後人兒怎哭起來了。

蘇世澤忙轉身，將她拉入懷中。「哭啥？我說錯啥了？」

吳氏忙搖頭，哽咽道：「是我肚子不爭氣……」

「瞎說啥，該是我不夠努力！」

這話讓吳氏破涕為笑，卻又臊得慌。他哪裡不……努力，明明回回都……

「哎呀！」吳氏只覺一雙大手在腰間遊走，且有往上的趨勢。「別……這裡……這裡不行，會聽見的！」

「隔得遠，聽不見，媳婦兒，我要努力了！」

「你、你無賴……唉呀……」

次日清晨，吳氏扶著腰進了灶屋。

吳大娘早就忙活開了，吳氏有些心虛，她今兒確實起晚了些。

「怎麼不多睡會兒？家裡有我。」吳大娘瞥了女兒一眼，心下了然。

吳氏取下掛牆上的圍裙。「習慣了。」

吳大娘起身去灶臺，揭開鍋蓋，裡頭溫了黑乎乎的一碗。「把這喝了。」

她端起來放在灶頭。

吳氏走過來。是一股難聞的藥味。「這是啥？」

「坐胎的，我特地回二灣求的。妳跟女婿都要一年了，肚子沒動靜不行。」

吳氏的臉唰地就紅了。雖說她已經是一個孩子的娘，可這事擺明面上，還是有些沒臉皮。

「喝啥呢！被人家知道，要說閒話的。」

「妳當現在別個就不說閒話？」吳大娘白了女兒一眼。「在郡城我顧不了妳，回家這些天把身子養好，妳這回懷不上，定是生虎子那會兒傷了身，挨千刀的尹婆子！」

見老娘說著來氣，她也不好再說什麼，端起那碗藥。「過去的就別提了，現在挺好。」

「虧得女婿心善，兩個丫頭體貼。」吳大娘臉上露出一絲笑。「果園收成好，妳爹打算起房子，總住女婿家，不是那麼回事。」

收成再好能賣幾個錢，夠起啥樣房子？吳氏心有不願。「娘，不著急，我們長年不著家，院子還是要找人看，且等明年下半年再說吧！」

吳大娘點點頭。女兒幸福美滿，該是為兒子打算了，總不好住女婿家接兒媳……

「我省得，喝藥吧！」

吃罷飯，趁天兒還不熱，一家子準備上地裡看看。

小院四周能收的地都收了，再就是坡上靠山，較貧瘠，種不得莊稼，但養一養，種茶樹是沒問題。

大大小小買了近三十畝地，月底莊稼大都收成，地也就收回來。

地是丈人找的，銀子是木丫頭出的，蘇世澤只曉得家裡在買地，卻不曉得買了這麼多。如今，他不敢說是村裡最富有的，卻是田地最多的。

吳大爺近日帶著吳三兒養地，還在地的周圍修了籬笆，種了許多刺藤。

「十月底養得差不多了，那會兒種苗子最好，茶苗子可定好了？」

吳大爺看向蘇世澤，後者點頭回話。「談妥了，到時付完銀子，直接給拉地裡。」

蘇木也粗略估算過，冬日移栽最好，正值十月末、十一月初。

因為那會兒茶樹地上部分的生長已逐漸進入休眠期，而地下根系因地溫高於地面溫度而處於生長活躍期，這段時間移栽的茶苗有利根系生長發育，也有利於根系的恢復和再生。

月底回郡城，打算做熱飲了，再辦一次活動，到那時，茶苗的錢該不成問題。

「那批野茶樹長得如何了？」蘇木問道。

「好，都好，起初發黃打蔫，換了地方不適應，半月後就緩過勁了，沒怎麼抽條，養到明年初，就差不多。」吳大爺細細講述，而後乾脆起意。「若不然上二灣去瞧瞧，有牛車，也方便。」

「那我同大葉兒就不去了，先回家做晌午飯。你們一來一回，差不多能吃上。」吳氏回道。她不懂什麼茶樹，大葉兒也興致缺缺，牛車坐不下這麼多人，倒不如先回家把飯做好。

「成，娘兒幾個都回去，老婆子妳也別跟著了，雞鴨沒人看顧，三兒同我一道。」吳大爺作主。

蘇木自然不算在內，野茶樹的好壞，還得由她分辨。

如此這般，吳大爺駕牛車，吳三坐在一旁，蘇木父女倆坐在板車後頭。

路過田家門口，田大爺同田良正站在門口棗子樹下嘮什麼，見一家人，忙招呼道：「老哥，做啥去哩？」

吳大爺勒住韁繩，老牛便停下來。「回二灣看茶樹哩！」

爺孫倆往官道走了兩步，放低了聲音。「可是那批母樹？」

嫁接的良種，他們稱作母樹。得了那批稀有的野茶樹，蘇世澤一家並未瞞著侯、田兩家。

吳大爺點點頭。

田良見坐在板車邊緣的蘇木，正晃著腿，看著說話的長輩，也不搭話，很是恬靜。

「爺，我跟去瞧瞧。」

他轉頭對田大爺道，田大爺哪有不答應的，擺手放行。

牛車不大，一邊坐兩人正好。

蘇世澤體格健壯，獨坐一頭，蘇木和田良坐一頭，二人並肩，一高一矮，說著笑著，蘇世澤看得不是滋味。

牛車晃晃悠悠行走，超過挑擔揹筐趕集的人。那些人也無不招呼，往常牛車空，吳大爺總熱心載人。今兒一家老小坐滿了，大家也不嚷嚷，除了……

「哎呀，那不是大哥！」

蘇木頭都不用抬，便知是張氏。

第三十四章 相人家

「大哥也趕集去哩？」張氏揹著背簍，壓得她直不起腰，費勁地昂頭朝牛車看來。

一旁是蘇丹拎個籃子，也直勾勾看過來，坐在牛車上的蘇木分外惹眼，心裡不是滋味；且她身旁坐著自己心心念念的人兒，那嫉妒的火在蘇丹眼中熊熊燃燒。

張氏的話引起了前頭人注意，為首的蘇大爺頭未抬，直直往前；丁氏倒是瞧了好幾眼，卻也不敢搭話，緊跟丈夫的步伐。

而後面挑擔的蘇世福腳步稍有停頓，笑道：「牛車可真舒坦。」

「舒坦也要你有能耐買一架！」蘇大爺轉頭怒吼。

蘇世福再不敢搭話，心裡嘀咕。您老都把錢攥手裡，稍微漏點就能買牛車了；實在不行，買輛板車也好。一挑子梨頭，壓得他肩膀火辣辣地疼。

牛車與一家子越行越近，官道也不寬敞，幾人幾乎對視，蘇世澤這才回話。「不趕集，上二灣瞧瞧。」

「上二灣做啥？」張氏張口就問。

蘇木接過話，笑道：「外公果園的梨頭熟了，說摘些回來給我們解饞。」

好巧不巧同他們碰上，兒子一家坐牛車，老爹挑擔趕路，且那牛車還是專給老丈人買的。再經張氏那張大嘴一說，明兒定傳出蘇老大一家不孝的風言風語。

她瞥見一家子挑了梨頭，才這般說。

兒子、孫女難得回家，一個梨頭都捨不得給，還是後母的娘家大方，該對誰好？

「哦……」張氏反駁不得，眼珠子卻轉得快。

防著她使壞，蘇木搶先道：「牛車小，咱也不順道，二嬸你們揹的東西金貴，萬一磕碰著了，可不好。」

張氏一口氣憋在胸口，氣得直翻白眼。這毛丫頭，是她肚裡蛔蟲不成！不過，她也不是傻子。「哪兒能的，咱們人多，也不好和妳擠不是？」說著輕輕推了女兒一把。「妳丹兒姊今早就說身子不舒服，這會兒人難受著，搭一程如何？就順便一下，牛車總比人走得快！」

蘇丹突然被推出來，沒個防備，有些慌亂，可她反應也快，苦著臉，倒真像那麼回事。

一行人坐不下，一個人擠擠卻是能夠的。

「行，丹姊兒坐過來吧！」蘇世澤朝蘇丹招手，牛車也應聲停下。

只有蘇世澤身旁有空位，蘇丹看了蘇大爺一眼，見他並不反對，便慢慢挪過去。

張氏瞧了瞧，脫下背簍，快步至牛車前，將背簍塞到蘇丹身旁，笑道：「簍子太重了，擠擠、擠擠。」

這麼一塞，蘇丹忙後坐，才能將將扶住。只是往後一坐，便似靠在人身上，是挺直的背脊。是她的田良哥……蘇丹臉噌地就紅了，忙低下頭，嬌羞得不行。

張氏得意極了，斜眼瞧蘇木，心中冷笑。黃毛丫頭，跟自個兒鬥，差得遠哩！

蘇丹這一靠，田良自然感覺到了，身子頓時僵硬，只得往邊上坐。可隨著牛車的搖晃，後背上的柔軟若有似無地碰觸，教他十分不自在。

終於到了鎮子口，他忙躍下車，遠離了後背那火辣辣的感覺。

蘇世澤也下了車，關懷道：「丹姊兒，可好些了？」

蘇丹伸出一雙白嫩的手，揉了揉額頭，蹙著眉點頭。「好多了。」

她輕輕躍下車，轉身看向不遠處的田良，柔聲道：「田良哥，幫我拿下簍子。」

「啊？喔……」田良不知怎的，竟有些慌亂，像是做壞事被人發現。他三兩步過去，提著簍子端下來。

而蘇丹似要幫忙，也去端，不知是有意還是無意，兩手相碰。田良動作很快，立刻放地上，碰觸的手也就分開。他忙背過手，藏進袖子。風輕雲淡的表面，藏著一顆鼓動的心。

蘇丹一臉嬌羞，看了田良一眼，忙低下頭。

蘇世澤雖然站得近，卻沒注意二人間的小動作。「丹姊兒，就在這處等，妳爺他們該快到了。」

「謝大伯、田良哥……」蘇丹笑得燦爛。

將人送到，一家子繼續趕路。田良坐上牛車，偷偷打量蘇木，見她仍甩著腿，一副雲淡風輕的模樣，輕輕吁了口氣。

約莫半個時辰，牛車行至二灣。田埂狹窄，牛車駛不進去，吳大爺便挑了一條偏僻難走的小路鏟平，從官道直至果園，很是方便。

果園較去年冬，已是大變化，蔥綠一片，碩果纍纍。而那塊甘蔗地，已由半人高的籬笆隔開，籬笆上栽了刺藤，並不能翻進去，只朝東方向開了門，門口還拴了一隻大狗，瞧著凶狠非常。

吳大爺逗弄一番，那狗兒溫順下來。「白天，你么叔管著，離園子不遠，狗一叫喚就能趕來。夜間，三兒睡在園子裡搭的窩棚，一面看果子，莫給人偷了，一面也照看那批野茶樹。」

么叔是吳家表親，住得近，便請他幫忙照看。

田良是頭一回來，果樹不甚稀奇，可十分想看看那批野茶樹，說是稀世良種。

吳大爺打開門，見不大的一塊地裡約莫種了二十餘棵茶樹，棵棵嫩綠，枝葉繁茂，連一片黃葉都沒有，可見侍弄得精心。

田良有些激動，並不知道蘇木搞這麼大陣仗，三十畝地的茶樹種出來，那得賣多少錢？不知怎的，他相信她能成，只是那時，與之家境不可比擬……若爺明年也跟著種茶樹，自個兒又考取功名，那便算得上門當戶對。

他這般想著，幾人已往裡走。

一切安好，吳大爺摘了兩筐梨頭，預備帶回福保村。經過自家屋子，仍是焦黑一片，心中計算又放了放。

東西搬上牛車，駛出官道，卻見官道口站了好些人。

蘇木大都不認得，只有幾位眼熟，像是去年回二灣探親見過。可隱在人群中的尹老婆子，蘇木卻瞧得真真的，那股子咬牙切齒的狠勁，就跟人挖了她家祖墳似的。

站在前頭的還有張氏的爹——張道士，一旁是張婆子，二人面上都掛著笑，與旁人說著什麼。那些人眼光毫無顧忌地上下打量蘇木，點頭又搖頭，似誇一件商品好，又有瑕疵。

張婆子忙解釋，那些人似恍然大悟，又打量起來。

這樣赤裸裸的目光，教蘇木心生厭惡，偏過頭。

吳大爺等人顯然也察覺眾人的異樣，笑問道：「張哥，這是怎了？」

張道士笑得像個彌勒佛，這事卻不好開口；張婆子沒那麼多顧慮，張口就來，張氏的潑辣勁該是隨了她。

「老弟，你們村子不是放出消息要給蘇女婿的大丫頭相人家？大家瞧見二丫的好，都想著攀個親。聽說蘇女婿一家在郡城還有鋪子，真是好。」

原是這麼一回事……

吳大爺轉頭看看女婿，卻見他眉頭緊皺，當下明白，不是那麼回事。

「蘇女婿，你瞧我兒如何？」一婦人扯著一個十五、六歲的少年娃走出來，那娃子生得黑瘦，衣衫不整，扣子還錯位，褲腳一高一矮，露出髒兮兮的腳背。

「這……」蘇世澤只看了一眼，眼中滿是拒絕。

婦人忙將兒子衣裳整了整。「我兒生得是有些寒磣，可地裡活計是一把手，大丫頭進了門，就做飯、餵豬、洗衣裳，旁的啥都不用幹。」

蘇世澤尷尬地笑了笑。他將女兒養得跟官家小姐似的，怎可嫁給那樣的骯髒人？

婦人見蘇世澤不悅，將眼神往蘇木身上瞟，忙改口。「大丫不行，二丫頭也好，瘦是瘦了些，模樣還算周正。」

蘇木心裡翻了個白眼，她還被嫌棄了？

田良哪能樂意，維護道：「嬸子莫說笑，木兒年過才十二，我大伯並未打算給她相人家。」

蘇世澤忙點頭，吳大爺也隨聲附和。「相人家，講究個門當戶對，規矩理法，哪能跟集市賣菜似的，還能討價還價？」

婦人被拒了，當即有些不高興，嘟嘟囔囔地扯著兒子離去，蘇木直覺她嘴裡不是好話。

回來那日，幾個嬸娘說笑，並未放出要給大葉兒相人家的消息，怎麼傳到二灣來了？吳大爺的話有些不客氣，大家不愛聽，尖酸刻薄的話就來了。什麼有幾個錢就看不上了，都是泥土地摸爬滾打的，什麼配得上配不上……諸如此類。

聽著便讓人惱火，吳大爺也不是軟柿子，不客氣地回應幾句，便駕著牛車往官道離去。

歡歡喜喜來看茶樹，嘔了一肚子氣回去，幾人臉色都不大好。

回村後，經過田家門口，田良先下車，他按捺不住心中想法，直奔田大爺的正屋。

田大爺正在理帳簿，本子拿得老遠，年歲大了，字有些瞧不清。

「回來正好，把這兩本簿子理出來。」他吩咐道。

田良忙走過去，拿過簿子，鄭重其事道：「爺，我想娶木兒。」

「啥？」田大爺愣住了。現在是孫兒考學的重要階段，怎麼談起兒女私情了？且木丫頭還未滿十二，哪合適當孫媳婦？雖然他也喜歡這丫頭，可終究學業和老田家的榮光重要啊！

田大爺示意他坐下，語重心長道：「良哥兒，你該知道爺對你寄予厚望，學業未成，談何兒女私情？你這是在爺心上捅刀子。」

田良一屁股坐下，怔怔然，知道自個兒莽撞了，可方才一事卻教他十分恐慌。倘若真就有人上門提親，大伯一家都應允，那他的腸子該要悔青了！

「爺，我有分寸，學業不會落下。我是怕與木兒錯過了，方才……」

他將二灣的事給田大爺講述，後者眉頭蹙了蹙。木丫頭除了年歲太小，旁的沒得挑；兩家知根知底，沒什麼不好，何況孫兒又心悅。

他一番思索，嚴肅道：「學業首要，其次才能談親事。明年二月春，你若考上童生，我便去蘇家提親，將你倆的親事定下來！」

明年二月，只半年……田良心頭歡喜，卻仍是擔憂。「那這期間……」

「放心吧，我自會私下同蘇老大通氣，你只管安心唸書！」見孫子這副癡癡的模樣，田大爺頗感無奈。

一家歡喜，一家愁。

吳氏見丈夫幾個回來，臉色不好，以為是茶樹出了什麼事，一番追問，才了解始末。

不過，她想得開，有人上門議親是好事，自有他們把關挑選。況且一月後就上郡城，也相不了幾回，落不得什麼不好聽的名聲；若相得合適人選，那豈不是皆大歡喜？

男人總沒有女人考慮得細緻，吳氏一番話，蘇世澤寬了心。既然消息已經放出去，那便應對著。

於是乎，接下來一段時日，陸續有託人來問的。吳氏先打聽，不妥的便直接回了人家，並不叫人領上門。因此，小院除鄉鄰串門子，還算清靜。

然而郡城的一封來信，打破了這樣的清靜，不過，是喜事。

是夜，虎子邁著短腿去侯、田兩家請當家的來吃酒。

田大爺帶著孫兒田良，侯文也如尾巴似地纏著侯老么，兩家人一道來了蘇家小院。

太陽落山，褪去了熱氣，院子還十分亮堂。

吳氏將夜飯擺在院子裡，水煮魚、烤鴨、拍黃瓜、拌青絲等葷素搭配，豐盛非常，還打了一罐陳年老酒。男人們坐大桌，女人們坐小桌，滿滿當當，熱熱鬧鬧。

鄰里關係好，請來喝酒是有，不過都是家常菜。

田大爺和侯老么坐上桌，好酒好菜放滿一桌，二人相互看了看，田大爺開了口。「老大，是有啥喜事不成？」

田良心裡咯噔一下，嚥了嚥口水，直勾勾看向蘇世澤，生怕他說出關於蘇木親事的話。

蘇世澤爽朗一笑。「是有，郡城來的好消息！」幾人就更加疑惑了。

這時，吳氏端著兩碟菜自灶屋出來，麻溜地往大桌放。一碟黑白相間，一碟青蔥點綴。

「先嚐嚐。」蘇世澤抬手招呼。

侯老么拿起筷子挾一塊，一番端詳。「豆腐？」

而一旁的田大爺發出疑問：「是……蛋？」

蘇世澤點點頭，這才緩緩道來。「就是上回你們送進城的鴨蛋，天熱，怕壞了，木丫頭便一番搗飭，說是叫皮蛋，味道怪得很，也香得奇特。」

皮蛋？聞所未聞，嚐了嚐，果真與平日所食的蛋有所不同，適合下酒。

田大爺轉向小桌，問向蘇木。「木丫頭，這是妳搗飭的？」

蘇木忙起身，站在旁側。「是哩，我尋思這皮蛋味道奇特，不是所有人都能接受，便沒嘴大。今兒郡城來信，上回買咱筍子的尹掌櫃，大爺可還記得？」

田大爺看看侯老么，又看看蘇世澤。尹掌櫃……他自然記得。「怎麼，他瞧上這皮蛋了？」

蘇木笑了笑。「臨走那幾日，我將皮蛋送人，往福滿樓捎了一籃，烹調的法子也順手寫了一張。」

「尹掌櫃是來信要買這皮蛋？」田良挾起黑乎乎的一塊，一臉佩服。「木兒，妳哪是順手，怕是有意吧！」

蘇木輕笑，並不承認，似覺無辜。「既然尹掌櫃來信購買，便證明皮蛋為大眾喜愛。大爺、么叔，鴨蛋是好賣，何不做成皮蛋，價格翻他幾倍。」

「幾倍？」田大爺心熱了。「能賣那麼貴？」

蘇木成竹在胸。「所謂物以稀為貴，便是這個理。」

「就這麼幹！」侯老么勁頭十足。「田地有，多養些鴨子不費什麼事；再不濟，收鴨蛋來做，同油燜筍是一個理！」

蘇木的打算先給蘇世澤講過了，他這回一點就通。「銷路不愁，鎮上要賣，你們且自個兒看著辦。尹掌櫃是條路子，郡城鋪子也能擺著賣。」

蘇木應道：「爹說得是，尹掌櫃是固定客人，同以往賣筍一般，規定日子訂貨、取貨。咱鋪子也不做零售，只批發，等客人穩定，兜裡有錢了，大爺、么叔，你們也在郡城開個鋪子，專門賣蛋類。我這處還有一個製鴨蛋的方子，叫鹹鴨蛋，口味不同，一樣味美。計劃得當，油燜筍也好重新賣起來，畢竟咱是第一家，名頭在。」

蘇木的一番規劃聽得大家心潮澎湃。這是對一家鋪子的規劃，細緻且周到，只要慢慢做起來，就能在郡城開鋪子，是郡城啊！

第三十五章　商量

田良聽得仔細，心有疑惑，問向蘇木。「這回是不打算咱三家合夥？」

田大爺同侯老么收起喜悅，不解地看向蘇世澤，目光落到蘇木身上。

「你們也曉得外公幫忙栽種茶樹，明年有得忙，鋪子也要人看顧，分不開精力。做鴨蛋生意，您二家合適。考慮到種茶樹，製茶週期過長，前期花費不少，過了明年便要等後年，有這空檔，不如做些別的。且看明年收效如何，大爺和么叔再打算。」

兩家關係親近，從傾盡錢財救蘇世澤那刻起，蘇木便將他們當成親人，且人家知恩圖報，有錢賺，如何能不想到他們？還要細緻、周到，一同發家致富。

往後幾日，吳氏娘兒幾個幾乎待在田家和侯家，教一眾妯娌做皮蛋和醃製鹹鴨蛋，三家人忙得熱火朝天。而村裡人卻恰恰相反。

農忙剛過，地裡活計輕省下來，雖每日照樣下地，卻不必趕著天日。

這不，日頭還未落山，蘇大爺就帶著一家子收工回家了。

一行人扛著傢伙，走在田埂上，蘇大爺為首，蘇世福落後一步，再就是丁氏、張氏。

這等不屬季節性的農忙，蘇丹都不跟出來，在家做做飯、繡繡花；蘇青就更不必外出，日日待在屋子裡唸書寫字。

張氏加快腳步，越過丁氏，扯了扯丈夫的衣襬。蘇世福回過頭來，見媳婦朝他擠眉弄眼，有些不耐煩，小聲嘟囔：「曉得了、曉得了！」

丁氏一貫不管家裡事，媳婦她也拿捏不住，一切都由蘇大爺管著。

回到家中，蘇大爺習慣地坐在屋簷下，端一盅水，閉目養神。以往都拿著水煙管吸兩口，如今嘴巴寡淡，只能喝白水。

二房兩口子今兒沒有急著回屋歇息，端來板凳，坐到蘇大爺身旁。

蘇世福起身，殷勤地給老爹添水。「爹，我有事同您商量。」

蘇大爺抬起眼簾看他，下吊的眼角不怒自威。「啥事？」

蘇世福又坐下。「大哥不是給大葉兒相人家嗎？您瞧，丹姊兒年過也十三了，她的親事是不是也給張羅張羅？」

提到大兒子，蘇大爺眉頭皺了皺。大孫女相人家，老大是提都沒來提一句，眼裡已經沒有他這個爹了！

他看著老二一臉憨笑。雖是個沒出息的，好歹跟自己一條心，青哥兒又出息，偏袒的心思重了幾分，只是……家裡餘錢不多，哪有錢辦喜事？

「老二啊，這幾月郡城來了兩回信，你是知道的，眼見到年關，哪兒都要用錢，開春還要交青哥兒的束脩，丹姊兒的親事再延一延。」

張氏哪能答應。丹姊兒是能延，良哥兒延不得，眼見明年科考，若考上名次，自家女兒還能攀得上？

她忙道：「爹糊塗了，丹姊兒許人家，男方是要下聘的，不僅不花銀子，還要往裡收。」

蘇大爺瞪了張氏一眼。男人家談正事，一個婦人插什麼嘴！不過，張氏的話說得有道理。聘禮收下，不僅能全了丹姊兒的親事，還能填補虧空，過個好年。

但是，他不能讓人覺得家裡過不去，要靠嫁孫女兒才能過日子。於是，神色淡淡。「我明兒得空，就讓王婆子把丹姊兒許人家的消息放出去。」

被公公一瞪，張氏也不敢搭腔，生怕他改變主意，只用手肘碰了碰丈夫，朝他努努嘴。

蘇世福這才道：「爹，我瞧田家的不錯……」

「田家？」蘇大爺轉著眼珠子細想。里正唯一的孫子良哥兒？那是村子裡一等一的人才，家底豐厚不說，娃子唸書也好，還考上了郡城書院，明年該是能中名次。

若丹姊兒能嫁給良哥兒，聘禮自是不必說的豐厚，往後當個官太太也說不定，屆時能幫襯青哥兒，接濟娘家。他這般想著，眼睛往西屋瞟去。

他老蘇家的孫子輩沒有長得難看的，大葉兒隨死去的陳氏，五官柔弱細緻，木丫頭卻隨老大，少了些柔弱，多幾分英氣。而丹姊兒雖身量矮些，卻生得濃眉大眼，比兩個孫女都出挑。加之三弟在郡城當官，丹姊兒配良哥兒算得上門當戶對。

「是啊，爹，您找里正打聽打聽，說和這門親事，咱家哪還用過這樣的日子！」

蘇世福一時鬆坦，說話也沒遮攔，惹得蘇大爺端起茶盅扔過來，吼道：「啥日子！短你吃了，還是短你穿了？說這樣缺心眼的話！」

好在茶盅沒有水，蘇世福忙接住，陪笑道：「我說渾話、渾話！不過這事關丹姊兒的終身，您可得上點心。」

「要你多嘴！」蘇大爺怒氣未消，起身朝裡屋去了。

張氏重重擰了一把丈夫的大腿，埋怨道：「讓你說渾話，丹姊兒的事黃了，我跟你沒完！」

蘇世福輕輕抽了自己一嘴巴子。「我錯了還不成？放心吧！黃了不，田家跟大哥走得近，我明兒個去跟大哥說說，讓他說兩句好話，撮合丹姊兒跟良哥兒，能成事。」

張氏冷哼。「你就能吧！大哥屋裡兩個丫頭，心裡沒存那心思？若不是我讓你先開口，再耽擱些日子，莫說良哥兒了，村裡好的娃子都讓大房挑走了！」

蘇世福有些不耐煩。「這不好、那不好，幹啥妳要把大葉兒相人家的消息放出去，這不搬起石頭砸自個兒的腳！」

「你懂個屁！」張氏也冒火。「且等著吧！她要讓大房的兩個丫頭都落不得好，誰都不能跟她女兒搶東西！」

「妳長能耐了啊！敢罵我？」蘇世福火了，這娘兒們越發放肆了。

這一吼，張氏氣焰消了下去，卻也不甘心。「怎麼，你有能耐，有能耐只會在家發威？」

「妳！」蘇世福揚起手，一巴掌就要落下來。

張氏哪會傻乎乎地挨著，忙逃竄。「你打死我算了！今兒就打死我！」

「妳別跑，今兒我就打死妳！」蘇世福拔腿就追。

一時間，堂屋門前的夫妻倆熱鬧起來。

「能過過！不能過滾蛋！」蘇大爺自屋裡怒吼。

二人霎時噤了聲，卻仍是擠眉瞪眼。

蘇丹貼在西屋的門，聽堂屋動靜。對爹娘的打鬧很心煩，說她的親事呢，怎麼還鬧上了？不過，方才的一席話，她聽得一字不落。

自個兒先一步與田良哥說親，大葉兒和木丫頭到底是蘇家孫子輩，總不好再說，否則成什麼事了！爺定不會讓這樣的笑話鬧出來，損了老蘇家的臉面。

且她覺得田良對她有心思，幾回接觸，他每每耳根發紅，不能自已，只是差了一個機會……那這個機會便由她提供，而蘇大爺去開這個口，再合適不過。

她一想到田良那張俊朗的臉，不由得臉紅心跳，面上含羞。

次日，蘇大爺拎了兩罐酒往村口田家去。

只是不一會兒又回來了，手上兩罐酒原封不動，面上卻多了豬肝似的難看臉色。

張氏圍著圍裙，站在豬圈口餵豬。從豬圈柵欄，瞥見熟悉的身影走來。

她丟下瓢，三步併作兩步至院壩口，扯著嗓門道：「爹，怎地這麼快回來了哩！」

蘇大爺沒有應聲，走進自家院子，臉色越發不好。

張氏見情況不對。壞了，被大房截胡了？

她巴巴地望著公公，盼他漏一字半句。然而蘇大爺一聲未吭，往屋子去，臉黑得跟鍋底似的，她饒是再想知道，也不敢在老虎屁股上拔毛。

她忙跑進自己屋子。蘇世福躺在床上打盹，她推搡一把。「出事了，你快去問問爹怎麼回事？」

蘇世福轉了個身。老爹不高興，誰也莫去惹，搞不好一頓打，他才不幹。

張氏喊不動，氣急，又跑到灶屋，丁氏正在醃菜。

「娘，」她放低了聲音，難得溫和。「爹從田家回來了，娘去問問丹姊兒的親事怎樣了？」

丁氏看了她一眼，手上動作不停。

張氏忙接過盆，揉搓起已經打蔫的菜梗，臉上堆著笑。「娘，丹姊兒是您親孫女，您也指望她嫁得好不是？咱還能搭著享福。」

丁氏心軟，禁不住說，洗了手便回屋了。

「怎麼了，氣成這樣？」

上。

丁氏進門，見老頭子躺在床上，直喘粗氣，兩個寶貝得不行的酒罐歪倒在地上。

「左不過不同意，值當鬧這般僵？酒罐都拿回來了。」丁氏走過去，將酒罐抱起放櫃子上。

蘇大爺一屁股坐起身。「他管哪樣不同意？我老蘇家是比不上他田家？咱三弟在郡城當官，青哥兒在唸書，丹姊兒生得有模樣！他挑啥？」

「也不見田家放消息，怕是沒有討孫媳婦的打算……」丁氏低聲道。

「氣就氣在這裡！他道良哥兒考學要緊，不談兒女私情，我便提議先訂親，哪承想這老傢伙還是不同意，說什麼親事不急著考慮！拎著酒巴巴地上門，得這樣的回答，妳道我老臉往哪兒擱！」

張氏偷偷摸摸靠在老倆口門外偷聽，得知這麼個緣由，放心不少。她又返回屋子，將蘇大爺的話同丈夫講，催促他趕緊上大房，否則，這事就黃了！

而田家，蘇大爺剛走，田良便從書房出來，暗嘆幸好自個兒先將心思同爺道了，否則這門親怎樣定下來，他都不曉得。

此刻，在後院教田家妯娌做皮蛋的吳氏有些出神，方才前院的鬧哄哄，她聽得明白。這是來說丹姊兒和良哥兒的親事？那木丫頭和良哥兒呢？頓覺腦子亂糟糟。

起身去井邊，將手洗乾淨，對田大爺家的道：「嬸兒，我想起家裡有事，先回去了。這鴨蛋藏陰涼的地方，二十日左右便成了。」
田大爺家的連聲感謝，將人送出門，很是客氣。
吳氏腳步較平時快了一半，等她到自家院門時，蘇世福正坐在院中，悠哉悠哉地喝茶。
坐一旁的丈夫臉色有些怪，跟吃了爛紅薯似的，吞吐不得。
「大嫂回來了？」蘇世福看過來，笑得燦爛。
「誒。」吳氏看看他，又看看丈夫，緩步進門。
蘇世福站起身，頭頂是蔥鬱如蓋的石榴樹，此刻碩果纍纍，他輕輕一躍，拽了兩個下來。「大哥，這事全靠你，那我就回去了。」
蘇世澤愣了愣神。「誒……」
蘇世福得了滿意答案，揣著兩個又紅又大的石榴離去。
吳氏見人走沒了影，忙坐下，問道：「二弟找你說啥了？是不是丹姊兒的親事？」
蘇世澤一愣。「妳怎曉得？」
「我在田家後院，聽見爹找田叔議親。」
蘇世澤沒有意外，他點點頭。
「這是怎麼回事，怎地撮合丹姊兒和良哥兒了？那咱木兒怎麼辦？」吳氏有些焦急。
「田家沒應，說是為著良哥兒的學業。二弟的意思想先把親事定下來，等良哥兒學業有成，再成親。」

往外推了。

「你沒答應吧？」吳氏盯著丈夫。良哥兒心悅木兒，他這個做爹的可莫將這麼好的女婿往外推了。

蘇世澤露出為難的神色。「爹都去議親了，我能怎麼辦？可莫落個搶自家人親事的壞名聲，於木丫頭更是不好。」

吳氏已經不知道說什麼好。「這事咱莫摻和了，你也別幫二弟說好話。良哥兒的心思，你不是不知道，要是去了，良哥兒只當你瞧不上他。田家不是沒應，往後什麼情況，咱且等著。」

權衡利弊，蘇世澤決定聽媳婦兒的。

很快到了月底，於吳大爺夫婦的不捨中，蘇世澤一家踏上了回郡城的路，田良自然也跟隨一道。

兩輛馬車，回時滿滿，去時仍滿滿。

搖搖晃晃中，那座小村落漸漸於眼前消失，那些紛雜的事和人，似乎也暫時從日子中遠去。

道路漸寬，視野漸闊，就像一家子的生活朝著更美好的方向而去。

「噠噠！」

清脆的馬蹄聲由遠及近，蘇木撩起轎簾子，探著腦袋往外看。

便見一匹棗紅色的駿馬自旁側呼嘯而去，馬背上的人一襲青衣，像極了一個人。只是想半天，也沒想起這個熟悉的背影是誰。
她不是糾結的人，想不起便算了，放下轎簾子，倚在一旁的蘇葉身上，打起盹來。
回郡城的第二日，蘇木拎著大包小包上郡守府。
杜雪瑤樂得不行，不管蘇木送的那些農產是否合適，直接往閨房拿。
「這石榴是我家新院建好，結的第一批，個頭雖不大，卻頂甜，我外公也不曉得怎侍弄的，結得就是比別家好。這是冬瓜糖，妳定沒吃過。地裡冬瓜結得太多，這玩意兒家家戶戶都有，賣不得錢，便製成冬瓜糖當零嘴。這是鹹鴨蛋，我新捯飭出來，白水煮熟即食，不過配稀粥和米飯最佳。」
蘇木將一樣樣東西拿出來，如數家珍。
杜雪瑤坐在一旁，托著腮，聽得仔細，對於蘇木說的每一樣，都表現出極大的興趣。
嬤嬤並丫鬟們歡喜地在邊上瞧著，這些農家小玩意兒，她們最是熟悉，自然能搭上話。兩位小姐也不計較，跟誰都能聊一道，一時間，聽雪閣熱鬧起來。
東西介紹完，田嬤嬤細心讓丫鬟上茶水、點心，又命人將東西仔細收到聽雪閣後廚。
杜雪瑤拉著蘇木往裡間，二人坐在那座玳瑁彩貝鑲嵌的梳妝檯前，試各樣胭脂水粉和首飾，女兒家對這些總是感興趣。
「對了！」杜雪瑤似恍然大悟。「我爹說想見見妳。」

第三十六章　牙莊

蘇木嘴角微微一翹，心下了然。

果然聽見她繼續道：「上回妳送我的一罐茶，吃著味道竟比府裡常用的都好，就給我爹送去了些。不承想他讚不絕口，還道要見妳。」

「當真比常吃的都好？」不甚確定那些茶葉是否比得上頂級茶葉，從製作到存放都用盡了心思，饒是仔細了解過，蘇木心裡還是沒底。

「自然，只是今兒不巧，我爹去衙門了，三日後沐休，妳可有空？我讓嬤嬤去接妳。」

蘇木想了想，點頭道：「得空，那我便在鋪子等著。」

二人又說了一會兒，杜雪瑤留晌午飯，飯後如何都不讓她走。蘇木道還要往福滿樓一趟，杜雪瑤才放她離去，仍是不捨，讓田嬤嬤備了轎子，囑咐一定要送她到家。

對此，蘇木頗感無奈。

不是飯點，仍有喝下午茶的人進出福滿樓。

轎子停在一旁，小廝幫忙提東西進樓。劉田遠遠瞧見有人來，是蘇木，臉上殷勤又多了幾分。

蘇木見他身上不再是小二打扮，正經穿起袍子，想來是升職了，這樣八面玲瓏的人，自然不能埋沒。

劉田拱手笑道：「掌櫃在裡間，蘇二姑娘隨我來。」

尹掌櫃正在算帳，一見來人，忙起身相迎。「我瞧妳鋪子掛著歇業，尋思這幾日該回來了，本打算上門尋妳一趟，倒是妳先上門了，快裡邊請。」

「昨兒回的，從鄉下帶了些農產，一點心意，尹掌櫃莫要嫌棄。」

蘇木說著進門，由尹掌櫃的指引落坐。

「客氣了！」尹掌櫃朝劉田示意，後者點頭，領著小廝將東西拿去歸置。

尹掌櫃一人斟了一杯茶，也就坐下。「妳那兩道蔥油皮蛋、皮蛋拌豆腐，當真妙！」

蘇木端起茶盞，笑了笑。「今兒還帶了樣鹹鴨蛋，得空且嚐嚐，白水煮沸即食。別樣花色我卻是不曉得了，且叫丁大廚研製。」

尹掌櫃眼睛亮了。這丫頭做出的東西每每教他驚喜，福滿樓因著她那些新奇的點子，盈利比往常多了二成。

如那道湯包，如今已成了福滿樓的招牌點心，大廚們如法炮製，做了各式各樣的餡，真真讓人吃了流連忘返。

油燜筍雖已不是獨家秘方，因著名聲是從福滿樓打響的，並未受多大影響，吃的人照樣不少。

只是當他們得知那去麻味的方法竟是用老酒和糖，不由得嘖嘖稱奇。如此，做菜添酒加糖提味也成了大廚們慣用的法子，鮮美程度比從前大大提升。

東家這幾日會帳，沒少誇讚，連帶著一眾人職位晉升，月錢也多了不少。

「您定的第一批皮蛋，我么叔於初十送來，屆時再同您詳談合作事由。」

約莫估算片刻，尹掌櫃點點頭。「成，你們做事，我放心。作坊是要開起來了？城裡鋪子也開著，顧得過來？」

「開，只是我家不參與，由么叔他們自己捯飭。」

「油燜筍真真可惜，東家這次回來似乎挺重視，正命人查那事，定能還妳一家公道。」

蘇木愣了。「扯上官府，就算是冤枉，也翻不了身吧！您東家倒是熱心。」

尹掌櫃笑了。東家可不是熱心腸的，只是這回如此上心，他也看不懂。「一座大酒樓牽涉的道道多了去，清水、渾水都得蹚。東家要管，這事就能成。」

蘇木若有所思。她本有打算，若多個人管，也不是壞事。

尹掌櫃又問起村裡、鋪子、家人，儼然長輩的關懷。

約莫待了兩個時辰，蘇木才離開。

剛從裡間出來，走過大堂，通往樓上雅間的樓梯口出現一個熟悉的身影。

唐相予臉上閃過一絲詫異，似沒想到會在這裡碰到她。

蘇木倒不甚在意，衝他揮揮手。

「回來了？」唐相予笑了笑，朝她走來，不著痕跡地給尹掌櫃示意，不要聲張。

蘇木點頭。「昨兒回來的，皮蛋可嚐了？那可是你自個兒親手……和的泥。」
唐相予嘴角抽了抽，裝作看不到尹掌櫃一臉的錯愕。「嚐了……味道還不錯。」
蘇木抿嘴一笑。「那便好，我先回去了。」
「欸……那個……一起走！」
唐相予追隨而去，留下福滿樓一眾人面面相覷。
東家、蘇二姑娘……認識？似乎還很熟？

「妳一個姑娘，步伐怎這般快……」唐相予跟上去，蘇木正與杜府的轎夫辭行。
她回過頭來，仰著小臉。「我們鄉下丫頭可都這般，自與你接觸的閨中小姐不同。」
「不……不是，我不是那個意思……」唐相予忙解釋。「我也不認識什麼閨中小姐……」
他一如初見，一身冰藍色長衫，陽光下，一張俊臉白得發亮。蘇木有些嫉妒他的好皮膚，不予理會，往家裡而去。
唐相予見她臉色並無怒意，陪笑道：「皮蛋吃了，味道絕佳。」
「那是自然！」蘇木毫不客氣。「你怎又在外頭晃蕩，授衣假剛過，課業不忙？」
唐相予挺直了背脊。「早已成竹在胸，只等明年四月科考。」
四月？田良卻是二月考童生試，童生試過了，才能取得秀才的參考資格，而後才得以參加院試、府試、殿試等。

而四月考的是……殿試？

她不相信，多少人考了一輩子，到白髮蒼蒼連秀才的名頭都考不上，他一個十七、八歲的少年就已參加殿試了？

田良哥比他小兩歲，卻還在考童生，等考到殿試該是二十好幾了。這也是一個學子求學之路的正常年紀，他……

「明年四月的殿試？」

唐相予嘴角不由得上揚。「不然妳以為呢？應該參加什麼？我八歲便已獲得童生資格。」

蘇木驚訝地張大嘴。這就是傳說中的神童？一路跳級，十二、三歲就考大學那種人？可怕……

唐相予很滿意她這副呆愣的模樣。

二人一路走一路說，十分融洽，直到蘇記冷飲門口才不得不分開。

一月不見，她沒什麼變化，自個兒心裡卻日益滋生想念。唐相予有些不捨，卻不好追進門，只得落寞地回去。

等他到家時，雲青已等候多時。「少爺。」

唐相予擺手。「進屋說。」

二人進了書房，關上門，雲青將幾日查得之事一一道來。

原來，一切都是福滿樓的死對頭醉仙樓在搗鬼。

醉仙樓也是郡城有名的酒樓，僅次於福滿樓，聽說是某位權貴與商賈合開。而蘇三爺的官職是捐的，是以每年要給權貴上供大量銀錢，而鄉間的大房、二房便成了銀子的來源，自然是被蒙在鼓裡。

因著油燜筍的出現，福滿樓生意大好，醉仙樓則每況愈下，一經打聽得知那油燜筍出自蘇三爺家中，這才生了要方子的念頭，軟的不行，便來硬的。

聽到這兒，唐相予眉頭蹙了蹙。真是狠毒的一家子，為保一個小小的典吏，竟不顧血肉至親的死活。

「而蘇二姑娘……」雲青繼續道：「蘇二姑娘姊妹自小便被苛待，蘇二姑娘的母親陳氏難產而死，她病了一月，愣是不給抓藥，險些病死。而後奇蹟般好起來，蘇父再娶，一家子才分了出來，從一間草屋發展至今……」

唐相予既憤懣又心疼，手關節捏得「咯咯」直響，冷冷道：「你派人去查那權貴，就從捐官開始，罪證齊了，便送到杜郡守那兒。至於蘇典吏，拿唐府的帖子去司吏提醒他們，這個職位該換人了！」

典吏，負責衙門文書、檔案、表冊等案牘之收取、送發、啟緘、保管等，是低級事務人員，要換人相當容易，並不必報備上頭。

頃刻間，老蘇家即將發生翻天覆地的變化，迎接他們的不只是家財散盡，還有蘇老爺子維護多年的聲譽。於一家子來說，無疑晴天霹靂。

然而街角的蘇記冷飲，仍是一派祥和。

月餘不在，屋子各處積滿灰塵，一家子來了個大掃除，補齊了各種供給，準備明日開業。

田良昨兒就回書院了，虎子也上學舍，一切按部就班地開始。

而蘇木考慮的還有一件事，便是招個掌櫃。

她本想貼招聘啟事，轉念又覺人心難測，入口的東西稍不謹慎，便被人害了去，倒不如找牙子買兩個可靠的，如此一家子回村了，留有人照料虎子也放心。

她將想法告訴一家子，蘇世澤夫婦倆震驚不已。買人口，是想都不敢想的事，那是地主、官爺才做的，他們一家普通農戶要進衙門辦事，便有些慌張。

由此，蘇木也知道，買人口並不是說給了錢、換了契就完事，還要到官府備案，查人的家世是否清白，是否遭拐賣等等。

自然總是有不清白的，給些銀錢就清白了；而清白的，也可說成不清白，總之一切看錢行事，或者看人行事。

蘇木心下有了計較。唐相予明年考殿試，那如今便是秀才加身，若帶上他一道去牙莊，有個名頭在，那些人自不敢見她無權無勢就拿喬。

打定主意，次日大早，她敲響了城中一處雅致宅院的大門。

看門的下人站在門口將她好一陣打量，才關上門，進院通報。

片刻，雲青親自出來，驚訝道：「蘇二姑娘怎麼來了？快進來！」

那看門的下人一臉誠惶誠恐，像是惹了什麼大事，畢恭畢敬站在一旁。

「你家少爺可在家？」蘇木問道。

「在，且隨我來。」雲青將人往後院領。

他走在前頭，蘇木跟在後面。這個背影十分熟悉，似乎哪裡看到過……猛然想起，回城那日，馬背上的人不就是他？

那條道路是郡南縣通往郡城的唯一要道，他……去那處做甚？

蘇木疑惑地看著前頭人，甚為不解。

走著，漸覺渾身由一絲幽涼包裹，四下環繞，才發現進入一片竹林。

那些竹子一團團、一簇簇，千姿百態，像一件件藝術品擺在寬闊的院子，蒼翠、幽深且名貴。

竹林中修有青石板路，縱橫交錯，間或還安有桌椅，桌上是齊全的茶具，想來是常備著。

這個唐相予愛好竟如此奇特。

這時，不遠處一簇竹林的盡頭，走來一翩翩少年，一襲白衣，手持摺扇，步伐輕盈，風流蘊藉。光潔白皙的臉龐，透著稜角分明的冷峻，嘴角噙著一抹微笑……

蘇木覺得鼻子有些發熱。該不會流鼻血了吧？忙移開視線，平復心情。

唐相予看她這副癡迷的模樣，很是滿意，不枉他換了一身衣裳。不知這丫頭看到這滿園的竹林，會不會想到福滿樓那盆被她毀掉的玉竹？

「今兒太陽打西邊出來了，蘇二小姐登門拜訪，令寒舍蓬蓽生輝。」他搖著扇子走近，調笑道。

蘇木斜眼看他。「少貧嘴，你這裡哪叫寒舍？看來下回找你就得直接來這兒，昨日不在書院，今日竟又蹺課。」

「妳跑書院去了？」唐相予收起摺扇，仔細瞧她，只見光潔的額頭，幾縷柔軟的髮絲濕漉漉地黏在一起，有些心疼。「先坐下歇歇，雲青，沏茶。」說著，走向不遠處一方石桌，朝她招招手。

蘇木不知怎的，有些不自在，慢慢挪過去。聽他溫柔道：「找我何事？」

此時，雲青將茶壺拿來，唐相予忙接過，親手斟了一杯，遞給她。

蘇木自然接過，喝了兩口，口中乾燥去了大半，才道：「我想買兩個家奴，去牙莊怕被人誆騙，你有秀才身分，他們不敢作假。」

「買家奴？」唐相予不解。

蘇木點頭。「年後打算回村，鋪子得有人看顧不是？往後怕是不在郡城常住，聘的人不放心，便想著買兩個家奴。」

唐相予眉頭蹙了蹙。回村？不常住郡城？那豈不是見一面，都難了……

「鋪子開得好好的，回去做甚？」

蘇木笑了笑。「家在那兒，總是要回去的。」

「那妳有沒有想過把家安到京都去？」唐相予急切道。

「京都？」蘇木臉上掛著疑惑，隨即搖搖頭。「不曾想過，好好的去京都做甚？郡南縣大概是我這一生的歸宿吧！」

唐相予有些失落，半晌沈默，遂道：「走吧，去牙莊。」

牙莊並不若想像中似一座囚牢，關押著蓬頭垢面的奴隸，而是一處宅院，修葺得頗為風雅。

管事的將人領進正堂，問了要什麼價位，蘇木道最好能識幾個字。

他便讓二人稍坐片刻，命人將人領來。

不多時，著短褐的手下領著五、六人自偏院而來。那些奴隸穿戴整齊，亦步亦趨跟著前頭的人。

蘇木打定要一男一女，男的能幹力氣活，女的做事細緻。一番掃視，見後排角落一個瘦弱的女娃，不若旁人低眉順眼，背脊挺得直直的。

便問向管事，管事自箱子裡拿出女娃的紀牒。

每個奴隸都有一本紀牒，記錄了他們的一生。主人家買下後，紀牒會放置官府備案，賣身契則由主人家保管；若主人家再賣，也需要到官府報備、記錄，交由牙莊。

女娃名雲朵，年十，郡城邊縣的一農戶之女，家中姊妹頗多，出生便被爹娘賣給郡城一對史姓夫婦，夫婦二人膝下無子，待女娃很親厚。史先生是文人，她耳濡目染，也識得幾個字，但後來那史先生病逝，史夫人也病倒，已回娘家。娘家並不寬裕，這才將女娃又賣了。

蘇木點頭。家世清白又不卑不亢，便留下了她的紀牒。

而男奴卻挑不出來，不是年紀太小，就是年紀太大，且生得粗鄙，有些看不過眼。

管事會察言觀色，少年男女氣度不凡，似那女娃主事，雖穿戴普通，通身作派卻不小家子氣；而少年雖衣飾無華，卻周身貴氣。

於是望向蘇木道：「識字的就這麼幾個，撇開這點，姑娘想找與那丫頭般家世清白的，倒有一個人。」

既尋得一個識字的，那另一人要求倒是可以放低。

蘇木點點頭，以示同意。

第三十七章　賣茶

管事朝下人使個眼色，便從匣子裡找出一張紀牒，緩緩道來。

牛大力，年二十六，喪父喪妻，家中有一病重老母和十三歲的妹妹。老母突發重病，拿不出大筆銀錢，這才賣身。

蘇木有些堵心。本以為吃糠嚥菜夠窮苦，卻想不到還有更悲慘的。為了生計，只得賣兒女，甚至賣自己，如此看來，福保村還算好，雖過的都是清貧日子，卻從未出現這類的事。

這邊說著，小廝已領人來。

那人一身短褐，辨不出顏色，渾身髒兮兮，頭髮凌亂；生得倒是高大，模樣憨厚老實，兩眼無神，帶著絕望。

蘇木並不喜這樣沒有精神頭的人，卻又心存憐憫。罷了，就買下吧！

二人總共三十兩，雲朵十八，牛大力十二。

付過錢，收了契，管事直接將一行人領進衙門備案。因著唐相予在，自是沒人暗箱操作，一切進行得順當。

出了官府大門，雲朵和牛大力便屬於蘇家家奴。不過，蘇木不喜歡家奴二字。

「你倆……」

見主人家說話，雲朵忙跪下。「小姐，有事您吩咐。」

牛大力木訥，見小丫頭跪下，他忙跟著。

「快起來吧！我想問你二人是打算回家住，還是在我家落腳？」蘇木無奈地看看唐相予，後者輕笑。

雲朵抬起頭，毫不猶豫道：「自是跟著小姐。」

牛大力卻半晌沒有回話。他想回家，想照顧老母和妹妹……

蘇木也猜到了，問道：「你是想回家？」

牛大力一番猶豫，點點頭。

「那便回去，白日上工即可。」蘇木將二人扶起來。「可莫動不動就下跪，我不是什麼小姐，同你們一樣，都是農戶出身。買你倆也不是為了伺候誰，只是鋪子缺人手，想尋兩個可靠的看鋪子。」

二人相互看了看，震驚不已。不是伺候人，是管店？

牛大力試探地問道：「當真可以回家？」

蘇木點點頭，溫和道：「不僅可以回家，還有工錢。」

工錢？牛大力已經不知道說什麼好，撲通一聲跪下，死命地磕頭。「小姐真是活菩薩，我定做牛做馬報答您的大恩……」

蘇木好不容易勸住牛大力，抹了抹額上的汗，轉向唐相予道：「今兒多謝你了，替我省下不少銀子。」

「一句謝就完事了？不請我吃飯？」唐相予好笑地看向蘇木。這個傻丫頭，買兩個家奴，心卻比豆腐還軟。

蘇木抿嘴笑了。「成，改日請你吃牛肉麵。」

「那我可記下了。」牛肉麵也不錯。

蘇木白了他一眼。「忘不了。」

唐相予看向街角的蘇記冷飲，有些失落。怎麼這般快就到了……

分開後，蘇木領著一大一小回鋪子。

蘇世澤夫婦倆早就站在店門口，翹首以待，見女兒領著兩人回來，竟有些拘謹。

蘇木帶二人進鋪子瞧了瞧，又一番介紹。

了解二人家境，夫婦倆比女兒還不忍心，忙叫牛大力先回家照顧老母，待病情好轉，再來幹活。

牛大力又是一番磕頭下跪，紅著眼眶離去，還帶了吳氏給他裝的一籃子肉菜。

而雲朵卻不願回家。她一出生就被賣了，甚至不知道爹娘長什麼樣？

吳氏心疼不已，將她拉進屋，一番梳洗，換上了蘇木的衣裳。雲朵比蘇木還小上一歲，因著以前日子好過，身板倒是長得好，衣裳也將將合適。

如此一來，牛大力回家住，雲朵同姊妹倆住。

有了二人的加入，活計輕省不少。雲朵跟著吳氏、蘇葉學做奶茶；牛大力則同蘇世澤進貨。生意本就簡單，二人一學就上手，假以時日，熟悉即可。

雲朵年紀小，加之一家人待她極好，活泛的性子逐漸顯露，鋪子裡整日歡聲笑語。

距上回見杜雪瑤已過去七、八日，本計劃三日後進見杜郡守，不承想那日杜郡守接了大案，像是與手下某權貴有關，這幾日都在忙著審案，自然無暇接見。

昨兒田嬤嬤親自上門遞話，問蘇木次日是否有空，她家老爺請她一見。

一家子這才知道杜雪瑤是杜郡守的千金，而郡城的郡守大人竟要接見他們一家？

蘇世澤知道要去郡守府後，手哆嗦了一天，慌啊！

石榴上市的季節，鋪子推出了石榴汁，反應很好，這不，院子裡堆的都是石榴，幾個姑娘便坐在院子剝石榴籽。

蘇木麻利地將石榴一頭開個天窗，掰成四瓣，放在盆裡，蘇葉、雲朵只管扣出果肉。

「爹，杜大人只問咱家茶葉的事，您擔心啥？」

蘇世澤將裝滿石榴的籮筐搬近蘇木。「木丫頭，要不我就不去了，萬一說錯話，把事情攪和了，可怎辦？」

「叔，有木兒姊在呢！能成事。」雲朵朗聲道。自蘇木將她領回來那日起，她便沒有由頭地崇拜她，總覺得沒有什麼是辦不成的。

蘇葉笑了笑不語。有爹娘、妹妹在，她就覺得安心。

「唉，妳們小娃子不懂，那不是小官，一句話就能掉腦袋的。」蘇世澤仍舊心焦。「我說丫頭，妳怎就跟官府的打上交道了？」

「咱賣茶，定是要與官府打交道的，而雪瑤與我交好，好處自然要想到她了。」

「妳這丫頭，明明是攀人家關係，怎還往自家身上攬功勞了。」

蘇木不解釋。她製成的頂級茶葉，若是賣出名聲，興許還能成為貢茶；而茶葉又是杜郡守獻上的，難道不是得她的好處？但，這都是計劃，做生意要一步步來，穩穩站住腳。

次日，父女倆穿戴一新，上了郡守府安排的馬車。

不同以往進偏門，而是直接在大門口下車。二人一下車，便有人接引。

前院不同後院，更加肅穆莊重，教人拘謹起來，不敢多說一個字。

一路上接引的人換了兩批，最後這位年紀略大，衣著更加華麗，想是管事或者管家。

終於，彎彎繞繞的亭臺樓榭走到盡頭。

「到了，二位請。」

眼前是一座廳堂，同之前在蘇三爺宅子中所見大致相同，卻寬敞十倍，華貴百倍。

跨進大門，就見一個威嚴的瘦高中年男子端坐高堂，不苟言笑，不怒自威，通身氣派直教人不敢直視。

左手邊坐著杜夫宴兄妹，笑盈盈，與其父的威嚴形成對比。

父女倆恭敬行禮，杜郡守說了幾句客氣話，丫鬟便有眼色地將二人引入座。

「早聽雪瑤提起你們一家，無奈公務繁忙，而今才得以相見。」杜郡守不露痕跡地打量二人，後視線落到蘇木身上，問道：「妳便是蘇木？」

提到自己，蘇木忙站起來，微微俯身。「回大人，正是。」

不卑不亢，不似農家女的小家子氣，他不由得點點頭，又轉向蘇世澤。「茶葉我嚐了，可謂上品，你世代務農，怎會做出這般色香味俱佳的好茶？」

蘇世澤一愣。他也不知道啊……

「我……我……」

「爹，那茶葉是木兒製的。」杜雪瑤見蘇世澤慌了神，忙解圍。

「哦？」杜郡守不可思議。那十一、二歲的女娃懂製茶？探究的目光投過去。

蘇木毫不慌張，早將準備好的一段說辭，緩緩道來。「這還要從杜二少爺設茶宴，請民女品茶說起。」

茶宴？杜郡守看向兒子，見杜夫宴臉色閃過一絲不自然，想來有什麼緣由。他不追問，示意蘇木繼續說。

「民女自幼愛看話本，醉心各種野史雜談，故事裡不乏許多關於吃食、製作等奇思妙意。製茶也是由此學來，自然做了改良。」

「妳道妳製的那罐子茶，只是……一時興起的戲耍？」杜郡守沈下臉。好茶只此一罐？

「是……」蘇木點頭，又搖頭。「又不是！」

在座人被她這一大喘氣，如鯁在喉。

「茶葉金貴，盈利豐厚，我家既能製成頂級茶葉，自然想往這處發財。只是製成的茶葉只能銷於官府的茶場，那便不若種蘿蔔、白菜般隨意。本打算時機成熟，將茶葉送去茶場，正正經經地談生意，不承想杜大人感興趣……」

「什麼時機？」杜郡守追問。

「茶種、母樹和茶園，這些都在陸續籌備。若無意外，至明年九月共可採兩次，即六月一次，九月一次。粗略估算，乾茶約莫八百斤。」

八百斤……三十畝地，產量不算高，可頭一年，以樹齡來講，已是不錯了。八百斤乾茶若要上貢，卻有些少，只是好茶難尋，少而精，方顯貴重。

頃刻間，杜郡守思緒百轉千回，也有了決定。

「成，這批茶你們只管種，但是，要一分不差地賣進郡城茶場。」

這事算是成了？杜雪瑤和蘇世澤等人神色有所放鬆，只等蘇木開口。

「好，郡南縣屬郡城管轄，沒有賣到別處的道理。只是我有一個小請求……」

抬價？杜郡守目光如炬，直直看向那個嬌小的女娃。「講。」

「杜大人覺得我家那罐茶，屬何種茶？」

這倒把他問住了。

如今茶只分兩種，紅茶和綠茶，是以沖泡的顏色區分，命名也是由各出產地所命，如江陵的紅茶有名，便稱為江陵紅茶；真州的綠茶有名，便稱為真州綠茶。舉國上下，有名的紅茶、綠茶卻是一個手能數得過來。而蘇家那罐茶形似綠茶，味同紅茶，這……

見父親為難，杜夫宴適時開口。他是個喜茶之人，門道有所了解。「據我所知，茶分何種，取決於製茶的方法。蘇二姑娘製法奇特，莫不是想別出心裁，自闢一路？」

蘇木臉上露出讚許的神色。「不錯！這是我蘇家發明的茶，且命名為蘇記普茶。」

她不要臉地將普洱茶歸到自家名下，可畢竟是傳世名茶，怕亂了歷史，特意將「洱」字隱去。

「妳的意思，往後茶葉外銷，名為蘇記普茶？」杜郡守若有所思。

蘇木毫不猶豫。「正是。」

這小丫頭野心倒是不小，如此一來，她蘇家茶葉便聞名於世。這樣沈重的榮耀，是一個無權無勢的農戶背負得起的？於他而言，並沒什麼衝突，能拿出茶葉，命名什麼倒是其次；且除了紅綠茶外，第三類茶出自自個兒管轄的郡城，這等榮耀，也是無上的。

杜郡守恢復初時的不苟言笑，略加施壓。「且依妳。明年六月，我要見到成茶。」

「一言為定。」

蘇世澤規矩地坐在一旁，見女兒不可一世的態度，他渾身直打哆嗦。這要是出意外怎麼辦？茶樹嫁接不好，種不活怎麼辦？木丫頭莽撞啊！

事情談妥，父女倆從郡守府大門出來，蘇世澤這才扯著女兒，一番說教。「丫頭，妳膽子太大了！生意能成是好，若成不了，杜大人怪罪下來，咱擔待不起啊！」

「爹，您就把心放肚子。一來，咱沒立契約，沒有怪罪的由頭；二來，杜大人官職在這分上，不會為沒由頭的事為難。至於三，咱的茶樹一定能成。」說罷，大搖大擺離去。

蘇世澤愣住了。靠天吃飯，茶樹能不能活，那要看老天啊！

「丫頭！妳等等……」

自郡守府回來後，蘇世澤是茶飯不思，卻見女兒跟沒事人一樣，他就更加心焦了。好在沒兩日，侯老么夫婦和田大爺三人上郡城，拉了滿滿兩車的皮蛋和鹹鴨蛋，心思也就分散了。

鋪子住不下，蘇木便在一旁不遠的小客棧訂了兩間廂房。

是夜，小院熱熱鬧鬧。

吳氏娘兒幾個備了滿滿一大桌菜，滿滿當當坐不下，還添了兩把椅子。

田良下學便匆匆將虎子接來，二人到時，飯菜將將做好。

田大爺幾個坐一起，正聊得火熱，臉上堆滿了笑意。

「良哥兒來了，挨你爺坐！」吳氏圍著圍裙，招呼眾人。

虎子則乖順地鑽到蘇世澤身邊，笑瞇了眼。一旁是蘇葉姊妹、雲朵，吳氏的位子還空著。當家主婦，自然要照應周全了，才能放心坐下。

田大爺問起孫兒的學業，並一番叮囑；他也關懷到虎子，一頓語重心長。

而後又問起鋪子。幾人頭回來，眼見著不大的店面和陳舊的院落，也理解一家子的辛苦，關懷的話少不了。最後，便是此行來的目的，賣兩車貨物。

三家人討論得熱烈，時不時問向蘇木。飯菜將盡，條條款款也就列了出來。

與上回賣油燜筍差不多，卻不好做代理，畢竟考慮到開鋪子的事。總之呢，先賣錢，等手頭寬裕，便開店鋪，大家都將生意做到郡城來。

三個男人喝了酒，話是說不完的多，撤了飯菜，仍在桌上不肯散去。

吳氏同侯文娘收拾碗筷，雲朵、蘇葉自得幫忙；蘇木也幫忙端了幾碗剩菜，卻被趕了出來。

她只得坐邊上，聽他們吹牛聊天。

田良瞥見她獨自一人，便下桌走過去。

「話本可看完了？我又給妳帶了兩本。」說著從懷裡掏出遞給她。

蘇木接過翻了翻。「還沒哩，這幾日都忙，莫得空翻。」

「不著急，看完讓虎子來書院找我。」田良笑得溫和。

「嗯。」蘇木微笑著回應。

他挨著蘇木坐下，也不多話，就這樣靜靜地聽大人們講話，時不時回頭看看身旁人兒。

第三十八章 趕集

侯老么三人只在郡城待了三日，事情談妥便急匆匆趕回去，籌備下次的貨物。

蘇世澤也於十月下旬，隨訂的第一批茶苗回村去了。三十畝地，光吳大爺父子倆是忙不過來的，他得回去幫持。

牛大力的母親沒幾日便好起來，他並不耽擱，已回鋪子上工，接了蘇世澤進貨的活計。妹妹牛秀兒也時常來鋪子幫忙，是個文靜賢慧的姑娘，長得同她名字般秀氣。

至於雲朵，聰明伶俐，別看年紀小，放得開，做起生意來似模似樣，嘴巴也甜，好幾回得客人誇讚。

日子過得很快，到了一年最末。

蘇記冷飲生意漸淡，只有雲朵三人已是忙得開。吳氏娘兒幾個，也準備返鄉過年。

蘇世澤抽不開身，又放心不下娘兒幾個，雖有田良同行，總還是怕他顧不過來，便遣了吳三兒來接。

直至上了馬車，蘇木都沒見到唐相予一面，那碗牛肉麵自然也沒吃成。

聽杜雪瑤說，唐相予在京都的母親重病，他連夜趕了回去。

一個京都的貴族少爺總是要回繁華世界的，而她蘇木，也要回寧靜的郡南縣，去過她發家致富的奮鬥生活。

公雞嘹亮的鳴聲叫醒了沈睡中的蘇木。她將頭縮進被窩，試圖抵擋那鬧人的聲音。只是醒過便再也睡不著了，雖貪戀被窩的溫暖，手還是自覺地往床頭放好的新棉衣探去。

屋子空蕩蕩的，蘇葉早已起身。

她往灶屋去，吳氏同蘇葉正忙活著做早飯。

見二丫頭睡眼矇矓，吳氏一臉寵溺，舀了熱水端給她。「洗洗，完事去喊妳爹他們回來吃早飯了。」

「嗯。」蘇木往吳氏懷裡蹭了蹭，端著木盆出去了。

吳氏笑著轉頭與蘇葉道：「跟隻沒睡醒的小貓似的。」

「娘該說說她了，半夜點燈看話本，合該早晨睡不醒。」蘇葉佯裝不高興。

「且隨她，木丫頭懂事。」吳氏朝門外看了一眼，繼續忙活灶頭上的活計。

「姊，妳又告我狀！」溫熱的布巾覆在面上，蘇木舒適極了，灶屋的話一字不落傳到她耳朵，不由得勾起嘴角。「我去找爹，讓他快些把妳嫁出去！」

「妳個小妮子！」蘇葉坐著燒火，紅彤彤的火光映在她的臉上，也是火紅一片。

冬日的清晨，太陽只露出半張臉，昏黃的日光照射到山間、田野、屋舍，給寧靜的鄉野披上一層朦朧的薄紗。

蘇木走過田埂，穿過官道，路過侯家。侯家屋頂飄起白煙，院中有人說話。是田氏在給侯文穿厚襖子，侯文覺得村裡孩子都沒穿，他也不想穿，娘兒倆便僵持著。

「么嬸、文哥兒，早！」

「是木兒！」侯文掙脫娘親，奔向官道。「娘，我找木兒玩去。」

回應他的是一頓責罵和給蘇木溫和的回話。

「木兒，妳去郡城大半年，我都快愁死了！」侯文歡喜地蹦在前頭，然後倒退著和她說話。

「愁啥？愁沒人帶你上鎮子打牙祭？」

「嘿嘿！」侯文撓撓腦袋。「妳剛走頭兩月是這般想的，往後便想虎子，少個人屁顛顛地跟在後頭喊我哥，真不習慣。木兒，妳比我小，怎麼從不喊我哥？」

蘇木噗哧一笑。「別以為你的朝天揪不留，便是長大了，在我眼裡，你還是那個小屁孩！」

「切！田良哥妳倒是喊得親。我娘說，往後妳要嫁給他，可是真的？」

嫁給田良？這是哪裡的話，她才十二，還沒發育呢！

見蘇木一臉錯愕，侯文哈哈大笑，難得見她吃癟。

「好哇，你ㄚ的唬我！」她說著追上去，作勢要打他。

侯文拔腿就跑，蘇木不喜運動，能坐就不站，運動能力幾乎沒有，自然也追不上。

二人打打鬧鬧地上了山。

村人大都愛起早去地裡幹上一圈活，再回家吃早飯，吳大爺等人也不例外，扛著鋤頭上山，鋤草、施肥、修枝、剪葉，這一冬有得忙活。

「阿公、爹，回家吃飯了！」蘇木站在坡坎，朝地裡喊。

「誒，就來。」

有人回應，卻不是馬上放下鋤頭，總是要拖上片刻，就跟蘇木早上賴床一般。

一家人前前後後走一排，至官道口，過侯家。

田氏正站在那處等著，看到兒子便三兩步跑來，擰著他的耳朵往家去，一面惡狠狠地恐嚇兒子，一面又笑盈盈與一家子打招呼。

蘇木空著手走前頭，吳大爺等人扛著傢伙隨後跟上，聽見他道：「今兒臘月二十四了，是祭灶的日子，咱忙得腳不沾地，灶神是要委屈了。」

蘇世澤笑道：「咱家的灶神，哪年不委屈？」

說著，大家都笑，吳大娘和吳三兒更是笑得肩上背簍都滑落了。

說得也是，去年住草屋，沒像樣的地，今年又忙著三十畝茶樹，更是沒得空置辦好吃、好喝的。

「好在苗子都生得好，眼瞅天是越來越冷了，趕明兒去老么家要些稻草，把樹幹護住。」吳大爺計劃著。

蘇世澤點頭。「這活計不費事，咱爺兒倆一天能幹完。三兒和娘明兒就甭上山了，駕牛車帶木丫頭她們幾個去鎮上置辦年貨吧！銀錢木丫頭管著，想買啥買啥。」

「這可是爹說的，到時候錢花光了，可莫找我算帳。爹曉得我是五指併不攏，存不住錢的。」蘇木笑著接話。

一番話，又惹得眾人大笑。

到自家門口，吳氏迎出來，接過丈夫肩上的鋤頭，好奇問道：「啥事這麼好笑？」

蘇木湊到吳氏耳邊，以眾人都能聽見的聲音道：「爹說要把娘的聘禮補齊嘞！」

「啊？」吳氏一愣，看向丈夫，見他一頭霧水，才反應過來。「妳這皮丫頭！」

說著揚手佯裝要打她，可小人兒早已逃開。

臘月二十六大早，吳三兒趕著牛車等在小院門口。他拿了一把乾稻草，輕輕撫摸牛頭餵牠。

這個黑瘦的半大小夥子，個子躥高了不少，快比得上蘇世澤，身子也健壯了，一身衣衫乾淨整潔，五官生得不差，就是黑了些；話不多，老實勤奮。

聽見院中，自家娘、二姊和兩個外甥女的歡聲笑語，他將手中剩餘不多的稻草塞進牛嘴，靈活地躍上車。

娘兒幾人打扮得乾淨俐落，臉上掛笑，一邊兩個，挨坐上牛車。

吳三兒吆喝一聲，牛兒便晃晃悠悠動起來。

經過侯家，侯老么一家也正要趕集。侯文今兒著了一身湖藍襖子，儼然一個小小少年，再不似從前紮小揪的娃子了。他眼尖，見牛車路過，忙躥過去。

「木兒！虎子！」也不管牛車是否停得穩妥，縱身一躍，便擠了上去。

好在牛車行得慢，他這一擠，倒是無事，只是將娘兒幾個擠作一團。

還不等吳氏等人說話，田氏便在後頭罵起來。

「臭小子，往常也不見你懶，見著牛車就擠，你給我下來！」

侯文噘著嘴。「我不！」

吳氏將侯文往身邊攏了攏，生怕他掉下去，笑著對侯老么夫婦倆道：「不礙事的，我家虎子就愛黏著他文哥，就同咱一道，鎮子口的茶棚等你倆。」

兩家關係好，田氏也不是真氣，她最是疼愛兒子，卻仍是虎著臉，囑咐不要調皮。

侯文朝蘇木擠擠眼，乖順地朝老娘應道。

這幾日，家家戶戶都忙著備年貨，趕集也都空著背簍空著擔，少有挑東西去賣的。而前頭蘇大爺一家子卻是那少有人中的一員，揹的、挑的都有，嫩菜心、小雞仔、半大的鴨子，還有菜頭，似乎能賣的都裝上了。

牛車擦肩而過，蘇大爺愣是沒抬頭，二房一家卻眼巴巴望著，蘇丹眼中更是滿滿的嫉妒。

平日不著面也就算了，硬碰上了，作為晚輩，理應招呼。

蘇葉姊妹喊人，吳氏也恭敬地喊爹、娘，連吳大娘都招呼了兩句。

只是人家壓根兒不搭理，比陌生人還不如，同陌生人喊話，至少還轉個頭。

張氏倒是想搭話，卻只是擠眉弄眼，想是老頭子發過話了，她不敢放肆。

如此，隨他去吧！

牛車漸行漸遠，甩開了後頭的人。

臨近年關，不逢大集，街市上也熱鬧非常。

如今家裡有地，地裡有菜，二灣多果樹，吳大爺沒賣光，預留著過年吃。今年田家要殺豬，豬肉就去他家割。如此，只需添衣料、米油、瓜子和糕點這些零嘴。

雜七雜八的東西購買很快，無須挑選，秤斤裝車即可，只是買衣料的時候，耽擱了一會兒。

最後去到金飾鋪子。去年，姊妹倆各買了一支簪子，今年二人一致挑選了耳環。

雖說都沒耳洞，可吳大娘說她會打，吳氏的耳洞就是她打的，一點也不疼。姊妹倆心動了，各挑了一副。蘇葉挑的是羽毛狀小巧銀耳環，蘇木則挑了水滴狀，小小一粒，也是銀質。

姊妹倆不顧吳氏反對，硬是給她選了一套頭面、三支白玉髮梳、一支翡翠釵；步搖不實用，便換作一對玉鐲。

吳氏心疼又歡喜，無奈地站在鋪子裡，由著兩個丫頭穿戴。進門客沒有不說兩個丫頭孝順、吳氏有福云云。

至於吳大娘，蘇木也妥貼地給她挑了一只鑲金鐲，只是吳大娘死活不收，死活不試。無法，蘇木便偷偷買下來，打算大年三十給她一個驚喜。畢竟大半年的，她沒少為家裡操心，是個心善的人。

一家子滿載而歸，趕車回家了。

二七、二八大洗、除塵，日頭到頂，吃罷晌午飯，家家戶戶的灶屋頂仍飄著白煙，便是在燒水洗身。今年還未下雪，雖不是冷得刺骨，冬日洗澡仍瑟瑟發抖，這才選正中午，氣溫最高之時。

蘇木姊妹先洗好，在院中晾曬頭髮，木梳輕輕梳理，原本枯草般發黃，如今已是平貼整齊，黑黝黝如絲帶般。

吳大娘端來一個小碗，裡頭放了白花花的大米，米上插著針。

姊妹倆驚恐地看向她，瑟縮了身子。這是用作打耳洞的？看到這般架勢，二人早先買耳環時的豪氣散得一乾二淨。

蘇葉嚥了嚥口水。「要不算了吧！」

蘇木也不住點頭。沒麻藥，用針直接戳，會死過去的！

「不怕，跟螞蟻咬一下般。」吳大娘並不氣餒，躍躍欲試。

這時，吳氏也洗完出來，她正用布巾包著頭髮，鼓勵兩個女兒。「我像妳們那麼大的時候，就是用米粒和針穿的，妳阿婆手快，不覺得痛。」

「真的？」蘇木試探地問道。

「真的！」吳大娘信誓旦旦。「大葉兒先來。」

蘇葉忙搖頭，她仍害怕得緊。

吳大娘便拿起米粒，看向蘇木，黏了一顆米粒在她耳垂上反覆碾磨。癢癢的、刺刺的，陽光曬得暖洋洋，蘇木不由得閉起眼。

片刻，聽見耳旁問道：「可有感覺？」

她不敢動，便緊著身子回答。「沒。」

只聽見蘇葉一聲驚呼，蘇木張開眼。「怎啦？」

吳大娘笑道：「摸摸耳朵。」

這是好了？她忙捏耳垂，是光滑的水滴狀，竟感覺不到一絲疼痛。

「木兒，疼嗎？」蘇葉盯著她的耳垂，眼巴巴問道。

「妳瞧她像疼的樣子？」吳大娘說著轉向另一隻耳朵，以米粒摩挲。

不多時，兩隻耳朵都穿好，虎子勤快地搬來銅鏡，置於蘇木面前。

見鏡中人兒蛾眉彎彎，目若清泓；一頭青絲烏黑發亮，挽在耳後，露出小巧的耳垂，耳垂上一粒水滴狀的銀耳環在陽光下閃著亮光。

好看！

娘兒幾個都稱讚，蘇葉心中的怯意散去大半，由著吳大娘動作。

只是她不敢閉眼，瞪得如銅鈴般，眼神不住往耳畔動作的手瞟去。吳大娘拿起針，她便抖個不停，自然不好下手。

吳氏便將她頭攬在懷裡。看不見針，懼意便少了，吳大娘才得以動作。

等穿好耳洞，戴上耳環，二人皆鬆了口氣，另一隻便順利多了。

姊妹倆站在院中，亭亭玉立，儼然吾家有女初成長的嬌態。

這時，院門有響動，是吳大爺和吳三兒回來了。

第三十九章　棉衣

坡上餘點活計，三個男人早早去收尾，發現靠山一側籬笆破了個洞，不曉得是有人使壞，還是山裡的野物作惡？

吃罷飯，三人去荷塘挖泥補牢籬笆，也就一盞茶工夫便回來，只是不見蘇世澤。

二人臉色不太好，娘兒幾個自然瞧見了。

吳氏朝老爹身後看了看，問道：「出啥事了？木兒她爹呢？」

吳大爺面上閃過一絲憂愁，看向蘇木。「妳爺回來了。」

蘇大爺？昨兒還瞧見，今兒不是該往郡城去？照往年已是晚了幾日，怎麼半天就回來了？

「妳太爺和三房一家都回來了……」吳大爺繼續道。

啥？這會兒幾人都驚得張大嘴。那個在郡城當官的蘇三爺一家子都回來了？

照時間算來，兩批人是在半道遇上的。幾年來從不回鄉的三房，在這個節骨眼拖家帶口回來，定是出了什麼事。

蘇木腦子轉得飛快。那麼一家六、七口人，住哪兒？自家爹被叫去，不會將主意打到自家吧？她絕不允許！

臨近夜幕落下，蘇世澤才回來。

一家人都用過飯了，坐在灶屋的飯堂，烤火、嗑瓜子。沒有往日的熱鬧，氣氛沈悶，各想各的，只餘嗑瓜子清脆的聲響。

冬日黑得快，院子已是漆黑一片，聽見門口有響動，吳氏點了燈出去迎。

片刻，灶屋的門簾被掀開，一股涼風吹進來。夫婦倆一前一後進門，蘇世澤搓搓手，低著頭，同樣沈悶。

蘇葉忙起身去灶屋，鍋裡頭還留了飯菜，她端出來。「爹，先吃飯。」

蘇世澤看了大女兒一眼，悶聲道：「嗯，吃過了。」

蘇木上前攙著蘇世澤往飯桌去。「酸筍炒雞雜，香著呢！爹嚐嚐；還有煨了一天的雞湯，外頭冷，喝點暖和暖和。」

蘇世澤不好拂了女兒好意，肚子也確實空落落的，便端著碗扒了兩口。雞雜和泡筍、辣子爆炒，當真好吃，雞湯香濃，喝上一口渾身都舒坦，他心裡淤塞也散去不少。

「爹，爺他們說啥了？」蘇木試探問道。

蘇世澤嘆了口氣。「妳爺啥話沒有，妳太爺和三爺倒是倒了一下午苦水，官難做，開銷大，每日都要銀子打點，還要看人眼色行事。逢年過節送禮是一筆大開銷，今年拿不出銀子，這才回鄉避難，年過了，再回郡城。」

「就這些？」

三房一家心思極深，眼見自家日子過得最好，他們能容得下？

蘇世澤喝了兩口雞湯，繼續道：「妳三爺和三奶一把鼻涕一把淚，道上回筍子之事，他們也是被逼無奈，並不是存心要我蹲大獄。妳三叔官職卑微，還不是上頭人說啥就是啥，否則一家子都要遭殃。」

蘇木冷哼。「如此，便不顧咱家死活？若不是銀子籌齊，爹怕是還在大獄蹲著！抹兩把眼淚，這事就算了？看在同姓蘇的分上，咱沒追究，可也不能讓人巴著吸血、啃骨！」

「唉。」蘇世澤嘆口氣，不再說話。

事關蘇家，吳大爺幾人不好吭聲。

一室的寂靜，只有炭盆裡木炭燃燒發出輕微的聲響。

離過年還有三天，吳氏娘兒幾個人將一家子新衣裳陸續縫製出來。自然少不了蘇大爺夫婦，同去年一般，二人一人一件新棉衣，今年還多了兩條棉褲，都塞了新棉花，十分暖和。

除了棉衣，還有二兩銀子，趁衣裳趕出來，好給二老送去。

去年是蘇世澤送的，今年蘇木打算自個兒去。老爹心軟，耳根子更軟；吳氏身分尷尬，蘇葉又性子弱，她去再合適不過，也順便探探三房一家的態度。

蘇木抱著衣裳從屋裡出來。「爹早些去田家割豬肉吧！眼見過年，割肉的人多，去晚了怕是沒得好的了。再挑兩條魚，咱大年三十烤魚吃！」

「可……」可他不放心啊！女兒性子直，心思簡單，又記恨她三爺一家，怕說話太衝，要吃虧。

「我去了，爹挑肉記得挑五花肉，肥瘦相間，最好吃。」

說罷，朝院子口走去，彷彿沒瞧見他的擔憂。

蘇大爺院壩外的一圈果樹，已修剪整齊，樹幹綁了一圈稻草防寒；地上也拾掇得乾乾淨淨，並不見一絲雜草。

院壩臨西一角放了兩個三角叉，上橫一根竹竿，杆子上晾曬著幾件顏色鮮亮、質地上乘的衣裙，與這個黑白相間的院落，顯得格格不入。

蘇木剛進院壩，便與從西屋出來的蘇世安對個正著。

蘇世安冷冷地看著來人，不自在地捋袖子，翻了個白眼，朝堂屋喊道：「二嫂子，鋪裡有蝨子，咬死我了！」

「哪兒呢？哪兒呢？怎會有蝨子哩？」張氏忙從堂屋出來，急匆匆過去，瞥見站在院壩的蘇木，驚訝道：「木丫頭怎來了？快進屋，站院子做啥！」

「二嬸只管忙，不用理會我。」蘇木笑了笑，十分體貼。

張氏一愣，隨即反應過來。這是說自個兒捧小妹呢……她有些尷尬，竟不曉得如何接話？這丫頭伶俐，一貫說不過，嘴上就沒討過便宜。

蘇世安最是看不過蘇木這副聰明樣，爹娘卻囑咐她不可得罪，無法，只得找張氏麻煩。「二嫂，屋子裡冷得跟冰窟似的，生兩個火盆吧！再備兩個暖爐，我手都凍僵了。」

「哎喲，我的大小姐，鄉下地方哪來的暖爐？火盆也要煮了飯才有炭，平白的我上哪兒去給妳找哩？」張氏一向心直口快，對這個城裡來的小妹已十分忍讓。

蘇世安的要求沒得到滿足，心裡自然不快，冷哼一聲，鑽進屋子去了。

張氏衝她背影瞪了一眼，隨即轉向蘇木，臉上又堆滿了笑。「怎還站著哩，快進屋。」說著衝屋裡喊道：「爹、娘，木丫頭來了！」

堂屋右房有了動靜，丁氏走出來，身上穿的是去年吳氏縫製的襖子。

記憶中，丁氏性子怯懦，萬事都聽蘇大爺的，丈夫說往東，她不敢往西半步。

從前聽侯太奶奶講起，蘇大爺和丁氏是包辦婚姻，直至入了洞房，兩口子才見面。蘇大爺年輕那會兒性子暴躁，稍有不順，便對丁氏拳打腳踢。丁氏下巴上的一塊印記便是蘇大爺拿碗砸的，說是流了滿地的血，把蘇老太太嚇壞了，將兒子一頓說教，蘇大爺才收斂。

而後，對待兒子也是，稍有犯錯便是棍棒伺候。蘇老大憨厚老實，老二圓滑，兩個犯錯，挨打的總是老大；又因著青哥兒的出生，二房更加得寵，也有了苛待兩個孫女兒的事。

蘇木對丁氏存有幾分同情。「奶，娘給您二老縫了兩套衣裳，您試試，哪裡不合適，我拿回去改。」

走至屋簷，將衣裳遞給她。丁氏難得露出笑容。「合適，肯定合適。」

上好的料子，衣裳脹鼓鼓的，那是填了新棉花啊！

張氏看得眼睛都直了，要知道一家上下都是穿去年的舊衣裳，連兩個娃今年都沒添新衣。

她再仔細瞧蘇木，見她衣裳雖不是嶄新，料子素了些，卻不差。往上看去，小臉白淨，未施粉黛，可耳垂上竟戴了一枚銀製耳環，瞧那精細的做工，定不便宜。

她心裡苦澀起來。本以為把大房分出去，自家能過上好日子，哪想越過越窮，還不如和大房一樣分出去算了！

這時，東房的門簾撩開了，蘇三爺夫婦並肩出來。

東房是給小女兒蘇世慧準備的，要說這蘇世慧，出嫁頭幾年倒是時常回來，往後次數是越來越少，近幾年更是像銷聲匿跡般。

前頭兩個兒子，夫婦倆對小女兒自然偏愛，且女兒嫁得好，每每回來，都是大包小包地往家裡拎，這份喜愛便又加深了。

她的閨房，老倆口一直留著，從不要幾個孩子進去，饒是蘇丹姊弟去求了幾回，都沒求來。

如今，打開大門讓蘇三爺夫婦住進去，老倆口怕是心疼得緊。

「木丫頭當真孝順，只是妳瞧妳爺奶過的啥日子？頓頓紅薯粥、玉米餅子、老鹹菜，妳若有心啊，不如補貼些銀子。」蘇三爺仍舊一身華麗的袍子，只是領口的扣子未繫，顯示出一絲落魄。

「三爺說得是，只是年中爹遭人暗算，家裡欠了三百兩巨額債務，年底將將還清，確實沒有多餘的銀錢補貼。」蘇木為難道：「倒是三爺在郡城當官，定攢了不少銀錢，既然回來過年，不如辦個宴席，熱熱鬧鬧過一回吧！」

蘇三爺眼中閃過一絲慌亂，忙道：「就是想念家鄉，回來看看，圖個清靜。郡城事務繁忙，整日忙得腳不沾地。宴席就不辦了，一家人熱熱鬧鬧就好。」

「三爺何時回郡城？正好虎子和田良哥開學，倒是麻煩三爺帶上他倆。」

「不必了。」蘇三爺忙拒絕，隨即反應過來，似乎太過刻意，忙補充道：「我想多待幾日，且等年後衙門來文書催促，再動身返回。」

「哦，原是如此。」蘇木似恍然大悟。

什麼思念家鄉，顯然是鬼話，看來還得託人打聽打聽，三房一家在郡城到底出了什麼事？

「木丫頭出落得越發水靈，這模樣跟老大一個模子刻出來的。」沈氏上前拉住蘇木的手，一副慈母樣。「年後十二了吧！該許人家了，三奶給妳留意，郡城的商賈之子、官家少爺，定給妳相個如意的！」

蘇木低下頭，似十分害羞，低聲道：「三奶還是先給丹兒姊相吧，丹兒姊還比我長一歲哩！」

說著，偷偷打量張氏，果見她面色急切。「是啊，我家丹姊兒年後十三了，模樣、身段都好，您也給留意留意。」

沈氏眼中閃過一絲不耐煩，卻仍是擺出一副大度的樣子。「那是自然，妳三叔在郡城當官，蘇家女子都要嫁得好，年後回去，就操持幾個姪孫女的親事。還有青哥兒，年後隨我們一道上郡城，郡城書院是頂級學府，青哥兒去了，狀元考不上，榜眼、探花那是隨便撿一個。」

這話一出，張氏喜上眉梢。她趕著伺候一家子，可不就想博個好臉面，給兒女掙一份前途。

蘇木覺得好笑，吹牛皮還真是不顧後果。

「三奶當真心善，可也要先顧著我小姑和小叔不是？小姑與我姊同一年的吧，年後十四，該是著急了。小叔也還未娶親吧？十六、七在村裡，兒子都該會叫爹了。」說著，看向蘇三爺。「三爺，公務再忙，子女的親事還是最重要，我們小輩年紀輕，不打緊的。」

蘇木的三言兩句教蘇三爺夫婦變了臉色，蘇三爺嘴角更是抽個不停，他瞪了沈氏一眼，低聲道：「要妳多嘴！」

沈氏斂了神色，再不敢作聲。

這趟回鄉啥樣禮都沒帶，她怕被人看輕了，才說這些話，就是要讓一家子知道，她三房有頭有臉、有關係、有人脈，是他們不能比的。

可那丫頭的一番話將她打回原形，哪樣都拔尖，可為何自家一雙兒女無半點成就……兒子唸書不成，郡城書院考不進；老爺子官職卑微，又沒銀錢，關係走不動；女兒有人說親，只是官職高的攀不上，家境富裕的又嫌人家出身低，這一晃便快到了十五，她也急啊！

這番話倒提醒了張氏。是啊，三叔家這麼有能耐，怎小妹還巴巴地吃住娘家，蘇世泰也是個遊手好閒的公子哥兒，啥樣成就也沒有？

她看向蘇三爺夫婦倆，眼神帶著探究，心思也動起來。

說半天話，蘇老太爺和蘇大爺都沒出來，且三房並沒有表示要住去蘇老大家的意思，蘇木也就放心了，不欲逗留，打算回去。

「奶，衣裳您拿進屋試試，若有不合身，晚間或明兒讓青哥兒帶過來，改好再給您送回，好在大年初一穿上新衣。」說著，從兜兒掏出銀錁子，塞到丁氏的手裡。「這三兩銀子是我們一點心意，今年沒餘幾個錢。二兩是給您和爺的，缺啥就買，嘴上的東西莫要省，身體最要緊。一兩是給太爺的，太爺回得突然，我們也沒個準備，您尋思買點啥，是個孝敬的意思。」

「誒！」丁氏滿是欣慰，手心溫熱一團，她心裡更加熨貼。

「沒什麼事，我便回去，爹去田家割肉，我去迎迎。」蘇木與幾人道別。

蘇三爺兩口子木訥地牽起嘴角笑了笑，好聽的話卻是說不出來了。

人一走，也就各自回屋去，蘇三爺滿腔怒火這才發出來。

「妳腦子怕是給驢踢傻了，說的什麼話！郡城書院是想進就能進的？怎不給妳兒子整進去！榜眼、探花隨便挑？安生日子是不想過了，不想過就滾！」

他一手背在後背，一手握拳伸出二指，指著沈氏吼道。這是他為官多年訓人的習慣，顯得有涵養。

沈氏縮了縮脖子。她是有些怕的，畢竟離開郡城前，老爺子親手將姨娘打發了。那個妖媚的女人總跟自個兒搶風頭，如今也不曉得去哪兒了，落得這般地步，是個可憐人。

「老爺小聲些，我那不是怕讓一家子小瞧了去？」

「妳當誰都跟妳一般蠢鈍！」蘇三爺瞟了瞟門外，收回手，聲音壓低了些。「蘇木那丫頭聰明著呢！往後躲著些，莫要跟她照面。」

「我省得了。」丈夫一貫發火，她只要做小伏低，奉上一盞茶，就能息怒。只是屋裡只一個衣櫃，連茶桌都沒有，更何況茶水了。

她擔憂道：「老爺，咱要在鄉下待到啥時候？」

第四十章 多嘴

蘇三爺想坐，屋子裡卻尋不到凳子，只好一屁股坐到床上。他身子略微發福，這一坐，床發出「嘎吱」一聲響，嚇了他一個激靈，心裡越發煩躁。

「等湊齊三百兩！」

三百兩?!沈氏眉毛擰作一股。三兩他們都拿不出，更何況三百兩，這是要在這鬼地方待一輩子啊！

年後，至多到元宵，二十日不到的時間，上哪兒去籌錢？瞧老蘇家這個狀態，確實拿不出銀子。

回不了郡城，那演的戲就穿幫了。蘇大爺一家巴著老爺的官位，若官位沒了，哪裡還會乖乖把銀子奉上？只怕到時候還要翻臉，連這個破房子都住不上，必得流落街頭啊！

沈氏再想說兩句，可見丈夫愁容滿面，在屋裡來回踱步，想來也沒個章程，便不敢開口。

東屋兩口子愁得不行，堂屋左房坐在床上納鞋底的張氏也忙著，一面豎起耳朵聽東屋的動靜，一面探著身子看院壩那兒丈夫是否回來了。

她不是手上活計忙，是滿腦子的思緒想不過來。

「哎喲！」

沒留神，一針扎進食指，納鞋底的針很粗，疼得她直嘶嘶，忙伸進嘴裡含兩口。

「真是倒楣！每回見二丫頭都沒好事！這妮子嘴巴怎不長毒瘡，爛了才好。」

她一邊咒罵，一邊想著蘇木的話。

他們日子越過越窮，可不就是因為郡城的蘇三爺？以往看不見，覺得一家子身分尊貴，地位不一般。可如今活在一個院子，她才驚覺，三房有問題！

家家戶戶養雞鴨、豬等牲畜，少有捨得殺了自家吃的，多是拿去集市賣；豬更是直接趕去屠宰場，也有屠戶上門收。

今年，里正家要殺豬，那是早就傳開的，大家都等著這日去割點回家過年。同是村裡人，價格自然比集市便宜，且不拘斤兩，想割多少切多少。過年了總要沾點葷腥，對於大都拿不出太多銀錢的人來說，最盼著的便是過年有人殺豬了。

等蘇木趕到田家時，一頭兩百斤的大肥豬正躺在案板上抽搐。

一個腰粗膀闊的屠夫站在一旁擦拭屠刀，案板下置一桶，豬血從豬脖子汩汩往外冒，流到桶裡。

「妳不怕？」

蘇木肩上被人拍了一下，是田良。她笑道：「怕什麼？躺在上面的又不是我。」

田良被她這一爽朗的笑容晃了眼，自然也瞥見了粉粉耳垂上的銀飾。小丫頭長大了，曉得要好看了……

「別家姑娘早嚇跑了，就妳瞧得起勁。」

蘇木得意地笑了笑。

而那頭，幾個男人解開捆綁豬蹄的繩索，屠夫換了一把刀，在豬後腿蹄子處割開寸餘長的口子，然後用梃條從這個口子捅進去。

只見他捅了幾次，便從捅豬的口子裡向豬體內吹氣，邊吹邊用木棒在豬身上敲打，豬便像氣球一樣滾胖溜圓起來。

他用麻繩紮緊吹氣口，指揮幾個男人將豬抬上灶臺。

灶臺是臨時搭的，灶臺上放了一口鍋，鍋裡燒了熱水。

田大爺等人用瓢一瓢一瓢地往豬身上澆，待全身燙遍、燙透，屠夫熟練地將豬鬃、豬毛採下單放，剩餘就用刮刨刮乾淨。

而後，幾個男人合力將刮乾淨的豬倒掛在木架上，準備開膛。架子上方有一大鐵鉤，正好鉤住。

屠夫抄起屠刀站下邊，田大爺、侯老么、蘇世澤等人提著一桶清水將豬身清洗一遍，邊洗邊用刀刮乾淨。

身旁人兒看得津津有味，呆愣的模樣很可愛，田良移不開眼。「第一回見殺豬？」

蘇木點點頭，心思卻在豬身上。

「殺豬可是技術活，不能割破豬腸、豬肚，否則……」他沒有說下去。因為那頭屠夫已經從肛門處開刀，剖開豬腹，開至胸腔，手上動作一頓，所有白下水從豬肚裡流出來，落到事先準備好的大木盆，盆子立即被人端走。白下水即是大腸、小腸、豬肚。

隨即，屠夫剖開胸腔拿出紅下水，即心、肝、肺等等，這一整個殺豬程序算是走完，他收起傢伙，一旁歇息去了。

餘下的便是主人家和前來幫忙的人收拾，待一切妥當，買豬肉的人也等得差不多了。

屠夫再次操刀將豬按部位大卸八塊，整齊放在案上。

院子裡本就熱鬧，這會兒更甚，圍在案前，七嘴八舌。

蘇世澤站在裡頭幫忙，蘇木踮起腳張望一番，沒什麼稀奇的，便在一旁等著。

田大娘見她站在院子中，地上還有血淋淋的血跡，生怕她嚇著，拉她進屋，又拿好些吃食，讓她坐著等蘇世澤，還囑咐孫兒好生照看。

安排完了，便又鑽進灶屋，今兒有得忙。

田良樂得自在，噓寒問暖，好不周到。

張氏好不容易盼回丈夫，他拎了二斤豬肉走在前頭，身後是蘇世泰和蘇丹姊弟。

一大早，一家子就跑田家候著，為的就是這二斤豬肉。
蘇丹自然想見心上人，只是殺豬的過程太過血腥，她愣是不敢進門。
等裡頭消停了才進去，滿院子搜尋，卻不見田良的人影，她又不好追到屋子裡，是以連田良的影子都沒見到，這一路懊惱得不行。
「割這麼點？餵貓呢！一大家子能嚐上一口不？」
張氏見丈夫手上紅白相間的一條，很是不滿。「方才木丫頭送了三兩銀子，再割幾斤也不成？」
她心有不滿，說話也大聲，就是要屋裡人都聽見。
只是半天，各屋都沒個響動，她鬧得沒趣，甩下一句話，轉身進屋了。
「回屋，我有話說。」
蘇世福摸不著頭腦，便將肉遞給兒子，嘟囔道：「青哥兒，把肉拿你奶屋子去，這婆娘不曉得又抽什麼瘋。」
蘇青聽話地接過，蘇丹卻將張氏的話聽進了。那丫頭來過……一定有事，便跟著蘇世福進屋。
落到最後的蘇世泰縮了縮脖子，哆哆嗦嗦往西屋去了，嘟囔著：窮鬼，跟一上午，半個子兒都沒撈著！
原以為採買的活計有油水可撈，可站在院門口等半天，凍得他直哆嗦，就等來二斤豬肉。

他不知道，整整一年，蘇大爺一家都沒見過一星半點的葷腥，這二斤豬肉還是因著一家子回來，沒啥好招待，才咬牙拿錢去割的。

堂屋左房。

張氏氣鼓鼓坐在床上，瞥見丈夫進門，女兒也跟在後頭，悶聲道：「丹姊兒把門帶上。」

蘇丹關上門，上了閂，倚在門邊站著。

蘇世福則大搖大擺走過來，擠開她，一屁股坐上床，仰躺著。「妳又抽什麼瘋？小弟還在，也不看著點眼色。」

張氏冷笑。「哼，巴著他，他給你錢不？今兒一早，木丫頭可給了老娘三兩銀子，聽說大哥也去割肉，他割了多少？」

蘇世福面色尷尬。老大割了十斤豬肉，還專挑好的部位，那副白下水也一併買了去。他揣著兜裡的一串銅錢，臉上臊得慌。

難怪從前這等採買的事都是老爹做的，今兒倒喊自個兒去。他頭回揣這麼多銀錢，本覺得面上有光，哪想屁個光，臉都丟盡了。

張氏見丈夫臉色難看，猜到了七八。「我同你講，三叔一家有問題。咱青哥兒和丹姊兒的前途可都巴著郡城，可如今一家都回來了，這怎麼回事？」

蘇世福瞟了媳婦兒一眼。「三叔是不想咱費錢，過年應酬太多，送禮的銀錢夠吃喝幾年了。」

「呸，他一家是死的，偏銀錢都要咱出？這是什麼理！」

張氏一句話，驟然點醒了蘇世福，可他並沒完全搞明白。「咱老蘇家供一個官出來，不就是為著光耀祖上、兒孫得福嗎？現在是苦了點，往後青哥兒當了官、丹姊兒嫁了人，咱不就享福了？」

是啊，這套話哄了一家人七、八年！那是無怨無悔，心甘情願。

可如今當官的回鄉了，他們滿腔的希望就好像飄在天上的雲彩，被風吹散，能不著急嗎？且蘇木又添了一腳。

「小妹年後十四了吧，怎還沒許人？么弟十七了沒娶親？好事他家自個兒都沒落上，還能輪到咱？三叔這官有問題！」

張氏一連串的發問，如同炮彈連續擊打著蘇世福，他愣了半天，腦子一片空白。半晌，他挺身而起，神色慌張。「我找爹去。」

張氏忙拉住丈夫。「你回來，做事怎就不想後果哩！」

「那妳說怎麼辦？三叔要是沒了官，咱青哥兒也當不成了！」蘇世福怒了。

「哎，你小聲些！」張氏看看窗外東房，繼續道：「爺住爹的屋，你巴巴衝進去，不就把事情鬧明面上？若三叔只是怕送禮，那咱就將人得罪了，往後還怎麼依靠？過會兒等爹出來，你再拉一邊去說，後面的事由他老人家出面，咱看著就是。是好是壞，跟咱不搭邊！」

蘇世福冷靜下來。媳婦兒說得有道理，得罪人的事，不能他去做。

於是又坐了下來，看向張氏的目光也柔和了。

夫妻倆壓低了聲音嘀咕，蘇丹沒心思再聽，走向後屋。

後屋狹小，光線不足，饒是大白天也十分昏暗。除了一張床，還堆滿了雜七雜八的東西，更有張氏醃的酸筍，味道很重。

原本蘇老大分出去後，她和青哥兒就搬去西房，西房前屋給青哥兒住，後屋她住，東西都是她的，拾掇拾掇倒也寬敞。

可如今西屋被小姑兄妹占了，她又住回這個狹小的地方。

她坐在床沿，望著木窗，想起蘇木姊妹寬敞明亮的屋子，有雕花木床、有衣櫃、還有梳妝檯、有妝匣……同樣是蘇家孫女兒，為何這些東西她都沒有！

如今，郡城的靠山有可能要倒塌，那她……該怎麼辦？

其實嫁不嫁富商、官家，她都不甚在意，她只喜歡田良，想嫁給他。可爺去說了親，這事就沒下文了……

難道要她放棄嗎？眼睜睜看心上人娶別的女人，而且這個人很有可能是蘇木那丫頭？不行！她不能接受！

既然爹娘靠不住，那只能靠自個兒！不管用盡什麼法子，她一定要嫁給田良！

相較蘇世福一家的焦慮，蘇三爺兩口子何嘗好過？

鄉下的磚瓦房談什麼隔音，老二夫妻的吵鬧，有那麼一、兩句說重了，便傳到東房。

「老爺，二姪一家是起疑心了……」沈氏擔憂道。

蘇三爺眉頭緊鎖。這事是瞞不住了……

「把事情說開了也好。」

「好？」沈氏不解。

蘇三爺狡黠一笑。「三百兩銀子有人一起分擔了，妳說好不好？」

沈氏仍擔憂。「大哥一家還能願意？」

蘇三爺看向窗外。「只要我官職還在，他們就心甘情願！」

福保村的天氣連月的晴空萬里，可就在這下晌，烏雲密布，天色暗黑。

果然，太陽剛落山，便淅淅瀝瀝下起小雨，還算暖和的天氣，一下子便冷了。

吳大娘邊燒火，邊往炭盆裡加炭，鏟幾鏟子草木灰將炭火埋在下面。

「木丫頭。」她朝外間喊道。

一家子就蘇木最怕冷，到冬天便離不了炭盆。

「來嘞！」

她端著板凳進來，挨吳大娘坐下。

這時，蘇葉跑著進屋，額前的碎髮已經打濕，抖了抖衣裳。「雨下大了！」

「姊，過來烤烤火。」蘇木將板凳挪過來些。

這板凳是蘇世澤做的，板面很長，坐下兩個人沒問題。

蘇葉坐過去，將從院子前一塊空地拔的蒜苗放地上，弓著身子，一根根剮掉發黃的表皮。

蘇木抓起幾根，與她一起剮，一邊道：「這雨怕是要下好幾日，幸好今兒個把年貨備足了，往後幾日不必出門。」

「哪兒呢！初一還要上墳祭祖，連下兩日的話，山路泥濘，不好走。」蘇葉幹活麻利，手上一把蒜苗已經剮完，便將妹妹手中的幾根拿過來，兩三下剮乾淨，又拿到水缸旁沖洗乾淨，遞給站在灶臺旁的吳氏。

蘇木搓著手上的泥。「倒是把這事忘了。」

「是啊，初一咱也要回二灣祭祖，雨莫要下大了才好！」吳大娘道。

吳氏將蒜苗切段，鍋裡切作薄片的五花肉已經片片分離，蜷在一起。她將蒜苗撒進鍋裡翻炒，肉香一下撲鼻而來，饞得人直流口水。

晚飯是蒜苗炒五花肉、清炒菜心、蘿蔔排骨湯。

蘇木坐在飯桌旁，捧著滿滿一碗白米飯，不由得感慨。

初到這個時代，整日的紅薯粥配鹹菜，時常餓肚子。如今一年多了，雖有坎坷，日子到底好起來，她也越來越融入這個家庭，悠閒的田園生活，挺好！

蘇世澤、吳大爺和吳三兒，抿著酒，吃著肉，嘴上說著地裡活計，臉上是揮不去的笑容。

吳大娘卻只守著那碗菜心吃，蘇木挾起一塊排骨放她碗裡。「阿婆，多吃肉，鍋裡還有呢！」

「誒、誒！」吳大娘眼睛泛酸，埋頭吃起來。

「二姊，我也要！」虎子仰起小臉求關愛。

「你這孩子！」吳氏輕笑。

蘇木自然有求必應，挑了最大的一塊挾他碗裡。「多吃點，吃飽了才有力氣唸書。」

「啊？」虎子立刻蔫下去。

「娘，您也多吃點！」蘇葉坐在吳氏邊上，見她光顧著一家人，自己卻沒動幾口，便挾了一筷子五花肉放她碗裡。

吳氏欣慰地笑了笑，正要吃，可聞到那股肉味，頓覺胃裡翻湧，噁心地嘔出來。

她忙摀住嘴，脹得滿臉通紅。飯桌上做出這樣的舉動，有些丟人。

整個飯堂，鴉雀無聲。

她小心地抬眼，見一家子震驚地看著她，越發覺得臊得慌。

吳大娘起身，將女兒拉到灶屋。

吳氏懊惱得不行。「娘……我剛才不是故意的，只是聞著那肉味不曉得怎了，胃裡不舒服，就……」

第四十一章 有了

吳大娘掩上門，快步走到女兒身邊，拉住她的手。「二丫，妳月事多久沒來了？」

吳氏一愣。「好像有三月了……」

最近忙的事多，月事沒來，她也沒在意。難道……

算算有近三月，莫不是就是上回虎子放授衣假回鄉之時？那夜丈夫吃了酒，洗澡的時候……

吳氏越回想，臉上越發燙。

「二丫，妳糊塗啊！肚子裡怕是有了！」竟有三月，吳大娘想想都後怕。「這孩子來得不易，妳竟這般大意，倘若有個好歹可怎麼辦？」

老娘的話印證了心中猜想，吳氏百感交集。「娘，我真的有了？」

她真的懷上孩子？嫁進蘇家年餘，肚裡終於有了一個小生命。

「錯不了，明兒讓三兒拉妳去鎮上醫館瞧瞧，也順道抓幾帖安胎的。雖說頭三個月妳都過來了，可沒補好身子，還是要注意些。」吳大娘高興得有些語無倫次。「虧得二灣求來的坐胎藥啊！多謝列祖列宗保佑啊！」

吳氏捂著肚子，淚水止不住地落。

吳大娘忙伸袖子擦拭。「快莫哭，傷了肚裡孩子。我得趕快把消息告訴女婿！」

好片刻，蘇世澤進來，見媳婦兒哭得雙眼通紅，上前將她攬入懷中，顫抖著聲音。「這是好事，哭啥？」

沒想到吳氏哭得更凶，他手足無措，只好輕輕撫著她的背，低聲安慰。

外間，幾人相坐無言，也不動筷子，滿桌的菜餚似無半點誘惑。

虎子放下筷子，擠到蘇木身邊，抱著她的胳膊。「二姊，娘怎麼啦？」

蘇木笑了笑。「娘沒事，只是肚裡有個小娃娃，可能是弟弟，也有可能是妹妹。」

虎子眼睛一亮。弟弟、妹妹？

「虎子喜歡弟弟、妹妹！」

小院溫情滿滿，寒冷的雨夜，似乎都不凍人了。

只是這連綿的小雨仍舊下了一夜，到清晨也沒有停歇的意思。

蘇世澤同吳氏穿上蓑衣、戴著斗笠，這點雨水並不能淋身上。

吳三兒也穿戴整齊，駕著牛車等在門外。

吳大娘站在門口簷下，囑咐道：「下雨路滑，仔細些，行慢點無事，顧著些你姊。」

「我省得了。」吳三兒滿口答應，自然也記在心上。

牛兒帶著三人晃晃悠悠，行駛在官道上遠去。

站在菜地裡拔菜頭的張氏瞧見了納悶。這下雨天的，大房兩口子駕著車是要做啥去？

去。

她忙從菜地裡出來，顧不得腳上沾了厚重的泥，快兩步往官道走去，眼巴巴望著牛車遠

她嘆了口氣。大房的便宜他們是占不上了，三爺的事還懸著，那日丈夫同公公講了，可老頭子沒半點反應，只說他有分寸。

今兒都二十九了，一年到頭，難不成還要拖到明年？

三爺一家過慣了由人伺候的日子，回來這幾日也是衣來伸手，飯來張口，若不是還存著一絲希望，她會覥著臉去伺候一家子？是以盼著蘇大爺將事情問個明白。

不過，這天很快就來了。

月窮歲盡之日，大年三十。

今年，福保村各家各戶的收成都不錯，較去年多了二成，家家戶戶都洋溢著喜悅。饒是陰雨連綿，也抵擋不住過年想要熱鬧的心情，有小娃子已等不到夜裡，放起了炮仗。

村頭的田大爺家，拿著紅紙求春聯的人已站到門外屋簷下。大夥兒並不在意綿綿細雨沾身，熱絡地聊著、笑著。

蘇家四合小院裡，一家子站在北房書房。

今年他們也要正經過年，對聯自然必不可少。

執筆的是虎子。以他現今的學識，還做不出對聯來，但依樣畫瓢，寫幾個字不成問題；字雖不若田良寫得俊逸灑脫，到底還是有稜有角。且一家子只為圖個喜慶，並不在意字的好

壞。

蘇木站在書桌前，仰著腦袋，望著院子中已枯敗的石榴樹，細細回想前世所見的春聯。她自知沒有那個才能，只能照搬照抄了。

「舊歲又添幾個喜，新年更上一層樓。」蘇木朗聲道來。「橫批：辭舊迎新。」

寓意吉祥，表字簡單易懂，蘇世澤喃喃重複唸道，遂讚揚。「好，就這副！」

其餘幾人不識學問，聽見「喜」、「新年」幾字，且唯一識字的蘇世澤又讚好，那便是好。

幾個字不難，虎子端坐著，下筆雖慢，倒也順暢，可見在書院學了段時日，是有長進。

春聯寫好，蘇世澤便拿著漿糊，貼到門外。娘兒幾個便回屋剪窗花，吳氏最是擅長，各式花樣複雜又好看，還能剪出小動物，令姊妹倆嘖嘖稱奇。

「大嫂！」

院門傳來田氏的聲音，蘇木迎了出去。

見田氏帶著靈姊兒上門，二人手上挎著籃子，裡頭放了剪子和紅紙。

「么嬸、靈兒姊，快進來，我娘在屋裡。」

蘇葉和靈姊兒最是要好，自學針線就建立友情，這不，一進門，兩丫頭便挽著手坐到一處，拿過籃子裡的紅紙，低聲說笑。

「大嫂，妳剪得可真好！」

田氏自桌上拿起吳氏剪好的窗花展開，竟是兩條栩栩如生的錦鯉，那錦鯉的尾巴似花朵般綻開。

吳氏笑了笑。「妳拿去，我再剪幾個。」

田氏並不客氣，歡喜極了，放進自個兒籃子，又拿出幾張紅紙遞給她。「妳教教我，也讓我在一家子面前露一手。」

吳氏並不藏著、掖著，教得仔細；三個姑娘也有興致，拿剪子跟著來。片刻，各自手邊都放了好幾張，有大朵的花、有生動的動物，雖不若吳氏的栩栩如生，卻也十分好看。

娘兒幾個一邊剪著，一邊聊話。

田氏壓低了聲音，問向吳氏。「大嫂，妳是有了？」

吳氏嬌羞一笑，點點頭。「昨兒去鎮上瞧，三個多月了。」

「哎喲，當真是一件大喜事！」田氏打心底祝賀。這一胎來得不易，吳氏雖沒說，但是以她同為人媳的心可知，誰不想為夫家生兒育女，有個自己的孩子？

「多吃魚，能生兒子。我懷文哥兒那會兒就愛吃魚，一天一條，煮的、燉的、煎的，哪樣都吃不膩，這才生了侯家第一個么孫。咱女人啊！就這個命，能生個兒子，在家裡地位才算真正站穩了。」

吳氏點點頭，若有所思。雖然丈夫待她極好，就是生不出娃，也未見半分不悅。可生與不生的差別不僅於此，還有村裡大多數人對她和丈夫的看法。生不出兒子，總是背地要被議論的。

「還有一事，」田氏說著，瞅了瞅蘇葉。「靈姊兒許人家了，是鎮上糧店劉老闆的大兒子，不曉得你們看過沒？」

是有印象，高高壯壯，模樣周正。娘兒幾個一致看向靈姊兒，滿是祝福的話，將小丫頭臊紅了臉。

田氏繼續道：「初三正式下聘，到時候一家子都要來。老劉還有個小兒子，年過十六，在郡城管著一家米糧鋪子，說是長得俊朗，也識字，條件不錯，和大葉兒很是般配。妳娘兒倆初三到我屋裡頭來，瞧瞧那後生，若是瞧得上眼，我讓文哥兒他爹去問問。」

怎麼一下說到自個兒了！蘇葉的臉也噌地紅了，忙低下頭。

吳氏自然心動。上門說親的是有，這一個卻頂好。大葉兒嫁去郡城，能顧著虎子，且自家在郡城也有鋪子，她嫁過去，不會被小看；又與靈姊兒嫁一家，兩姊妹關係好，往後相互扶持，再好不過。

她看看坐在一起羞紅臉的二人，越看越好。「我覺得行，晚些同葉兒她爹說說，他要答應，咱娘兒倆初三就來。」

「娘，我也要去！」蘇木忙道。這樣的終身大事她怎麼能錯過。她要把關，給蘇葉挑個好的。

吳氏和田氏都笑了，吳氏道：「妳去做啥？是也想相人家了？」

二丫頭不似大丫頭臉皮薄，她膽子大，見識多，這樣的玩笑是開得起的。

田氏接過話。「木丫頭伶俐，惹人愛，咱兩家若不是近親，我都想收作媳婦了！」

「么嬸說哪裡話……」蘇木噘嘴，盡顯女兒家的嬌態。

田氏朝吳氏眨眨眼，以嘴形問道：還不知道呢？

吳氏笑著搖搖頭。

她二人說的是田大爺與蘇世澤通氣一事。

田大爺將么孫的心思給夫妻二人講了，且承諾年後考上童生便與二丫頭訂親。

考慮到蘇木年紀還小，田良學業繁重，先將親事定下來；到後年，木丫頭年滿十三，若順利，田良也功名加身，屆時再成親。

他們大人都看在眼裡，兩個孩子般配，相互間似都有好感，這門親事也就都默認了，只將蘇木一人蒙在鼓裡。

她年紀小，男女之事太過懵懂，又是個有主意的，貿然替她決定了，怕她心生抵觸。

蘇大爺堂屋。

一碟大頭菜炒肉片、肉末蘿蔔湯、一隻燉雞、一盤紅燒雜魚，還有一碗雞雜、一鍋紅薯乾飯。

碗不大，除了菜頭多，其他幾個菜分量都少，燉的雞更是半大的嫩雞。不過，這已是一年到頭，一家子吃得最好的一頓。

因著蘇三爺一家的到來，八仙桌是坐不下了，丁氏便每樣菜都留了些，和媳婦、孫女坐在灶屋吃。

相較別家年夜飯的歡聲笑語，蘇大爺的堂屋卻十分安靜，並無半點過年的喜慶。

蘇老太爺一身暗黑棉袍端坐上桌，他背著燈，瞧不清神色。

一家人吃得慢，十分斯文，除了蘇世安拿筷子戳著碗裡的紅薯，表示她不喜之外，並無人嫌棄飯菜不好。

蘇世福早就饞得慌，蘇老太爺一招呼便開始大快朵頤，筷子伸得飛快。

蘇老太爺瞥了他好幾眼，蘇大爺也咳了幾聲，才收斂。

一家人各懷心思，一頓飯吃了近半個時辰。

今日，張氏尤其勤快，沒上桌吃飯也不惱。往常這種吃虧的事，她蹦跳最高，今兒倒是乖順。

吃罷飯，收了盤子，撤了桌，蘇三爺準備回房歇息，蘇大爺叫住他。「三弟，坐會兒，咱一家這麼些年沒在一起嘮嘮，趁著今年回來，咱一家子親近親近。」

蘇三爺似有準備，腳步頓了頓，笑著應下，又坐了回來。只是他沒想到，一向恭順的大哥竟搬起老大的身分，讓他有一時的不適應。

當家的不走，娘兒幾個自然也得留下。

張氏勤快搬來凳子，一家子坐滿一屋，見一個不落，她才掩上門，等著談正事。

沒有茶水、沒有水果，一家子乾巴巴坐在一起。

蘇大爺乾咳兩聲，才轉向蘇老太爺，溫聲道：「爹，這些年為了侍奉您老、為了三弟在郡城的官職，我是勞心勞力。世安、世泰過什麼樣的日子，我的兒女又過的什麼日子，您慧眼，我不多說。為了咱蘇家的榮耀、為了子孫的前程，這樣的日子再過幾十年我也願意。可如今三弟舉家回村，且……且沒有半分為官的氣派，教村裡人怎麼想？教我們怎麼想？」

他態度懇切，甚至有些動容，沒了平日的凶狠，竟是老態畢現。

一屋子，沒有人答話，仍是木訥的神色，似他說的話與他們無半分干係。

蘇老太爺抬眼皮，瞟了大兒子一眼。「老大，你這是什麼話？當我欺瞞你不成？」

「沒有的事！」蘇大爺回了一句，陷入一段時間的沈默，才看向蘇三爺。「我只想問個明白。三弟，你在郡城到底出了啥事？」

這樣問出來，蘇老太爺再沒話說。

蘇三爺瞬間變了臉色，撲通一聲跪到地上。「大哥！我對不起你，我說了謊！」

他身子發福，這一跪，是用了力氣的。

張氏覺得倚靠的房門顫了顫，心也跟著顫。完了、完了……她兒子、女兒的前途，全完了！

蘇大爺像是定住了，只嘴唇顫動。「你……你說啥？」

「大哥，我有罪！」蘇三爺搧了自己兩耳光，聲淚俱下，滿臉委屈。「我騙了你，我那官職……不是運氣好輪上，是……是爹花錢買的。」

買的？大房一家子不可思議地看向蘇老太爺，後者悶不吭聲，垂著眼簾，並不反駁。

沒錯，官職是他花錢買的。蘇家這麼多男丁，沒一個能出人頭地的，他不買官，如何對得起敗光的家業，如何對得起列祖列宗！

「這些年，讓你往郡城送錢，全都上繳給上頭的大人了。若不給錢，我這官職做不安穩啊！你們只當日子苦，我又何嘗不是煎熬？上回大姪入獄，我也是沒辦法，不拿出銀子，就要牽出買官的事，到時候遭殃的是咱一大家子啊！」

蘇大爺身子直抖，不曉得是氣的，還是嚇的？

蘇世福也是一臉懼怕，眼珠子直轉；張氏更是沒了平時的潑辣，門框都險些倚不穩。

「木丫頭不是湊了三百兩給你，如今又是怎麼回事？」蘇大爺強憋著一口氣，問道。

「近年關，有人舉證上頭大人和商戶勾結捐官，大人已經被抓起來，那商賈也攜款潛逃，情勢危急啊！好在咱買官早，並不好查，只是仍需銀子上下打點，否則被人查出來，那是要入大獄的！」

蘇大爺一個趔趄，險些從椅子上滑下來，磕磕巴巴道：「多……多少銀子？」

蘇三爺嚥了嚥口水，似不好開口。

「多少?!」蘇大爺吼道，一雙渾濁的眼瞪圓，下吊的眼角扯著皺起的眼皮，有些猙獰。

「三……三百兩！」

「撲通！」蘇大爺一屁股坐到地上，眼皮直抽抽，最後翻著白眼昏死過去了。

「爹！」

「老頭子！」

丁氏和蘇世福夫婦倆撲上前，搖晃著、呼喊著，卻不見人醒來。

丁氏「哇」的一聲哭了出來；蘇世福沒了主心骨，傻愣在原地。

「你們這些挨千刀的，要把人逼死啊！」張氏不管不顧嚎起來，撲向蘇三爺一家，又踢又撓，瘋了一般。

蘇三爺哪會同一個婦人拉拉扯扯，忙躲避，沈氏自得護著丈夫，忙去拉扯。張氏潑辣，力氣又大，沈氏哪是她的對手？當即被騎在身下搧耳光。

蘇世安見娘被欺負，上前拉住張氏。張氏雙拳難敵四手，自然被控制住，嚎叫聲更大了。

蘇丹姊弟躲在屋子角落瑟瑟發抖，不敢出來。

一時間，蘇大爺屋子的熱鬧，傳遍了整個村子。

第四十二章　爛攤子

各家吃罷飯，都在守夜，自然沒歇下，聽到動靜，便披著衣裳往村頭來。

蘇世澤一家吃罷年夜飯，正圍著火盆吃凍梨。

蘇木將將把為長輩們準備的禮拿出來，一家子的歡聲笑語被重重的敲門聲打破。

蘇世澤披了件外衣去開門，是侯老么，同樣披著外衣，提著油燈，想是來得匆忙。

只見他滿臉焦急。「大哥，大伯昏死過去了！」

片刻，蘇世澤進屋，焦急道：「爹出事了，我去瞧瞧。」轉身隨侯老么去了。

蘇大爺出事？一家都站起身，面上神色謹慎起來。

「我也去看看。」蘇木不放心，說著往外去。

「等等，」吳氏進屋拿了油燈，又拿了件外衣遞給她。「黑燈瞎火的，小心些。」

蘇木快速穿好衣裳，提著油燈追上去。

雨絲細密如牛毛般，落到身上、髮間，消失不見。

等一家子趕到蘇大爺院壩時，堂屋門口已經圍了許多人。嘈雜的人聲中，傳來張氏的哀嚎和丁氏的抽泣。

蘇世澤撥開人群，見一屋子的凌亂和躺在地上的老爹，不由得揪心。

蘇木也擠進來，先看向蘇大爺，見地上人胸膛有起伏，只臉色難看，想是氣暈過去了。再望向蘇三爺一家，四人衣衫凌亂，沈氏更是狼狽不堪，想來事情敗露，一家子爭吵起來。至於蘇大爺為何昏倒，這便不得而知。

她忙去到蘇大爺身旁，伸出手指掐他的人中。這會兒沒人顧忌這般動作是否妥當，只眼巴巴看著。

好片刻，蘇大爺眼皮顫了顫，悠悠醒來。

丁氏喜極而泣。「老頭子！」

大家這會兒也看過來，見蘇大爺醒了，都鬆了口氣。

蘇木朝堂屋中央的二人道：「爹、么叔，先把爺扶到屋裡去，地上涼。」

二人忙蹲下身扶起老頭子進屋，丁氏一旁照料跟隨。

蘇世福仍舊坐在地上，還沒反應過來；蘇老太爺顯然也嚇著了，坐在堂前，兩眼發直，悶不吭聲；至於蘇三爺，早沒了平日的意氣風發。

而張氏使勁地嚎叫，生怕別人不知道家裡出了事。

老蘇家沒個主心骨，更無人主持這場鬧劇。

蘇木撫額，只得出聲。「二嬸，差不多得了，大過年的，什麼樣子！」

張氏蓬頭垢面，急忙告狀。「二丫頭，妳不知道，妳三爺他……」

「二嬸！」蘇木遞給她一個冷冷的眼神。「這是想鬧得一家人都不安生？」

張氏縮了縮身子，不知是被她的眼神嚇著了，還是明白過來話裡意思。

見張氏安靜下來，蘇木轉向門外眾人，笑道：「各位叔嬸，我爺沒事了，都回去歇著吧！天冷，還下著雨。」

這動靜，說沒事，沒人相信，只不過到底是別人家事，大過年的，也不好追著打聽。於是道了一番寬慰的話，也就各自散去。

見人走，張氏再是憋不住，一股腦兒地將三房欺瞞他們買官，如今又要三百兩掩蓋的事道給蘇木聽。這會兒，她似乎忘了蘇木只是個年僅十二的小女娃。

蘇木冷冷看著一屋子的人，沒有半句話，徑直進了蘇大爺的屋子。

她一走，張氏也不好嗆呼什麼，一時間，堂屋恢復死一般的寂靜。

屋子前屋給蘇老太爺住，老倆口擠在後屋，後屋堆有櫃子、雜物，門後還放了夜壺。一進門，便是一股濃重的尿騷味，蘇木忍不住掩鼻。

屋裡點了油燈，蘇大爺躺在床上，丁氏坐在床沿哭泣，蘇世澤和侯老么站在床邊。

「爺怎樣了？」她出聲問道。

「緩過來了。」蘇世澤回話。方才張氏的話他都聽見了。「外頭——」

「讓爺好好歇息吧！」蘇木打斷他的話。外頭怎樣都跟她一家沒關係，頂多照看二老，至於什麼三百兩，想都別想！

蘇世澤嘴巴動了動，到底沒說出來。

「奶，您也早點歇息。明早爺若身子還不舒坦，讓青哥兒過來吱一聲，讓爹送去鎮上瞧瞧。」

丁氏哭著點頭，三人便退了出去。蘇大爺費力地抬起半個身子，看著離去的老大，眼睛瞪圓，嘴唇不住顫動，又重重倒在床上，直喘粗氣。

剛走出院壩，便瞧見田埂上，吳氏和蘇葉舉著傘，提著油燈走來。

「妳出來做甚？」蘇世澤忙迎上來，扶住媳婦兒。「天黑路滑，摔著怎麼辦？」

「仔細著呢！這雨越下越大，我不放心，來看看。」吳氏乖順地倚著丈夫。

蘇葉到妹妹身邊，又將手裡一把傘遞給侯老么。

姊妹倆挽著手，走在最後。只聽見吳氏問道：「爹怎樣了？」

「醒是醒了，該沒什麼大礙。」蘇世澤說著，嘆了口氣。「唉，三叔一家真不省心！」

侯老么半天沒吭聲，這會兒忍不住道：「大哥，這麼多銀子，大伯上哪兒去弄？這是逼死人啊！也難怪二嫂嚎得那般厲害。」

「沒那銀錢，當什麼官？爺還是認不清。七、八年撈不著好，三百兩湊出來了，就能讓青哥兒做官，讓丹姊兒當官太太？」蘇木有些氣憤。

「妳爺受太爺的影響，這輩子也盼家裡出個官，那是光耀門楣的事。咱家就青哥兒一個男丁，自然寄予厚望。」蘇世澤答道。

蘇木不屑道：「人各有志，咱也管不著。」

「可……」蘇世澤有些猶豫。「可妳爺、奶這樣，我心裡不好受。」

「怎麼，不好受，您是打算補齊這三百兩？」蘇木急了。老爹太包子，只要扯上老蘇家，他就狠不下心。

「那不能，咱家哪有那個錢，況且……」他看看吳氏的肚子，況且他有一大家子要養，自然不能賠了身家去補三爺的漏洞。只是老爹、老娘一把年紀……

「爺、奶有事，咱不能不管；旁的，想都別想！若爺早些想明白，日子還能過得差？他就是自個兒把自個兒弄成這般。」

女兒的話有些無禮，但有道理。罷了，且看他們怎麼折騰吧！

「么叔，」蘇木轉向侯老么。「明兒以後，爺定會找你們借銀子，且思量吧！」

侯老么自然明白。上回大哥入獄，就是他們借的銀子，一回生二回熟，只是這次，銀子借出去就是打水漂，他不傻。

「省得，我也去田家知會一聲。」

到官道口便分開了，各回各家，時辰也不早了。

這時，村裡各處響起鞭炮聲，此起彼伏，偶有火光乍現。

新年到了。正月初一頭件大事，是祭拜先人。

蘇大爺病倒，無人主持；蘇三爺也稱身子不爽快，房門緊閉；蘇老太爺那腿腳，更是不必說了。

於是乎，站在蘇家院壩只有一眾晚輩等候。雨仍下著，且比昨日還大，所有人都穿了蓑衣、戴上斗笠上山了。

下晌，蘇大爺已經下床，第一件事，竟是帶著兒子去侯家、田家，和幾家近親借錢。

大年初一借錢，不甚妥當，但蘇大爺還是做了。他心裡的念想還未熄滅，只要籌到錢，只要三弟的官繼續做下去，好日子就在不遠處等著，只需再努力一把。

跑了一下午，他揣著二十兩回家。

蘇三爺一家子站在屋簷下候著，見蘇大爺背著手、埋著頭，臉色並不好；而後的蘇世福更是垂頭喪氣，精神不大好。

「大哥，怎樣了？」蘇三爺上前一步，堆著笑問道。

蘇大爺抬眼，從懷裡掏出個布包扔過去，大步走進堂屋。

蘇三爺忙接住，喜上眉梢，打開一看，垮了臉。二十兩，這離三百兩還差得遠哩！

「大哥……這……」他追進去，沈氏娘兒幾個亦步亦趨跟上。

蘇大爺沒有理會他，看向端坐高堂的蘇老太爺。「爹，咱村裡就沒幾個富人，能借的……都借了。我手裡還有十幾兩，湊湊也就三十兩，再不能拿出更多了。」

蘇三爺著急了。「哪能呢！侯家、田家家境殷實，一家拿出一百兩，可不就……」

「去了！」蘇大爺嘆口氣。「兩家都說沒錢，一個孫子在郡城讀書，一個要造房，幾兩銀子是有，八十、一百，拿不出。」

上回大兒子落難，兩家那是散盡家財地幫忙，如今說什麼都不肯借錢，該是怕這錢打水漂。其實他也怕，可心頭的念想戰勝了這份懼怕。

「這……」蘇三爺摸了摸鼻子。田家不借就算，侯家竟這般生疏，還是自家親戚。

蘇老太爺縮著脖子，手塞到袖子裡，顯然不適應這樣的氣溫。「那便只有借子錢了！」

子錢，相當於高利貸，規定年限收取一定利息；若超出年限，則翻千倍之多，可以稱為巨利貸了。當然借錢時，需要抵押同等價錢的產物，房子或田地，再不濟還有人。

因此不到萬不得已，少有人借子錢。

蘇大爺愣住了。三百兩……一年內，他上哪兒去賺三百兩？若還不上，不止他，他的子孫都得完蛋！

「爹，子錢借不得，若還不上，是要我一家子的命去償啊！」

蘇三爺忙道：「大哥哪裡話？若此回危難解除，上頭查不到我買官的事。那大人關起來，商賈逃跑，再無人威脅，也不必年年往上頭送錢，你們日子也好寬泛些。我官職加身，沒了顧忌，三百兩銀子不是唾手可得？官場的道道，你不懂，只消曉得，銀子我定能還上！」

銀子不必他們出，且往後也不用再往郡城送銀子？蘇大爺的心狂跳不止。「當真？」

「當真！」蘇三爺信誓旦旦。「只是光我那十畝田地抵押不夠，還要大哥幫忙。」

蘇大爺細細盤算。自己五、六畝地，一座山頭，再是這幢磚瓦房，也就七、八十兩，還差一百多兩，只得問問大兒子……旁人他都能拉下臉，唯獨大兒子，就是有些不悅。

該是因著上回入獄，他心狠，見死不救吧！如今風水輪流轉，到他倒楣。「只是銀子還是不夠……」

「哪會不夠，聽說大姪買了三十畝田地，縱不是良田，一百五十兩總是好抵的！」蘇三爺出主意。

蘇大爺沒吭聲。

在屋門口聽了半天的張氏眼珠子轉了轉。這樣的大事，她不敢吭聲，便捅了捅丈夫。

蘇世福會意，笑道：「三叔，大哥心軟，木丫頭卻是個記仇的，她管著銀子哩！是斷不會把田地拿給爹去抵押的。您會講話，您去借。」

蘇三爺眉頭一皺，心有不願。倒不是怕那丫頭，只是拉不下臉面。於是求助般看向蘇老太爺。

沒想到這回，蘇老太爺並沒有站在他這邊，而是道：「既然這樣，大孫那處，你去說！明兒就把子錢家請屋裡來，立字立據，得了錢，趕緊回郡城把事辦妥。」

老爹都發話了，蘇三爺無法，只得應下。

整個老蘇家，似乎又迎來希望。蘇大爺坐在床沿，鋪蓋上放著一個帶鎖的鐵盒。

他從褲腰掏出一根布帶子，帶子另一頭拴了把鑰匙。打開鐵盒，裡頭放了十三兩銀子，銀子旁有一個水煙管，管下壓了幾張契。

他抽出來，一張張翻開，屋契、地契、山契，總共五、六張。這個鐵盒裝了他的一輩子，如今要將這一輩子都拿出來，不知怎的，手顫起來。

這是蘇三爺第一回來蘇世澤的小院。

青灰磚砌成的院牆外種了一圈果樹，樹枝修剪整齊，樹幹以稻草包裹，樹下種有蔥蒜，還有些不知名的藤蔓。

沈氏跟隨而來，也環顧這座院落，雖不大，卻修得細緻，比起蘇大爺的磚瓦房好太多。

這時門突然打開，出來個十六、七歲的小夥子，想是沒料到門前站著人，愣在原地。

「你們找哪個？」他問道。

這人面生，想是姪媳娘家兄弟。蘇三爺客氣道：「我大姪可在家？」

吳三兒愣了一下，將門打開，轉身朝屋裡喊道：「姊夫，有人找。」

小院堂屋內，蘇三爺夫婦端坐著，眼見吳氏端茶遞水，又上了瓜果，並不在屋裡逗留，做完這些就回屋去了。

屋子裡只餘夫婦倆和蘇世澤、蘇木父女。吳家人不知是在忙什麼，還是有意避諱，只在二人進門時招呼兩句，之後並未露面。

沈氏眼睛不住往院子瞟。姪媳的娘家怎好意思厚臉皮住女婿家？她放低了聲音問道：「大姪，姪媳娘家就這般住著？」

蘇世澤點點頭。「田地多，爹、娘幫襯，且二灣的房子燒了，二老沒去處。」

沈氏皺眉。「那也不好這般一直住著，傳出去像什麼話？」

蘇世澤面上有些尷尬，一旁坐著啃柿餅的蘇木卻聽不過了。「三奶這是什麼話？田地多，無人操持，總是要請人的。請自家人省了工錢，包吃住，那是應當的。拋開這些，他們是我娘的爹娘，就是白吃白住，也是理所當然。」

「妳小娃子不懂，他們再好到底姓吳，咱們蘇姓才是一家子！」沈氏聽不得她胳膊肘往外拐的話。

蘇木看都不看她一眼，專注手上的柿餅，漫不經心道：「三奶說得是，我不懂這些，只曉得誰在我家危難時伸援手，誰又落井下石、又袖手旁觀。這人哪，要懂得感恩。」

沈氏聽這話，自覺心虛，再不敢多說一句，只乾巴巴笑兩聲，端起茶杯，掩飾自個兒的尷尬。

蘇三爺瞪了沈氏一眼，隨後和顏悅色地看向蘇木。「別聽妳三奶亂說話，妳家事旁人管不得半分。」

「還是三爺明事理，我家是分出來的，大事小事，自有我爹操持。」蘇木臉色也緩和下來。「三爺今兒上門，可是有啥事？」

終於說到正題，蘇三爺卻忐忑起來，站起身，走近父女倆。

第四十三章　翻臉

「前夜的事你們也曉得了，鬧成那般田地，我慚愧。二姪媳婦人見識淺薄，瞧不見遠大的好處，我那是為了一家人著想，只有官繼續做下去，才能讓你們後輩得福。所以，我今兒個來，還是為了銀子。」

說著，觀察二人臉色。

蘇世澤眉頭皺起，似為難，蘇木倒是沒什麼反應，只道：「三爺您找錯人了吧！年前將將把債務還清，哪有什麼餘錢。」

「這個我曉得，」蘇三爺忙道：「咱不是什麼大富大貴的人家，哪能隨便拿出幾百兩銀錢來。」

蘇世澤看過來，疑惑道：「那您說為錢而來，是何意？」

「是這樣的。」蘇三爺又坐下，緩緩道：「這筆銀錢打算同子錢家借，不得抵押嘛？我的田地、大哥的產業，算到頭還差一百多兩；曉得你購置了三十畝田地，我就借地契當個抵押，到時候銀子我自個兒再還上。」

他說得輕描淡寫，就似賣菜一般，蘇世澤卻聽得心驚膽戰。「怎能借子錢呢！那利滾利，是會害死人的！」

「不會。」蘇三爺笑了笑。「年限內還上就什麼事也沒有，我官職保住了，三百兩都是小事。」

好哇，銀子撈不著，竟想出這樣的法子。若不是在郡城待過一段時間，知道他的底細，還真就信了。

「三爺，我們可賭不起。」蘇木冷冷道。

「你們別不信，我管文書，什麼申報不經我手？想要報上去，不得花點銀子？莫說三百兩，就是三千兩也能成！」蘇三爺急忙道。

蘇木沒了耐心，站起身，拍拍手上的柿餅霜屑。「騙鬼去吧！」

「妳這孩子！」蘇三爺怒了，還沒個晚輩敢對他這般無禮。「大姪，你瞧瞧你女兒，沒個禮法！」

蘇世澤有些為難。丫頭是過了。斥責道：「怎能跟長輩這般說話！」

老爹這一說，她更氣了。「我沒有這樣巴著自家親人啃骨吸血的長輩，地契在我手上，想要？門兒都沒有！三爺還是回去吧，我是個鄉下野丫頭，撒起潑來，您沒顏面！」

「妳——我是妳三爺！誰教妳這麼說，今兒非得教訓妳不可！」

蘇三爺怒不可遏，揚起手就要搧蘇木；沈氏早就想教訓她，欲上前捉住人。場面一時控制不住，蘇世澤雖覺女兒無禮，可不能由著被人打，忙去護。

堂屋的熱鬧將屋裡吳氏等人引來，見蘇三爺夫婦要打蘇木，哪裡會同意？拉人的拉人，護住的護住。

蘇木氣得夠嗆。居然敢打她！

她便鑽空子去灶屋，端來一盆水，卯足了勁朝夫婦倆潑去。

在場的人都愣住了。

蘇三爺簡直怒不可遏，蹦躂得更高，直撲向蘇木。

蘇木跑得快，又鑽灶屋舀水，潑過去，一邊罵道：「滾出去！沒你這樣的親戚，從今往後，我一家跟你斷絕關係，老死不相往來！」

二人被逼向門外，偏被一家子攔住，打她不得。

夫婦倆渾身濕透，寒冷刺骨。沈氏張嘴欲罵，卻被一盆水潑個正著，腳沒站穩，踉蹌倒地；蘇三爺被她一拉，也跟著往後倒。

二人落地之時，蘇家大門關上了。

村子就這麼大，一家挨一家，一戶挨一戶，饒是蘇家小院坐落在官道對側，那動靜還是將各家各戶都引了來。

一貫安靜的木丫頭今兒是跟誰吵鬧呢？

大家圍過來一看，蘇三爺夫婦渾身濕透倒在地上，衣衫凌亂，頭髮濕透，渾身沾滿了稀泥，真是相當丟臉。

夫婦倆臉色青一陣、白一陣，忙攙扶著，灰溜溜地離去。

人被趕走，蘇木的怒火也熄滅了。

回頭見吳大爺、蘇世澤和吳氏等人被她潑濕了衣裳，頓覺委屈，哭著跑回自己屋子去了。

這是她來這個時代第一回哭，不知是因為老蘇家肆無忌憚的剝削，還是老爹的怯懦愚孝？她心裡難受得緊。

若自己不強勢地維護手中那點銀錢，在這個沒有人權的年代，該過得有多艱辛。而往後呢，賺了大錢，那些沾親帶故的人，一樣要上門，打著同姓蘇、同流蘇家血的名頭，謀求利益，還不能拒絕，否則就是忘恩負義，是不孝。

今日，她這般出格的舉動，不用一盞茶的時間就會傳遍整個村子，或好幾個村子。說她不孝、跋扈、猖狂，甚至還會將這些看法延續到蘇世澤、吳氏和蘇葉身上。

「木丫頭……」吳氏和蘇葉進來，坐到她的床邊。吳氏柔聲道：「衣裳都濕了，換一身，莫生病了。」

蘇木只趴在鋪蓋上，肩膀不住抖動。

蘇葉看她哭得這樣傷心，也跟著難過，說不出安慰的話來。

「妳爹說他錯了，往後不凶妳了，啥事都聽妳的。」吳氏也覺眼睛發酸，輕輕撫著蘇木的背。

「真的？」蘇木轉過臉來，見吳氏一臉擔憂和蘇葉欲哭還休的模樣，自責起來。

吳氏伸手理了理她因埋在被面而亂糟糟的頭髮，點頭道：「就在妳屋外站著哩，快把衣裳換了，天涼，凍壞了怎整？」

蘇木往門外看了看，故意拔高聲音。「娘，話我就放這兒了，不管你們怎樣想我，三爺一家都不再親近，一肚子壞水，且等著吧，爺這回定要栽他手上！」

「我省得妳是為咱家好，莫氣妳爹，他孝順，那畢竟是他三叔，語氣才重了些。」

蘇木不再言語。罷了，反正她的目的達到了，等日後出了事，就讓那些人哭去吧！

很快，到了初三這日，老劉家駕著牛車，帶了一車的聘禮上門。侯家上下穿戴一新，喜迎貴客。

婚俗講究「六禮」。所謂的六禮，指納采、問名、納吉、納徵、請期、親迎。

老劉家今兒是到納徵這個環節，即「送彩禮」、「送嫁妝」。送彩禮之後，婚事就算成立了。

吳氏早早站在院門口，朝官道張望。

不多時，侯文小跑著過來，見他又穿上了紅色衣裳，只不再是褂子，而是長袍。

「大伯娘，人來了，我娘喚您去哩！」

吳氏喜上眉梢，返身進門，牽出嬌羞滿面的蘇葉。

蘇木自然跟上，拉過侯文。「那人長得怎樣？」

侯文皺著眉，似乎在思索她說的這個怎樣，是什麼樣？

「走吧，瞧了就知道怎樣了！」吳氏心急，拉著便直往侯家去。

侯文帶著母女仨從後門進，穿過後院到偏房，偏房過去就是堂屋。

此時，已能聽到堂屋中的人說話，大致是在商量靈姊兒和劉老大成親的吉日。

吳氏輕輕打開偏門，往內堂掃視一圈，面上露出滿意的神色。她轉過頭，低聲道：「左手邊靠門坐的一位，堂堂正正，很是精神。」

蘇木笑著攛掇蘇葉。「姊，快瞧瞧！」

蘇葉被推到最前，扭扭捏捏，很是不好意思。她一抬眼，便正眼瞧見門邊端坐的一位。一身水墨色棉袍，身量修長卻不粗獷。烏髮束冠，劍眉斜飛，五官清秀，稜角分明。整個人如吳氏說的那般堂堂正正，很精神。

這時，那人似有所察覺，視線遞過來，正好瞧見羞得滿臉通紅的蘇葉。

突然被人發現，蘇葉驚得往後退，一顆心似小鹿亂撞，停不下來。

母女倆見她這般反應，明白過來，有戲。

蘇木匆匆瞧了一眼，也覺得不錯，當即做了決定，讓侯文去遞話。

瞧了人便回家去，將結果告知蘇世澤，蘇世澤樂得合不攏嘴，坐不住，在屋子裡來回踱步，只等著侯家傳消息。

到夜幕低垂，侯老么夫婦親自上門。

靈姊兒的親事定下來了，二月初八，是個大吉的日子。

蘇葉的事，也問了老劉的意見。老劉早聽過蘇家，倒是門當戶對，只是小兒子有才幹，他最器重，兒媳自然要挑最好的，不曉得蘇葉人品怎樣？要見過再決定。

不想老劉的小兒子當即同意，出乎一家子意料，老劉朝兒子使眼色，可兒子就跟迷了心竅般，對這門親事很滿意。

於是當即決定，擇吉日納采，即請媒人到女方家提親。男女雙方互贈禮物，由媒人傳遞，禮物也很簡單，如男方只需送去一把木梳、兩節頭繩、幾尺鞋布；女方回敬一雙手工百蠟底布鞋、一方手帕即可。

「我算是大葉兒的媒人了，子豐、子慶兩個孩子都好，事情成了，靈姊兒和大葉兒也成了妯娌，咱兩家是親上加親。」田氏拉著蘇葉的手笑道。

劉子豐是老大，劉子慶是么兒。

兩家人都笑得合不攏嘴，商量親事。

田氏湊蘇葉耳邊，低聲道：「我不曉得子慶是瞧見過妳還是怎樣，頗為積極，想來納采不過這幾日。妳且準備著回禮，鞋碼是不曉得，一方帕子或者一個荷包都好。」

蘇葉一直低著頭，臉上的紅暈就沒褪過，抿著嘴，點點頭。她自然曉得為何這般積極，那樣匆匆一面，就教他認定了……

這幾日，侯家忙碌不堪，要準備嫁妝、要繡嫁衣，又要請人赴宴。

蘇世澤一家落得清閒，娘兒幾個在屋裡繡花、縫衣裳；幾個男人得空就上山，瞧瞧茶樹，檢查籬笆有無破損。

至於蘇三爺，竟不日返回郡城了，該是借了子錢，至於還剩一百多兩的抵押是什麼，不得而知。

而老蘇家對蘇世澤一家子，更加冷淡了。

例如家裡燉了雞，端一盆送去，往日是笑呵呵地收下，這兩回都吃了閉門羹，冷言冷語不說，直接把人關門外。

好在一家子都習慣了，沒兩日又迎來劉家的納采，家有喜事，旁的不順心也就不在乎了。

陽和起蟄，品物皆春。

立春，自官方到民間都極為重視。立春時，天子親率三公九卿、諸侯大夫去東郊迎春，祈求豐收；地方官員也上行下效，舉行祭祀。而鄉間就簡單得多，貼春牛圖，即紅紙上印有牽牛耕作的圖案，寓意一年之計在於春，要抓緊務農，莫誤大好春光。

立春後，各地學堂也陸續開學，田良和虎子要動身去郡城了。

這是虎子第一回一個人離家，吳氏好幾天吃不下、睡不著，雖說路上有田良作陪，到郡城鋪子又有雲朵照顧，可她還是牽腸掛肚。於是讓吳三兒一路跟著，到鋪子把一切都安排妥當。

吳三兒跟去也好，可以把這兩月鋪子的盈利帶回來，蘇木手上已沒有多少銀錢了。過段時間，茶樹嫁接要請人吃飯送禮，吳氏肚子五個月了，也得提前做好準備。

到初八，靈姊兒出嫁。雖還有些冷，卻是陽光明媚。

酒席定在鎮上酒樓，劉家租了好幾輛馬車，隨迎親隊伍一同前往福保村，接一眾親朋好友上鎮子吃酒席。

照理，一家吃席去兩個大人帶一個孩子，像蘇、侯、田三家這樣密切的關係，侯老么特地囑咐一大家子都去，酒樓位子都是安排好的。

自然，兩家備禮也比別人豐厚得多。田家送了一整套的紅木家具，早早就送去小倆口家中；蘇家則送了一整套的金飾。

天不亮，蘇世澤夫婦去侯家幫忙，餘下吳大爺夫婦和姊妹倆在家等候。

吃罷早飯，院外聽見叩門聲，是接親的人。一家四人穿戴一新，收拾妥當，開門出去。

蘇木剛跨出院門，就笑了。掛著大紅花的馬車旁，站了個著暗紅襖子的少年，不就是她未來姊夫嗎？

「姊，妳瞧！」蘇木回過頭來，對蘇葉道。

蘇葉懵懂地看過去，見著不遠處的人，瞬間羞紅了臉，忙垂下頭。

蘇木抿嘴一笑。姊姊面子太薄，她還是少說話。

吳大爺夫婦先上了車，蘇木隨後跟上，蘇葉落到後頭。

她有些緊張，步子慢慢挪過去，頭都垂到胸前，努力忽略那道炙熱的視線，手扶車壁，小心踩上上車的杌子。想是太過緊張，踏上馬車的腳沒踩穩，身子不受控制地往後滑倒。

「唉呀！」她驚呼。

只覺右手被溫暖地包裹，腰間大手穩穩扶住她，耳畔那人輕聲道：「當心。」

蘇葉覺得自己快燒起來了，忙順著那股力量上了馬車，毫不猶豫地鑽了進去。

手心驟然一空，劉子慶慢慢握緊，似乎還能感受那一絲柔軟，耳根也漸漸發燙，暗道，他的未婚妻，真是害羞。

馬車行得不快，偶輾上小石子，輕微顛簸，帶著車簾子晃動，靠窗而坐的蘇葉便時不時瞧見劉子慶挺直的肩膀，聽到他和車夫朗朗的交談聲。

心裡竟覺得甜。

鎮上唯一的大酒館被劉家包下了，樓上樓下兩層。

劉子豐穿著大紅喜袍站在門口迎客，想來拜堂已經禮成。

馬車在酒樓門前停下，一撥一撥的客人被迎了進去，而老蘇家的人隨蘇木等人一同下了車。

蘇大爺不在，丁氏也沒來，只有二房一家四口，穿紅帶綠，很是喜慶。

沒了老頭子在，二房對大房的人不那麼冷淡，主動打起了招呼，只是眼神不住往一旁站的劉子慶身上瞟；張氏更是毫無顧忌地打量，心想這是哪家少年？

劉子慶多在郡城，少有人認識也不奇怪。

自蘇木將蘇三爺夫婦趕出家門後，張氏再不敢招惹，於是走近蘇葉問道：「大葉兒，那少年是哪家？」

蘇葉好不容易平復下去的臉色又紅了。蘇木問都不用問，就知道張氏說了什麼。於是她擠開張氏，天真地問向劉子慶。「姊夫，我們坐哪處？」

貿然被人喊姊夫，劉子慶一愣，反應卻也快，溫和道：「我帶妳們進去。」

說著朝二房四人點點頭，帶一家子直接進了酒樓雅間。

張氏瞪大了眼，轉頭問向丈夫。「木丫頭剛喊啥？」

「姊夫！那定是蘇葉的未婚夫！」蘇丹腳一跺，接過話。憑什麼姊妹倆都能落得好，而她跟田良哥就沒這樣的結果。

田良回來這一個多月，她沒見上兩回，話都沒說上幾句。一月中他又去了郡城，到下回回村該是六月農忙了。

好在她見不著人，蘇木那丫頭也見不著。

第四十四章 心意

濃密的白霧中，漫山遍野的布穀鳥已經甦醒，整日叫個不停。歇了一冬的田地，也要翻鬆播種，家家戶戶開始了新年的忙碌。

蘇家三十畝茶樹開始冒新芽，已到最佳的嫁接時機。這兩日，一家子都在地裡除草，以免影響茶樹生長。

村人都知道蘇世澤買了三十畝地，種滿了茶樹，可秋冬來臨，枯成乾枝，大家並不看好。有那些銀錢，買幾畝良田種莊稼才是正經。

沒兩日，吳三兒從郡城回來了。此去有近七、八日，只說鋪子生意好，二人忙不過，他幫了幾日忙，除了帶回四十兩銀子，蘇三爺重回典吏官位的消息之外，還帶了杜雪瑤的一封信。

小軒窗，烏髮青衣的少女坐在妝檯前，白嫩的小手執一方信箋，時而淺笑，嘴角隱約露出兩個淺淺的梨渦，很是可愛。

「雪瑤妹妹說什麼？」蘇葉端著針線簍進屋。她準備做新的春衫，剛從吳氏那裡要了花樣，進門就見妹妹這副樂呵呵的模樣，該是信上說了什麼趣事。

「雪瑤說，她常去咱鋪子，雲朵那丫頭性子跟我差不多，唯一不足的是有些膽小，她便時常逗弄，說要問我要了賣身契，將她許配給小林子。小林子是她家的護院，是個勤快人，可模樣生得粗鄙。」

蘇木說著又笑起來，蘇葉也忍不住彎了嘴角。

「還道她許人家了……」說到這兒，蘇木語氣淡下來。「是京都魏姓侍郎的公子，文書都擬好了，一切由父親作主。她怕那素未謀面的相公生得跟小林子一般，也害怕大家族的生活。」

蘇葉拿針線的手頓住了，滿滿都是心疼。「像雪瑤那樣的人家，一輩子不愁吃穿，過得也是榮華富貴的生活，可自己的幸福卻不能選。她那樣自由歡樂的性子，該多難受。這樣想來，還是咱好，日子清貧，到底自在。」

家族聯姻也是向上生存的手段之一，杜郡守那樣疼愛女兒，縱使素未謀面，該也仔細了解過，不會把親生女兒推向火坑。以他如今官位，大兒子又在京都當差，雪瑤是有近親在側，不會孤苦無依。

信上還提到她二哥。開春就上京都了，說是唐相予邀了名師講學，請他一道，二人四月就要殿試。

再就是百無聊賴，希望她得空上郡城去看她；若是不得空，偶爾通信也好，等婚期定下，一定要送她出嫁云云。

蘇木合上信。她的生活和信上是兩個世界，而這兩個世界似乎冥冥中又有著千絲萬縷的聯繫。

窗外飛回兩隻燕子，開春在她簷下築的巢，時而聽見嘰嘰喳喳鳴叫。

她鋪開一張嶄新的紙，筆在硯臺上順了順，近日的生活鋪陳開來。

二灣甘蔗地的那批野茶樹，出了二月便長得飛快，好在今年沒下雪，氣溫也不是頂寒，死了兩棵，大都長得極好。

吳大爺駕牛車取了第一批接穗。他採用的是劈接法，先用砧木劈切，削接穗，最後插接穗及包紮。

三十畝地照他粗略估計，每畝約一千五百株，光一家子趕在春雨前是做不完的。於是請了侯、田兩家幾個勞力，兩家空出三日專門幫忙。

嫁接茶樹是技術活，比如劈切的位置、刀劈下的深度，抑或是削接穗的長度厚度；最重要的是插穗，以嫁接刀撬開砧木的劈口未接面的一側，把削好的接穗慢慢地沿接面方插入，使之接穗和砧木的形成層相吻合，而後抽出嫁接刀。

到這裡，吳大爺的做法是以布條包裹連接處。

然而蘇木了解到的嫁接知識，要以塑膠薄膜包裹纏繞紮緊直至樁口，以減少空氣中的氧氣流動，使袋內二氧化碳增多，促進生長，大大提高存活率。

沒有塑膠薄膜，便用油紙代替。無法解釋呼吸作用，她只道天氣仍寒冷，以此包裹可以保溫。

也不知吳大爺有怎樣的啟發，套袋的法子，他接受了。於是頭一日，便是手把手教蘇世澤等人嫁接，幾人都是莊稼好手，雖深淺不好掌握，做上一、兩棵，也就順手。

蘇葉、蘇木和吳大娘三人跟在後頭套袋。這活計簡單，女兒家手又巧，油紙袋套得又圓又緊。

幹了一上午，只整好兩畝，進度很慢。

瞧日頭差不多，蘇葉兩姊妹準備回家做飯。吳大娘本想著自個兒回去，蘇木卻一心念著灶頭上燻的臘腸，過月餘該是入味了。

年前，田家那副白下水被她買來，在一家人嫌棄的目光下，她做了一道紅燒肥腸，得一致好評。

雖然她只是動了動嘴皮子，清理下水都是吳大娘，但她還是不要臉地攬下功勞。

十斤的大肥豬，一頓自然吃不完，餘下的灌成臘腸，綁成兩串吊在灶頭上，燻了一月已變得金黃。蘇葉拿菜刀割了兩節，問向燒火的妹妹。「夠嗎？」

豬腸比從前吃得肥大，一節頂從前兩節，自然是夠了。「夠，洗乾淨了放飯上蒸。」

吳氏已經顯懷，穿著薄薄的棉衣，腰間頂出一團。自有身孕以來，丈夫和女兒便不要她做活計，整日吃睡，白嫩不少，倒是沒胖。

但她哪裡閒得住？衣裳、鞋子已縫到夏季，沒活計，總想找點事做。

剛走到灶屋門口，蘇木便催她回房。「娘，這裡沒啥事，回屋吧。」

吳氏苦著臉，可憐巴巴道：「妳們一上午不在，我憋得慌，就站這兒說說話。」

姊妹倆相視一笑，再沒說讓她離開的話。

回來的時候，蘇木用綁了鐮刀的長竹竿，在屋後頭的一棵香椿樹上，割了不少香椿芽。

香椿樹上長出的嫩芽味道鮮美，可用來炒雞蛋、涼拌，營養價值很高，可開脾胃，還有利於生育，最適合吳氏吃。

蘇葉將香椿芽切細，打了四個蛋，撒上細鹽，調勻。

鍋已熱，倒入適量菜籽油，待鍋裡冒起青煙，她將一大碗蛋液倒進鍋裡，慢慢地青黃相間的蛋液鼓動、凝固。

此時，已冒出誘人的香氣，蘇木忍不住嚥了嚥口水。就是這個味，以前在鄉下，每年春天，奶奶也會做這道香椿炒蛋。

鐵鍋裡的蛋已兩面金黃，蘇葉拿鍋鏟搗成小塊，翻炒兩下出鍋。

燉鍋裡早燉好菌菇春筍雞湯，再炒個菜頭、一盆紅燒肉燜筍，四個菜裝了滿滿四大碗，放在桌上很是豐盛。

這時，聽見院子外蘇世澤幾人聲響，娘兒幾個開始拿碗擺筷。

蘇葉揭開蒸飯的鍋蓋，一股醃製的肉香撲鼻而來，那兩節香腸已脹得飽滿，泛著油光。

她拿筷子取出來切成片，一邊切，一邊嘶嘶喊燙，語氣卻是歡樂。

臘腸切了兩盤，蘇木一手一盤，自灶屋出來，朝院子外喊道：「開飯嘍！」

次日，勞作的隊伍又壯大了，劉家兩個小子上門幫忙。

年後，糧店生意一般，兩兄弟上了趟郡城把鋪子活計安排好，就在昨日又回鎮子，得知蘇家三日農忙，便不請自來。不僅來了，還提了酒肉，酒是老黃酒，肉是一整隻烤鴨。

劉子慶將酒肉交到蘇葉手上，眼裡的愛意不由自主。較上回大哥成親相見，如今已過去半月，他……想念得緊。

蘇葉只抬頭看了他一眼，便再也不敢。那樣炙熱的眼神，她羞得不行。

不過，大庭廣眾之下，劉子慶也不敢多瞧，放下東西，隨一眾長輩上山去了。

姊妹倆收拾妥當，隨後跟上。

今兒太陽尤其猛烈，是開春以來最熱的一日，幹活約莫兩個時辰，已背脊冒汗，口乾舌燥。

本來晌午時間不長，且氣候溫和，便沒帶茶罐子，這會兒，怕是不得不回去拿了。

蘇葉揩了揩額上的汗。「爹，我回去裝茶水。」

蘇世澤支起身子，歪著嘴，想來是渴得緊。「也好。」

「茶罐重，我……我隨大葉兒一道。」蘇世澤話音剛落，劉子慶忙道。

這話好似沒經大腦，說完才不好意思。

眾人哪不曉得他的心思？親事大致算定下，兩人不能時常見面，好不容易見上，自然想多待會兒。於是都抿嘴笑，卻也不戳穿。

蘇葉杏目圓睜，瞪著劉子慶，似在說：誰要與你一道。

劉子慶只是笑了笑，朝她走近。

蘇葉忙轉身，快步離去。劉子慶緊跟其後，四處觀望，四周都是蘇家山地，並無他人，便快走兩步趕上，一下捉住蘇葉的手，嚇得蘇葉一陣驚呼。

「你、你、你……你鬆開，被人瞧見不好。」

身旁高她半個頭的人，手收得更緊。「我不鬆。放心吧！我瞧過了，四周沒人。」

蘇葉羞得滿臉通紅，無奈手上力氣太大，她掙不開，只好往四周看，果真沒人，不禁放鬆下來，心卻仍是跳個不停。

「大葉兒，妳真好看。」劉子慶毫不掩飾地誇讚。

「你……你無賴！」蘇葉撇過臉，不給他看，嘴角卻不由自主地上揚。

「無賴，妳不也一眼就瞧上了？」劉子慶看著她，移不開眼。

「我……我哪有？那回是娘和木兒定要拉我去瞧你……明明是你，只一眼就來納采。」

蘇葉輕聲細語道。

「我不是一眼，我見過妳好多回。」

好多回？蘇葉抬頭看過來。一樣的面貌，她卻是那日在侯家第一回見。

「你胡說，我何曾見過你？」

劉子慶直直地看著她，手握得緊，似稍微一放鬆，眼前人兒就要飛走。

「在郡城妳家鋪子，我時常買奶茶，有時是妳妹妹，有時是妳爹娘，可妳一直在後頭做奶茶，那樣安靜、美好。我從第一回見，便心悅妳，那時喝妳做的奶茶，就像見到妳一樣。後來，妳家鋪子關了一月，我便思念了一月。一月後妳再出現，卻不在鋪子做奶茶，而是換了一個姑娘。

「妳爹娘和妹妹都在，那妳一定也在，我還是日日去，卻不曾見過妳。直至過年，鋪子換了人，再沒見過。我那時懊惱，若早點跟妳講話、早點認識妳，是不是就不會錯過？幸運的是，那日偏門背後的人是妳，而妳即將成為我的妻子，我每天都很快樂，從來沒有這樣快樂。」

突如其來的一大段告白讓蘇葉猝不及防。原來他早就見過自己，原來他早有那樣的心思……心裡被某樣東西塞得滿滿的，像糖，很甜。

「我能抱抱妳嗎？」劉子慶目光灼灼。

蘇葉覺得她的心都快停止了。牽著手，還要抱她，他們還沒成親，怎麼能……

而劉子慶見她低著頭，紅著臉，並不拒絕，那般可人模樣，手便不由自主輕輕一帶，將眼前人兒拉入懷中，另一隻手輕輕扶住她的腰。

天氣很熱，兩個抱在一起的人更熱，蘇葉覺得自己快燒起來，僵著身子一動不敢動。她的臉貼著堅實的胸膛，入耳是鼓動的心跳，一下、一下……她的心也不由得跟著跳動。

劉子慶何嘗不是，緊張得很，甚至覺得手在抖，一下下輕輕觸碰到蘇葉的腰。她的腰身很細，兩隻手就能握得住。

「汪！汪！」

不知何處傳來兩聲狗叫，嚇得兩人趕忙分開。蘇葉逃也似地離開，往家而去。

劉子慶咧著嘴，快步跟去。

到家裡門口，吳氏正在院中曬被子，天熱起來，厚棉被得換下，準備曬曬收進櫃子去。

「怎麼回來了？臉這般紅，是病了？」見蘇葉紅著臉，急急忙忙進門。

「沒……曬的……」說著直往灶屋去。

這時，劉子慶也進來了，神色已恢復自然，上前接過吳氏手中的被子。「今兒熱，葉兒回來拿茶壺。」

「是熱。」吳氏笑了笑，由著他將被子拿去，輕鬆搭在架子上。這個女婿，越看越滿意。

待蘇葉裝好茶水，拿籃子裝好出來。「娘，我送去了。」

蘇葉招呼完，便頭也不抬地出門了；劉子慶見她離去，自然要跟上。「那……我也去了。」

吳氏擺擺手，笑得合不攏嘴。「都去吧！」

劉子慶小跑著跟上，接過籃子，倒是不再動手動腳。兩人並肩而行，一路無話，卻不顯得尷尬，只是……心怦怦跳得有些快。

多虧劉家兩兄弟幫忙，到第三日下午，終於全部完成。接下來就等春雨落下，由它自個兒生長了。

經這回，蘇世澤瞧出劉子慶的人品，幹活麻利，心細有腦子，很是不錯。於是自然而然地，蘇葉的親事也鄭重提出來。納采、問名、納吉都已過了，劉家對蘇葉沒話說，更何況兒子喜歡得緊，便著手準備聘禮，由侯家透信，快的話月底，慢的話下月中旬，左不過一、二十日。

照這樣的日程，只怕親事就在四月底或是五月。

蘇家準備辦喜事，田家也有，便是田良考童生試，放榜就在三月三。

童生試一過，便是一名正經的童生，也是踏上科舉之路的開始。只有通過童生試的學子，才有資格參加後面的考試。此時的他們已區別於普通學子，身分更上一層。

於是乎，得知孫子考上童生的消息後，田大爺是高興得幾天睡不著，整個田家那是人人喜悅，就等孫兒回來，大擺筵席，好生慶賀。

自然，與蘇家的親事也要提到明面上了，田良可謂是名利雙收，春風得意。

第四十五章　納采

吳氏挺著大肚子，坐在姊妹倆屋裡。「整個郡城考上八十名，良哥兒居十位，真是厲害，這是咱村子出的第二個童生！」

蘇葉端坐在案前畫圖紙。茶樹種下去了，還得開個作坊製茶，手裡沒太多本錢，打算起磚瓦房，到採第一批茶還有三月，時間充裕。

說起童生，福保村確實只出了兩個，第一個是八年前的蘇三爺，考了數年，直至將近三十歲。時隔八年，田良這個年僅十六的少年一舉便中，鄉親之間的讚譽，那是花樣百出，而年輕姑娘們更是芳心暗許。

見蘇木沒有答話，神色更無變化，不由得著急。「明兒個良哥兒該是要到了，學問已成，田家怕是要張羅親事了。不曉得哪家女娃有這個福分，能嫁過去？」

蘇木放下筆，滿意地看著紙上一幢屋舍，笑道：「童生只是開始，田良哥往後的考試多著咧，哪會這般早成親。」

吳氏暗喜。「那倒是。不過……親事不急著成，倒是可以先定下來，妳覺得呢？」

蘇木又添了幾筆。「嗯……那是可以，若有心悅之人，倒是不能因為考學耽誤了人家。若他考到三十，總不好等到……娘……」

她話未說完，吳氏便快步離去，無奈地搖頭，繼續改進。

次日臨近夜晚，郡城來的馬車在村頭官道口停下。

官道口早早等了一群人，田家一行、侯家夫婦倆、蘇家兩姊妹，一旁還有別戶人家，滿滿當當在路邊站了兩排。

田良掀開簾子，視線在人群中尋找，見到小小人兒站在後頭朝這處張望，不由得嘴角勾了勾。

「怎來得這般晚？」

田大爺走近，兩手背在後背，一向嚴謹的面上掛滿了笑。

田良跳下馬車。「早晨在書院耽擱了，回程晚了兩個時辰，讓爺擔心了。」

這時，馬車裡探出個小腦袋，不是虎子又是誰？

他找了一圈，沒看到人。「我爹娘哩？」

吳氏月分大了，站不住，此時，蘇世澤陪著在田家歇息。

虎子近日並無假期，怎麼回來了？莫不是是闖禍了？蘇木忙上前，擔憂道：「怎麼回來了？」

田良將小虎子抱下來，笑著給她解釋。「虎子考上郡城書院，學舍放了三日假，回去便直接上書院唸書。」

虎子昂著頭，自豪地等誇獎。

蘇葉揉了揉他的小腦袋，毫不吝嗇地誇道：「真厲害！」

這時，鄉親們也圍上來，七嘴八舌說道喜的話。

田大爺設了席，給孫兒接風洗塵，於是大家轉到田家院子。

院子裡早已擺滿桌椅，桌上是涼菜，人一到，田大娘便帶一眾妯娌上熱菜。

宴是小宴，圖個吉祥、熱鬧。院中掛起燈籠，不算燈火通明，燈光昏暗，使得整個氛圍更加溫暖熱烈。

至宴席將盡，蘇世澤、侯老么還在吃酒談天，看來一時半會兒結束不了。吳氏自然等不了，娘兒幾個打算先回。

蘇世澤喝得醉醺醺，自然不放心讓他一個人回來，以往都是吳氏陪著，而今自然不行。蘇木便讓娘兒幾個先回，她守著。

勤快地幫忙收拾，忙活完畢，隨田家的坐在院子談天。

酒桌上的男人們想是喝多了，翻來覆去那些話，她待得無趣，想去院子外頭走走。

鄉村的夜靜得可怕，一眼望不到頭的黑，如此更顯得天上繁星明亮，她瞇著眼，伸手指著最亮的一顆。

忽地，手心被塞了一個東西，她下意識地握緊。

偏過腦袋，見燈光從門縫洩出來，落到挺拔的少年身上，他正笑盈盈地望著自己。

那目光，像是赤裸裸的……愛戀？

蘇木不知怎的，心顫了顫，忙移開視線。「是……是什麼？」

田良含笑。「打開看看。」

蘇木抬起手，慢慢打開手心，是精緻的小妝匣。抬眼看田良，後者示意她打開。

撥開鎖扣，緩緩打開匣子，紅綢製成的布包上，赫然躺著兩個珍珠耳環，圓潤光潔，不摻一絲雜質。

「真好看。」

她笑了，是真的喜歡。鎮上的耳環大都翡翠或金銀質，樣式陳舊老氣；這副珍珠耳環樣式簡單，可那兩粒珍珠，一看便知不便宜。「怎費那個錢？」

「覺得適合妳。」田良眼中帶笑，試探地問道：「我幫妳戴上？」

蘇木也沒多想，伸手摘掉耳垂上的耳環。「好。」

田良靠近蘇木，才發覺她好小，只到自個兒胸膛，巴掌大的臉微微側過去，濃密鬈翹的睫毛正輕輕顫動。

他突然心跳加速，嘴裡發乾，不由得嚥了一口唾沫，慢慢將手伸到她粉嫩的耳垂上。

只是……

腦海中演示無數遍的過程，卻戴不上，他有些著急，手上動作更輕了，生怕弄疼她。

蘇木只覺耳垂被人輕輕撫弄，有些癢，這個癢延續到全身。

兩人靠得很近，她能聽到田良的呼吸聲，由輕及重……

氣氛有點曖昧啊！

「不疼的，只管放心戴上。」

蘇木的聲音從未有過的細小、柔軟，聽得田良心癢癢。有她這話，手上動作大膽了些，找到耳洞，毫不猶豫掛上去。

「好看。」蘇木伸手摸了摸，眼睛彎成一道月牙。

黑夜中，乖巧的女孩白得發光，照進他的心裡，滿滿的，很喜歡。

「木兒，妳可願做我的妻子？」

欸？蘇木腦子一瞬間的空白，耳畔一直迴響著田良的話。

可願做我的妻子……田良哥的妻子？

她為什麼會心跳加快？願意嗎？好像不反對……田良長得好、性格好，似乎也喜歡自個兒……

蘇木趴在床上，翻來覆去，長吁短嘆，腦海中不停播放田良溫和的模樣和那些揮之不去的畫面。

「妳折騰什麼呢？」蘇葉一覺睡醒，迷迷糊糊聽見裡間人唉聲嘆氣。

蘇木索性起身，抱起枕頭，鑽進蘇葉的被窩。「姊，我睡不著。」

蘇葉往裡面挪了挪，擔憂道：「怎麼了？身子不舒坦？」

「不是。」蘇木側躺著，將手墊在脖頸下，悶聲道：「姊，妳對姊夫是什麼感覺？」

蘇葉瞌睡醒了大半。妹妹問這樣的話，她不好意思回答。黑夜中，瞧不見臉色，膽子大了些。「他挺好的吧……」

挺好？是幾個意思？蘇木懵了。「那妳見到他會心跳加速，心裡……生出喜悅嗎？」

蘇葉回想那日在山上，他牽手又擁抱，還說那樣羞人的話……不由自主地點頭。「嗯。」

「那這是喜歡嗎？」蘇木忙問道。

蘇葉蹙著眉，想了想。「大抵是吧！」

那……她也是喜歡嗎？

蘇木思緒放空。前世她單身到二十五歲，一次戀愛都沒談過，更不知道喜歡一個人是什麼滋味，後來同事給她介紹，意義上算得上是一次相親。

但是見了人，內心起不了一絲波瀾。怎麼說呢？男生對她很好，無微不至的好，很體貼，但是她跟他聊不到一起，他的話總是讓她不知道怎麼回答。可幾乎所有人都跟她說，找個妳喜歡的，不如找個喜歡妳的。

所以，喜歡到底是什麼？

臉紅心跳該是喜歡吧……那她就是喜歡田良，反正都要嫁人，何不找喜歡自己，又知根知底？

她不覺得自己有蘇葉那樣的運氣，一見鍾情太縹緲。

或許潛意識就有這樣的念頭，所以她收下了田良的耳環。田良也體貼地說，如果明天這個時候，她還沒說反悔的話，就算答應了，後日便上門訂親。

而她年紀還小，他可以等，等她長大，屆時他也功成名就。

再好不過，不是嗎？

這般想著，眼睛慢慢閉上，腦海中那俊秀的人兒漸漸變得模糊……

整日，蘇木待在房裡，趴在桌上，不聲不響。

她思考事情時也會這般，將自己關一整日，比如做油燜筍、賣奶茶……一家人習以為常，只當她又要搗鼓什麼東西。

只是到了晚飯，蘇木也沒個反應，吳氏喚了幾聲，沒人回答，她探向窗邊，望見蘇木還伏在案前，心想，喚這麼多聲沒應，怕是正想到緊要關頭，也不敢打擾。招呼一家子先吃，將她那份溫在鍋裡。

等一家子吃完，歇上片刻，裡頭人還沒動靜，燈也沒掌，吳氏才覺不對勁。「大葉兒，妳去屋裡瞧瞧，問問木丫頭肚子可餓？」

蘇葉輕手輕腳進屋，低低喚了幾聲，無人應答，她便掌了燈走過去，見蘇木趴在桌上，睡得正熟。

蘇葉無奈地笑了笑，輕輕推著妹妹的肩膀。「木兒醒醒，吃過飯躺床上睡，這樣會著涼的。」

蘇木悠悠醒來，已覺周身發冷。什麼時候天已經黑了？壞了！

她忙問道：「姊，現在什麼時辰了？」

蘇葉不解。「酉時了，怎啦？」

蘇木一拍腦門。看來一切都是注定。

「沒事，我就是餓了……」

蘇葉笑了笑。「飯菜都溫在鍋裡，走吧！」

次日，田大爺攜孫上門納采。雖早有準備，蘇世澤仍有些慌忙。

兩家人正式坐在堂屋，明面上談起兩個孩子的親事。兩家早已通氣，沒什麼好改變的。

田良的心思大家都了解，如今只差蘇木點頭。

吳氏帶著兩家人的期盼到蘇木屋子，她仍同昨日般，坐在案前寫寫畫畫。

「丫頭，田家來人了，為了妳和良哥兒的親事。」將田家送來納采的一把木梳、兩節頭繩、幾尺鞋布放到案上。她認為那日的試探，二丫頭對田良是有意的，親事也是自然而然。

「妳且送一方帕子或是一個荷包，由我去回禮。」

蘇木覺得無奈。怎麼爹娘似乎很滿意的樣子？只是，她哪有什麼拿得出手的帕子和荷包啊……於是為難地看向自個兒亂糟糟的針線簍子。

吳氏順著視線看過去，也為難了。那荷包……當真……難看……

她翻找，試圖找出一塊像樣的帕子，最後還是撿起荷包。「咱家木兒能幹不在這處，田家能理解，我看這荷包就很好……」

蘇木點點頭。您說什麼就是什麼吧。

於是，吳氏揣著蘇木那個繡得如同醃鹹菜一般的荷包離去，也帶去了蘇木點頭的消息。

蘇葉訂親，在侯家辦喜事那日，大都了解。

可緊接著蘇木訂親的消息，像長了翅膀一樣傳遍村裡每家每戶；因為男方是里正田家，其孫剛考上童生，這是多體面的人家。

印象中，蘇木是個不多言、不多語的姑娘，年紀不大，個頭小小，模樣不說多出眾，還算周正，就是不愛張揚，性子清冷。且前段時日傳出她將蘇三爺夫婦趕出門的傳聞，是有幾分厲害。

一般人家還真不敢娶這樣要強又潑辣的媳婦，里正是有多看中孫兒，大都明眼知道，竟應了這樣一門親事，知道兩家關係好，可沒想到這麼好。

有人祝福，有人唏噓，有人感嘆，還有人咒罵。

蘇丹趴在床上嚎啕大哭。「她是個什麼東西！田良哥為什麼要和她訂親，為什麼?!她為什麼就有那樣的好命，嗚嗚……」

整整哭了一天，翻來覆去都是罵蘇木的話，蘇青聽得耳朵都起繭子了。他不堪其擾，靜不下心看書，跑爹娘屋裡抱怨。

「娘去勸勸姊，再哭下去，屋都要淹了！」

屋裡，張氏坐在床上嗑瓜子。瓜子是屋後頭種的，往年都炒來賣，今年不必往郡城捎錢，日子也不用過那麼緊巴；且蘇大爺自蘇三爺一家回郡城後，便不怎麼管家事了，有時候買賣交給二兒子去做，於是夫妻倆偶爾能得幾個錢買零嘴解饞。蘇大爺不曉得知還是不知，反正沒過問。

「這都啥時候了，還哭！」

張氏呸了一聲，將嘴裡瓜子殼吐到地上，坐起身，往櫃子扒拉出一塊花生酥遞給兒子。「就在屋裡吃完再出門，我去看看你姊。」

蘇青接過，坐在鋪上大口吃起來。

張氏還沒進屋就聽到女兒的哭罵，氣不打一處來。「嚎！嚎！嚎喪！我和妳爹還沒死，妳嚎給誰聽！」

「不要你們管！」蘇丹更加惱火，哭得更凶。「親事是我先提的，還不是你們沒用，讓人搶了去！」

「這死妮子！」張氏罵了一聲，進屋見女兒可憐巴巴的模樣，軟下心來。「是田家不應，咱有什麼法子？那良哥兒有啥好？不就是個童生，往後娘給妳找個更好的！」

她記著三房臨走時的承諾，覺得女兒往後能嫁郡城的官老爺，一個小小童生能比得上嗎？

「我就要田良哥！」蘇丹吼道。

「怎麼說不聽？妳三奶已經託人給妳物色了，到時候嫁去郡城，不比那個死丫頭風光？」張氏氣得插腰。

「沒影子的事，人家說啥是啥，小姑都還沒嫁，能輪到我？」蘇丹翻身坐起來。她是真的絕望，本以為她和蘇木是公平的，可田家上門訂親，這一邊倒的情況是萬萬料不到。

「三房指望不上，不是還有妳弟弟？他考上學，做了官，妳就是官家小姐，那樣的身分地位，是她一個商戶之女比得上的？」

蘇丹冷笑。那更是沒影子的事，別說青哥兒能不能考得上，就看這年紀，是要她等成十八、九歲的老姑娘嗎？

「得了吧，大伯娘的兒子都考進郡城書院了，青哥兒呢？」

說起這個，張氏就來氣。

那女人的兒子怎就考上郡城書院了，才六歲！唉，明明哪樣都比不上自個兒，如今怎麼反過來了。

「不行，不能由著那女人騎到我頭上，我讓妳爺給郡城捎信，把青哥兒也弄到郡城唸書，到時候考上那書院，往後像良哥兒一般考個童生，就能當官了。」

她越想越美。考上童生，若是輪不到官職空缺，就讓老蘇家想法子，像三房一般買個官也成，那她就是官太太，看那女人還比得過自個兒不！

張氏這般想著，蘇丹心思也活絡了。是啊，只要小弟能上郡城唸書，那她就有理由去郡城，這樣就能見到田良哥，天長日久，他定能明白，她比蘇木好！

蘇丹擦乾淚，兩隻眼腫得跟核桃一般，嘴角卻露出不合時宜的笑。「娘，就這麼辦，一定要想法子把小弟弄郡城去，只有這樣，咱一家才有出頭之日。」

「娘省得。」張氏一臉決絕，打算夜間就吹丈夫耳邊風。

沒兩日，老蘇家的一封信送去了郡城，半月後那邊回信，竟允了蘇青寄宿，還給他找好書院，只等一家子安排將人送去就是。

這算是老蘇家近年來最值得高興的事。

第四十六章　成茶

而蘇世澤一家則終日忙碌。這不，茶樹嫁接後，一家人精心侍弄，春雨過後，終於冒芽生枝，如今已長半尺高，除了定期施肥，還算輕鬆。

如此便著手準備建作坊。蘇木將自個兒畫的圖紙拿給泥工師傅看過，經討論，定下終稿，是一間兩進的磚瓦房，寬敞的院壩將屋子隔開，前屋炒茶，經晾曬後於後屋裝罐。屋裡修有一座座案臺，整齊排列，就似工廠的車間，流水線工序。

作坊就定在茶山上，茶山二十餘畝都被買下來，相當於整座山頭歸蘇家所有。

因著吳氏的產期在六月，近些日子又要忙著侍弄茶樹、建作坊，大把事要忙。

蘇葉的婚期打算定在第一批茶葉產出，也就是六月底、七月初，劉家託人算了日子，終定於七月初三。

二人心意已明，倒不在乎遲了三月，只是相隔兩地不能時常見面，有些煎熬。

若說劉子慶煎熬，一月還是能回來一、兩趟，田良才是日思夜想，只得等到六月底的假，如此只能以書信寄託思念。

就在昨日，郡城來了兩封書信。

一封是田良，她拆開信函，從裡頭掉落一片乾花，正是田良那日送她一大束的那種。不知用了何樣法子，花瓣完整，顏色依舊。

信上簡述近日學業繁重，除了看書作文章，無暇其他，唯思念她時才能舒坦些。又道那日時間太緊，納采次日便回城，不能好生相見，甚為遺憾。腰間佩戴的荷包引同窗嬉笑，他道是未婚妻，又教人羨慕。還提到虎子，初班的先生很是風趣，他學得歡樂。

末了，又作一首小詩，用詞小心，淺明易懂，像是怕看信之人不明白他的心意。

蘇木放下信，嘴角不由得翹起。

另一封是杜雪瑤。

杜雪瑤的婚期已定，就在八月初十，她用很長的篇幅講述自個兒如何可憐，整日被拘在家中，學習京都禮儀，學習如何做一位當家主母，不勝其煩；還反覆強調，蘇木是她最好的姊妹，一定要陪她出嫁。

看到這兒，蘇木笑了笑。這個傻丫頭，就是不提，她也會巴巴跟去。

郡城到京都怎麼也要二十日路程，此行一別，怕是再難相見。

信中還提到了唐相予。原來她未來夫婿是唐家表親，兩家隔得很近，壁挨壁，中間連條街道都沒有，她吐槽道，怎麼到哪兒都擺脫不了這個「嬌」少爺。

她用「嬌」字形容唐相予，蘇木莞爾，回想起初見時一身冰藍袍子，昂首打量自己的模樣，倒是有幾分傲嬌。

這會兒，他正準備殿試吧！

時間過得很快，眨眼間到了六月。

乾旱的三、四月過後，經過雨水均勻的五月，六月已是山色青翠。

溫和的陽光變得有些毒辣，蘇木戴著笠帽，提了一籃冰鎮西瓜汁往茶山去。她在笠帽外簷縫了一圈布，布長至脖頸，以額前交錯開衩，既能看清路，又可擋住亮晃晃的日光。

地裡，茶樹一排排、一列列，枝葉舒展，翠綠一片，戴著同樣笠帽的鄉親揹著簍正手腳麻利地採茶。

採茶也就幾日工夫，光一家幾口，得摘十天半月。因此，除了兩家幫忙，還聘了村裡人，按日結錢。工錢不算多，主要活計輕省，來的大都是婦人。

一簍子茶採滿直接揹到作坊，作坊就在茶山上，只幾步路，那裡有吳大爺看著，茶葉一到，自有人炒茶，隨後放院壩的架子晾曬。

茶葉不多，工作量不大，幾個人有條不紊。

蘇木將籃子放在一處樹蔭下，拿出碗。「爹、么叔、么嬸歇會兒，喝點水吧！」

「來嘍！」

地裡人吆喝著，陸續走來，各自拿碗，蘇木一一斟滿。

天氣炎熱，喝上一口冰鎮西瓜汁，那是通身爽口。

「爹，摘多少了？」蘇木揭下笠帽，給老爹搧風。

蘇世澤就著笠帽上的布，擦拭額上的汗，眯著眼朝地裡望望。「快了，天黑前好收工。」

侯老么兩口喝完，將碗遞過來。「丫頭，茶葉是不是採早了，三十畝才得約莫三百斤成茶！」

「正常的，新茶第一批散枝少，到九月就多了，一株能多採一半。」蘇木給他倒滿。

侯老么點點頭，若有所思。

這時，山腳傳來呼喊，是隔壁戶的嬸娘。「蘇老大、蘇老大！你媳婦兒要生了！」

「啥！」蘇世澤先是一愣，丟了碗就往山下跑。

蘇木雖也歡喜，卻沒有老爹那般再為人父的癲狂。罐裡茶水見底，準備收起茶碗，往家裡趕。

侯老么這些男人不必跟去看，田氏卻是要去的，幫著蘇木收茶碗，二人快步回去。

還未進門，就聽見吳氏的慘叫，有幾分嚇人。

蘇世澤在院中來回踱步，也不管正午的太陽是否毒辣，焦急地往屋裡瞧。

蘇葉站在灶屋簷下，也是一臉擔憂，見妹妹回來，忙走近接過籃子。「娘要生了?方才肚子疼得緊，阿婆請了接生婆，這會兒在裡頭。」

吳氏臨盆也就這幾日，是以吳大娘幾乎不出門，仔細照顧女兒。村裡有接生婆，是個經驗老到的，蘇木、蘇丹這些孩子大都是她接生的。

「妳倆在外頭等著，我進去瞧瞧。」田氏囑咐完，便抬腳進屋了。

吳氏的叫聲一陣接一陣，聽得人揪心。

「哇……」

隨著一聲奶娃的啼哭，整個院子終於安靜下來，院中三人像是愣住了，半天沒有動作。

田氏打開房門，歡喜地喊道：「愣著做啥呀！生了，是個男娃！」

三人這才反應過來，忙進屋。

蘇世澤進門，手上便被塞了軟軟一團，是……是他的兒子……這眉、這眼，真小，這麼小的一隻卻將他娘折騰得夠嗆。

女人生孩子如同鬼門關走一遭，最是需要人關愛，蘇木扯了扯呆愣的蘇世澤。「爹，先去瞧瞧娘。」

蘇世澤忙抱著孩子進裡間，見吳氏虛弱地躺在床上，滿是心疼。「辛苦妳了。」

吳氏搖搖頭，咧著泛白的嘴唇，眼中一片晶瑩。「我終於給你生了個兒子。」

這句話包含了多少心酸，有她的，也有丈夫的。

這是好日子，可莫這般傷感，蘇木出聲道：「爹，給小弟取個名字吧！」

蘇家的人名字都是老太爺取的，老太爺不在，理應由自家老爹取，可老爹不待見吳娘，怕是不會開這個口。

罷，就自個兒取吧！

早先不曉得男女，他就想好幾個名字。「無福之人六月死，有福之人六月生。就叫蘇福生吧，小名六月。」

福生，六月，倒是好，吳氏面上露出滿意的神色。

蘇木見那奶娃娃安靜地躺在襁褓，想是睏倦，眼睛不似方才那般睜得老大。

「爹，讓我抱抱六月。」

她伸手去接，吳大娘忙幫她糾正手勢，待小人兒完全落到自個兒臂彎，蘇木重重吁了口氣。那樣小，那樣軟。

「姊，妳也抱抱，讓小六月把咱一家挨個兒認熟了。」

「這般小，哪曉得認人。」蘇葉接過，不似妹妹那般手足無措。她是家中老大，是見過幾個弟弟妹妹生出的樣子，自然膽大些。

而後幾日，吳大娘和蘇葉在家中照顧坐月子的吳氏和小六月。

茶葉已採完，正由作坊加工，蘇世澤和吳大爺日夜忙碌；蘇木也整日待在作坊，檢驗每一道工序。

茶葉的形態、氣味、乾燥程度，每一樣都決定了最終品質。最重要的一點是防潮，不能真空包裝，是這個時代茶葉的最大缺憾，而生石灰恰好能彌補這一缺憾。

訂做的一批印有「蘇記普茶」字樣的陶瓷罐整齊擺在架子上，這是蘇木冥思苦想十餘日設計的字樣，藝術形態的「茶」字放大突出，占主要位置。罐身呈青綠色，頂部和底部有細小的一圈白。

架子旁還放有油紙袋，將生石灰塞進二指寬的布包，密封放入袋底，再往裡裝茶葉，最後封口放進陶罐。如此，一罐蘇記普茶製成。

到六月二十四，約莫三百斤茶葉已裝箱完畢，足足裝了五輛車。

車子整齊一排行在官道上，引得村人側目。

蘇木坐在最前頭的一輛馬車上，一旁是蘇世澤，吳三兒最後，同行的還有侯老么，他也要進城一趟送皮蛋。

皮蛋生意越發好，郡城的好幾家副食商鋪都成了穩定顧客，每月固定一趟送貨，當場結現銀，大半年下來，在郡城開鋪子已不成問題，兩家人也正在籌備中。

蘇木戴著笠帽，背靠車轅，兩腿懸空晃悠。

時隔半年，再次入城，這回她已有足夠的底氣。

車還未停下，就聽見郡城門口有人喊：「老爺！二小姐！」一個小人兒蹦跳了兩下，直向馬車跑來。

是雲朵，半年未見，身量高了些、胖了些，性子也越發活泛。

而後跟著牛大力和劉子慶。牛大力倒沒什麼變化，依舊又黑又壯，只是臉上那種無望的神色不見了。

「怎麼都出來了？鋪子裡有可有人看著？」蘇木跳下馬車。

雲朵立刻挽住她，笑瞇了眼。「秀兒姊看著呢！」

劉子慶探著身子張望，在幾輛馬車中搜尋，終沒瞧見未婚妻，眼中的神采漸漸熄滅。

蘇木了然，打趣道：「姊夫，我娘和小弟都要人照顧，姊走不開。」

心思驟然被發現，劉子慶的臉有些發燙。「趕一天路，累了吧！我在酒樓備了一桌菜，先去吃飯。」

蘇世澤點點頭，大家可不就飢腸轆轆。

幾人跳上馬車，一同進城，蘇世澤等人先回鋪子將車子卸了。劉子慶又叫了馬車去書院接田良和虎子，安排十分妥當，一大家子坐在酒桌旁，正好到了飯點。

買賣茶葉非同小可，私賣那是犯法的，唯有賣進官府的茶場。買賣自由，擔貨去驗，成了就付銀子。但是同官府做買賣的一般都是長期，且或多或少都有些關係，否則他說多少是多少，根本沒有還嘴的餘地。

像蘇家這樣沒有背景的人，定要吃虧。

劉子慶道：「伯父，我在郡城賣糧數載，多與官府打交道，裡頭彎彎道道太多，吃人不吐骨頭。茶葉金貴，你們又初來乍到，只怕眼紅的人多。不如等上兩日，我去疏通疏通，屆時再將茶葉拉去，您看如何？」

蘇世澤看看侯老么，又看看女兒。這茶葉是許給杜郡守的，而茶場又是杜郡守管轄一部，這茶葉到底拉到何處，他有些懵，問道：「木丫頭，妳說？」

蘇木神色坦然。「姊夫不用費心，咱家茶葉不銷郡城。」

「不銷郡城？」劉子慶驚訝。這話意思便是不與那些人打交道，可茶是在郡城的土地種出來，不銷郡城銷別地，若被官府知道，只怕要惹官司。

見眾人不解，蘇木解釋道：「咱家茶葉是杜郡守親訂的，自然有別的用處，若銷郡城，便不會說那樣一番話了。」

什麼話？

侯老么等人不知內情，蘇世澤卻曉得。杜郡守道六月，三百斤茶葉要一分不差賣進茶場，還提到外銷；他不懂個中涵義，只恐六月交不出這麼多茶，惹大人不悅，要吃官司。如今想來，莫不是還有內情？

田良也覺出事情不簡單，出聲問道：「那這批茶葉直接送去郡守府，還是拉到茶場？」

「直接拉到茶場吧！」蘇木道。往上頭交的東西，自然從公家出，若從自個兒府裡，那便叫行賄。

幾人若有所思，聽木丫頭的準沒錯。

劉子慶內心動盪起伏。原以為未來妻子家是老實地道的莊戶人家，卻不承想背後有杜郡守這樣的關係。賣茶自然好過他賣糧，而一家人卻未曾嫌棄半分，表現出的謙和教他心生敬佩。

一席話畢，酒菜盡，幾人出了酒樓。

蘇記冷飲後院只有兩間房，住不下這麼多人。於是侯老么隨劉子慶去，蘇世澤、吳三兒、蘇木幾人住鋪子。

田良自然要回書院，而虎子許久未見家人，自見面便挨著蘇木，捨不得撒手，便讓田良回書院告知先生，晚上就不回去了，明兒一大早趕回去，絕不耽誤唸書。

「哪家娃子能由著性子不去書院，也就你二姊慣著你！」蘇世澤佯裝嚴肅，一把撈起虎子放到肩頭上，惹得虎子咯咯直笑。

一行人再是一番寒暄，分作兩路，各自回去。

蘇世澤馱著兒子走在前頭，吳三兒在旁，三人講到小六月，虎子高興得手舞足蹈，直呼要回家看小弟。

蘇木和田良落到後頭。郡城的天不似村裡的黑，抑或是一排排紅燈籠將天空映得通紅，點點繁星便不顯得那麼璀璨。

田良偷偷打量身旁人兒，燈光將她的小臉也映得通紅，微風拂面，吹起耳畔的髮絲，圓潤的珍珠耳環在小巧的耳垂上泛著亮光，真好看。

視線往下，見她手垂在兩側，隨著步伐輕輕擺動。

田良藏在袖子下的拳頭緊了緊，想牽她的手。雖未到下聘，二人關係卻已定下，牽手……她會不會同意呢……

「木兒。」心想口動，他喚了一聲，手已慢慢伸過去。

「嗯？」蘇木腳步頓了頓，歪著臉看他，大大的眼睛滿是茫然。

田良嚥了一口唾沫，往前頭瞧了瞧，鼓起勇氣伸手去拉……

「二姊！」

虎子突然一喊，前頭二人腳步也慢下，轉身看過來。

蘇木抬起頭，快走兩步跟上。「怎麼了？」

「二姊，我想妳明早送我上學堂，可爹說妳是個小懶貓，起不早，由他送。」虎子噘著小嘴，一臉不高興。

田良抓了個空，心跳如擂鼓，慶幸沒有抓到，又有些遺憾，心情複雜地看向前頭人。

「誰說我起不來的？明兒就送你去學堂。」蘇木昂起頭，拍拍胸脯，義氣的樣子。

「耶！太好了！」虎子騎在老爹肩頭，揮舞著小拳頭歡呼。

蘇世澤無奈。「仔細摔下來。」

一段小插曲結束，幾人漫步於寬闊的街頭。

蘇木和田良又並肩落後，蘇木轉過頭。「你方才要與我說啥？」

「沒……沒什麼。」田良的手緊了緊，方才的念頭到底沒再湧上來。「我就想著明兒一早來接妳……接妳和虎子，書院附近有一家牛肉麵，很好吃。」

牛肉麵……

蘇木腦子有一瞬間的空白，隨即笑了笑，又苦著臉。「那明兒個豈不要起得更早了？」

少見她這般調皮模樣，田良壓在心底的歡喜更甚，腦子也熱起來，鼓起勇氣伸手拉住她。「那我明兒一早買好拿到鋪子，妳可多睡會兒。」

手驟然被溫熱包裹，蘇木的臉熱了，忙低下頭，半晌才嘟囔著回話。「那便多帶兩碗，鋪子人多。」

田良笑意更甚，手握得更緊了。「嗯！」

第四十七章 價格

夏日清晨，天亮得快。蘇木揉了揉眼，坐起身，已聽見院外一家人的談話聲。是田良到了，果真帶了牛肉麵。

「二姊，起身了！」虎子跑到房門前大喊。

蘇木忙起身穿衣，洗漱完畢坐上桌。一樣的麵，一樣的肉，一樣的味道。

飯畢，一家人商量好，蘇木送虎子去學堂，蘇世澤和吳三兒先在家中等候，約莫到時辰，再將五車茶葉送去茶場，而後三人於茶場會合。

到了郡城書院，光看正門已覺氣派，進去了，才發覺那點氣派根本不算什麼。

書院分好幾個班，初班、甲班、乙班、丙班等等，有專為考學成立的班級，童試、鄉試、會試、殿試……還有這樣學問、那樣詩詞的院舍，各式各樣，層出不窮。

田良帶著姊弟倆穿過這處院落，走過那處宅子，讓蘇木有種逛影城的感覺。

七彎八拐終於到了初班，也見到田良信中所言那位風趣的先生。四十上下，一身長衫，不苟言笑，屬於那種自身不笑，但三言兩語能將人逗笑的類型。

有這樣的老師，蘇木覺得一年三十餘兩的束脩沒白交，手上拎的那罐茶也沒浪費。

她有禮地問了虎子在書院的學習狀況，又說了些讓先生多費心的話。

先生收了茶，似乎心情愉悅，面上竟掛了一絲笑；又見學生的姊姊談吐得體，甚為滿意，照顧一二也就往心上去了。

從書院出來，蘇木徑直往茶場去，蘇世澤和吳三兒二人也將將到場，侯老么自行送貨去了，並未跟隨。

因著昨兒就往郡守府遞過信，幾人稟明身分後，看守的官吏並未阻攔，命人將貨拉走，又有接待的人引進。

幾人進了茶場內堂，杜郡守一身官服正坐堂中，一旁站有管事打扮的二人，再是小吏看守。

「郡守大人。」三人恭敬行禮。

管事躬身對杜郡守耳語，後者露出滿意神色，擺擺手。「坐吧！」

三人落坐，很快地，有丫鬟上茶。

蘇木端起茶盞，芳香入鼻，不用多品，便是自家的茶。

杜郡守也端起茶盞，以茶蓋輕輕撥開浮在水面的茶葉，卻發現杯中茶葉根根入水、沈底，哪用得著這般動作。且茶水透明發亮、晶瑩剔透，香氣悠悠入鼻。

他忍不住小啜一口，醇而平和，再飲爽適甘厚，而後回味甘醇。「好茶、好茶、好茶！」

連讚三聲，這茶比起年前送上府的那罐，味道更甚。喝過許多名茶，上貢的也品過一二，蘇家這款普茶，比之不遜。更重要是新品茶，味道獨特，喝慣了往年的紅茶、綠茶，今年他上貢這款普茶定能大放異采。

蘇世澤暗暗吁了一口氣，抹抹額上的汗。

蘇木嘴角勾了勾，並未多嘴，只等堂上之人再開口。

杜郡守不著痕跡地打量一家子。這半年他自然派人盯著蘇家的動向，並不確定他們是否能在半年內就將茶種出來？

一家人若平常人家，日出而作，日入而息，未有不妥。唯一不妥的，就是那小丫頭將他手下的典吏掃出家門。

而這個典吏因涉買官降罪，年後又官復原職。這樣一個如同螻蟻般的人，他未放心上。因著與蘇家沾親帶故，也就睜一隻眼閉一隻眼，由著底下人活動。

思緒收回，回到正題。「我不否認你家的茶比旁的好，至於價格，我翻一倍，二十兩一斤如何？」

蘇世澤驚得不知如何回話。二十兩一斤啊！於他而言是天價了。

杜郡守將他神色盡收眼底。這樣的價格，沒有人能拒絕，再看向一旁坐的小女娃，見她神色坦然，沒有一絲欣喜，難道還不滿意？

「蘇二姑娘是有旁的想法？」

這樣一問，蘇世澤和吳三兒皆不安地看向蘇木，後者笑了笑。「如大人所知，二十兩一斤已算優待。」

杜郡守點點頭，算她識相。

「只是……」

「只是」二字又將蘇世澤二人的心提到嗓子眼，杜郡守更是皺了皺眉。

「只是蘇記普茶還有大人不知道的一樣優點。」蘇木不卑不亢。

「哦？」茶已夠好，還有什麼優點？杜郡守目光如炬，直看過來。

「茶放久了會出現酸味、水味，壞了味道，好茶自然就不值一提了。」

杜郡守不解。「這些情況無可避免。」

「蘇記普茶可避免這一缺憾。」蘇木自信滿滿。生石灰、密封的紙袋、密封茶罐，三重保險，自然不會再出現酸水味。

「此話當真？」杜郡守站起身，有些激動。

她的意思，這茶送去京都，味道……不變？若所言不假，此行成算又多了兩分。

「絕無虛言。不開封的茶存上一年半載不成問題；開封的兩、三月，儲存得當，也絕不會出現酸水味。」

杜郡守又坐下，思量許久，朝一旁管事吩咐兩句，管事便退了出去。

「若妳所言不虛，我再加十兩！」

三十兩一斤，蘇木臉上終於露出滿意之色。

「大人英明。」她站起來，福了福身，繼續道：「六月第一採，只三百斤，至九月，數量該會多一半，不知大人可吃得下？」

這時，退下的管事去而復返，再次低聲同杜郡守耳語。後者先是一驚，而後以不可思議的眼神看向蘇木。

他命管事檢查茶葉的包裝，果真比別的儲藏更加精密。瓷罐質地細膩，表塗綠釉，可謂密不透風；其內由油紙密封，且油紙底部放有一小袋，袋中是不明的白色粉末，初步斷為灰岩，意圖不明。這樣精細的包裝，不得不信她的話。

多十兩是小事，茶已屬上品，出現酸水味也不妨事；各地送上去的茶，哪個沒有酸水味？可倘若那丫頭說的是真的，那這個茶的價格不止多加十兩這樣簡單了。

「多少都能吃下。老規矩，一分不差送到茶場。」杜郡守嚴肅的神色忽而一轉。「聽說雪瑤出嫁，直言要妳相伴？」

蘇木不明他是什麼意思，照實回答。「是，我與雪瑤情同姊妹，她出嫁，自然相伴。」

這女娃很聰明，以高價賣茶，能直接找到自己，少走許多彎路。接近雪瑤，必然是目的之一。

可方才他突然一問，女娃眼中並無半分遲疑，想來對女兒是有幾分真心；且他暗地裡派人查過，她未對女兒半分不軌，二人私下關係頗好。

「嗯。」杜郡守點點頭。「她於家中百無聊賴，昨日聞妳入城，欣喜非常，若非天色太晚，是要上門尋妳的。」

驟然談起私情，蘇木明白過來他方才之意，笑道：「是，一會兒我便上府上瞧她。」

杜郡守這才滿意地點點頭。「我還有公務在身，你們且隨管事去帳房支錢吧！」

三人忙起身，行禮。

已到正午，方從茶場出來。蘇世澤有些腳軟，像踩在棉花上似的；而後的吳三兒也是傻愣愣的，行如木偶。只有蘇木揣著一疊銀票，樂呵呵走在前頭，抑制不住地笑。

「木兒……」蘇世澤在身後喚她，聲音有些哆嗦。「多……多少銀子？」

蘇木忙轉過頭，低聲道：「九千兩。」

蘇世澤抽了一下，若非旁吳三兒攙扶，險些摔倒。

「爹……」蘇木好笑。「才九千您就這樣了，到九月翻一倍，是要小舅扛您回去了。」

翻一倍……一萬八千兩，蘇世澤再一次腳滑。

驟然多了這麼多錢，自然不能一直揣身上，三人先去錢莊開了戶，將銀票存起來。

蘇木本想慶賀一番，可吳氏她們不在，光一行四人沒甚意思，於是準備採買一番，儘早回村。

侯老么的買賣也半日完成，下晌，三個男人採買，蘇木則要上一趟郡守府。

杜雪瑤什麼都不缺，蘇木便帶了許多鄉間的零嘴，只當給她討個趣。

整日繁雜的規矩要學，杜雪瑤幾乎沒有空閒出房門，而今日，杜郡守特意允了半日空。

當蘇木站在門前時，她一把扔掉手中的女戒，二人抱作一團。

一旁站著的教養嬤嬤不住搖頭，只是郡守傳話，放小姐半日空閒，她便不再說什麼，默默退了出去。

「我想死妳了！怎麼才來看我？」杜雪瑤牽著她的手進屋，可憐巴巴道。

「家中事情多，要製茶，娘又生了小弟，忙不開。」蘇木解釋道：「但是妳出嫁，我定陪著去。」

她早已打算好，六月成茶已售，七月忙大姊的婚事，婚事忙完就要隨雪瑤出嫁。京都遙遠，七月底出發，九月初剛好能回來，趕上製茶。

兩人坐在窗前，手拉著手，半年未見，自是有許多體己話要說。

「我才和二哥道，咱倆像是約好似的，我訂親，妳也訂親了。」杜雪瑤說著臉上有著羨慕。「妳的田良哥待妳一定很好吧！」

蘇木點點頭。「我二人自幼相識，以往不熟，這兩年開始走動，他待我極好。」

「那便好，只是往後，妳我二人再難相見。」杜雪瑤神色黯淡下來，又揚起臉。「不說這些傷情的話。對了，我二哥考上傳臚，賜進士出身。」

這朝殿試分作一甲、二甲、三甲，一甲有三名，即為狀元、榜眼、探花，一甲三人稱「進士及第」。

二甲若干人，占錄取者的三分之一，稱「進士出身」，二甲的第一名稱傳臚。三甲若干人，占錄取者的三分之二。杜夫宴年十八即考上二甲第一，實屬少年有為。

忽而，杜雪瑤忿忿不平。「那唐少爺竟考上榜眼，偏偏平日一副不學無術的樣子。聽說狀元郎年過五旬，考了十餘年，放榜之日進宮謝恩，饒是名次不及，他卻蓋過了狀元郎的風頭。滿街的姑娘朝他拋手絹，是有『春風得意馬蹄疾，一日看盡長安花』的盛況。」

蘇木掩嘴笑。唐相予生得那副姿容，如今又得榜眼名頭，滿街的姑娘拋手絹，自然不足為奇。

「甚好，妳大哥、二哥都在京都，於妳能照顧一二。前些日子來信不是道唐家與妳未來夫婿是表親，唐相予與妳二哥交好，自不會讓魏家的人欺妳。」

杜雪瑤嘆了口氣。「大哥已成家，整日忙於差事；二哥近日倒是清閒，左不過一、二月。二、三甲進士欲授職入官，還要在保和殿再經朝考次，綜合前後考試成績，擇優入翰林院為庶起士。我再嫁人，大家各忙各自的，再回不到從前那般自由自在了。」

蘇木不懂官職授予，第四名尚經如此嚴厲的考察，看來對為官人選頗嚴謹，難怪蘇三爺一個連芝麻都算不上的小官也會被查。

「那唐相予呢？」不知為何會問出口，是單純的關心，或是二人算有交情，往後是否能靠得上？蘇木想了想，大概是後者。

「他呀！」杜雪瑤翻了個白眼。「一甲三人評出，將立即授職，狀元授翰林院修撰，榜眼、探花授翰林院編修。唐少爺竟拒了編修一職，稱自個兒年紀太輕，想要歷練一、二年。

妳說他是不是荒唐，將中丞氣得夠嗆。喔，對了，御史中丞是唐少爺的父親。」

蘇木扶額。本以為唐相予是京都富商之子，雖談吐得體，可不經意間流露出的貴氣，只覺得他有錢。萬萬沒想到竟是世家之子，意思就是世世代代相沿的唐氏大家族皆為官，且官職不低。

聽杜雪瑤介紹的御史中丞，內領侍御史，受公卿章奏，外糾察百僚，休有光烈，反正就裡外一把手，官職顯赫。

瞧蘇木呆愣的模樣，杜雪瑤有些不好意思。「從前我不與妳說這些，是二哥不准與外人道唐少爺的身分，是恐知曉他家室不凡，多有不便吧！妳也不必介懷，我瞧他待妳也友善，這樣反而自在。」

她說得含蓄，蘇木也聽出來了，唐相予隱藏身分是不想人因他家世而與他做朋友吧！於是她坦然笑道：「哪能呢！我與他也不過泛泛之交，何來介懷。」

次日一大早，蘇世澤一行四人啟程返鄉。

來時租了五輛馬車，去時只餘兩輛，四人坐一輛，另一輛則裝了滿車的貨物，蘇家的、侯家的，以及田家捎帶的。

時至月底，蘇葉的親事將近，劉子慶也在加緊鋪子的活計，不日返鄉娶親。

劉家的意思是接親仍在鎮上，鄉鄰多，熱鬧。劉家在鎮上置有宅子，兩個兒子是沒分家的，雖未分家，各自管的鋪子卻分開有帳簿，往後他哥兒倆自行歸置，生意是想合夥做還是單幹，都隨他們去。

由於劉子慶長年在郡城，總不好新婚妻子日日獨守空房，老倆口早在年初就於郡城給小兒子置辦了一處宅子，等成親後，小倆口就搬去郡城。鎮上的屋子給他空著，一月回來住一、兩日也好。

蘇世澤多有不捨，郡城說近也近，馬車一個白日即到；說遠卻也遠，想要一起吃頓飯、說說閒話，再不似房裡喊一聲那般方便了。

他嘆了口氣。

馬車裡十分安靜，各自落坐，閉目養神，時而搭兩句話。吳三兒倚在門邊，怔怔然。

蘇木是有好奇。幾回入城，他皆有這樣神色，莫不是有什麼心事？偏是個悶葫蘆，不擅言辭，也不得而知。

只是她這個小舅已年滿十八，至今未娶親，在村裡看來是大齡剩男了。

吳大爺夫婦不說，蘇木看得出來，是著急的。吳氏暗地裡也在打聽有無哪家姑娘待字閨中，只是姑娘是有，卻瞧不上吳三兒。沒正經活計，住在姊夫家幫活，往後姑娘嫁進門，難道還是寄住別處？

從前手裡拮据，管不了這麼多，如今有錢了，自然要考慮起來。

第四十八章　反常

行了大半日，馬車先至鎮上稍停片刻，先到北街割了五、六斤豬肉、五、六斤豬排，又買了些瓜果點心。而後挑兩罐上好的黃酒，再去拎兩隻烤鴨。

將東西裝上馬車，趕回村時，太陽還未落山。

幾人先至田家捎信，晚上莫燒飯了，三家人一起熱鬧。田大爺親自去後院的魚塘撈了三條四、五斤的大鯉魚，一道回了蘇家。

兩家人熱熱鬧鬧往家裡去，村人見一行人說說笑笑，蘇世澤又拉了滿滿一車東西，當下了然，蘇老大一家是發財了。

聽見院子鬧哄哄，躺在床上坐月子的吳氏輕輕拍著兒子，柔聲道：「六月，是你爹和二姊回來了。」話音剛落，蘇世澤便進屋了。

丈夫一臉喜色，想來買賣順利。「回來了，快抱抱你兒子。」

蘇世澤咧著嘴笑，搓搓手，一把抱起兒子。想是剛吃了奶，這會兒正嘬著嘴，睡得香。「這般吵鬧，他都能睡得熟，懶樣是隨了你二姊呢！」

吳氏看著父子倆，擔憂地問道：「請了兩家吃飯？肉菜買得夠不？光是娘、大葉兒和木丫頭怕是要忙到天黑，買點心了嗎？先讓大家墊墊。」

蘇世澤笑了笑。「么弟妹和田家幾個妯娌都來幫忙了，靈姊兒小夫妻也回來了，木兒又是個有主意的，妳就放心歇著。我去招呼，過會兒飯熟，讓大葉兒給妳端來。」

「我不打緊，你趕緊去。」吳氏放下心來，忙催促他出去。她是當家主婦，照顧親戚客人自是應當，雖坐月子，還是操心慣了。

有魚、有肉、有菜，幾個妯娌商量著整了三大桌，桌子不夠，還從侯家搬了一張過來。一時間觥籌交錯，杯酒言歡，好不熱鬧，比起過年，不差分毫。

為防幾個長輩高興得喝上頭，蘇木趁興去了大桌。大桌坐了吃酒的男人們，吳大爺、田大爺、蘇世澤、侯老么，還有吳三兒等幾個晚輩。她搬來板凳，挨蘇世澤坐下。

不管多熱鬧的場合，這丫頭都是安靜待一處，不招呼，也不多話，只將事情安排得妥妥當當，盡顯舒適。大家都知道她這脾性，因此，突然坐到酒桌去，定是有話說。

飯菜吃得差不多，妯娌們也放下碗筷圍了過來。

熱鬧的場面一時安靜下來，皆期待地看向蘇木，也好奇她欲鄭重公布的事。

「田大爺、么叔、爹，咱這回種茶賺錢了！」

一時間，大家不約而同鼓掌，是有激動，也有感慨，日子總算過出來了。

蘇木從懷裡掏出一遝銀票，分作兩份置於田大爺和侯老么面前。

場面又安靜下來，田、侯二人不動，直直看向蘇木。

田大爺開口。「丫頭，這是啥意思？」

顧慮風險，此回製茶兩家人啥也沒投，只出了一身力氣，既沒合夥，又怎能拿錢？

侯老么也道：「拿錢就見外了，咱三家互幫互助，可不是看誰錢多少。」

莊戶人家見得多的都是銅板，一錠銀子已不多見，更何況一疊嶄新的銀票。

除了幾個婦人瞟了瞟，二人是眼皮都沒垂一下。

「大爺、么叔，生意歸生意，人情歸人情，以往是沒多少錢，情都記在心裡。如今有錢了，自然不能吝嗇，這也是我爹娘的意思。」

眾人看向蘇世澤，見他滿臉通紅，眼中晶瑩，是有動容。「我嘴笨，不會說話，意思就是木兒說的。」從一間草屋發展至今，兩家人幫了太多，反觀自家血親，心中一陣絞痛。

田大爺嘆了口氣，不知怎的一雙眼竟也酸澀起來。「罷了！這錢我們收下，往後可莫這般了。」

侯老么自然也沒話說，依樣照辦。

今兒高興，可莫搞得沈悶，於是蘇木轉移話題。「而今茶樹種植成功，您二家也好開始養地了，這農忙後就栽茶苗，開春嫁接。茶山的樹齡太小，生不出苗子，還是得走嫁接這條路子。種的茶直接送作坊來，一併去賣。不過話先說好，咱家的茶葉可不許外銷，郡守大人是全都包下的，若外銷出去，怕是要惹禍事。」

跟官府打交道的生意自然要十分謹慎，且蘇木鄭重提出，自然又往心裡去了幾分。

入夜，席散，各自歸家去。

田氏攙著走路有些打晃的丈夫，有些好奇。「他爹，你說那五車茶葉賣了多少錢？」

侯老么雖然兩腿打晃，腦子卻清楚，湊到媳婦耳邊低語。

「這麼多?!」田氏驚得兩眼發直。

「可莫多嘴給大哥一家招禍，曉得不！」侯老么謹慎提醒。

「我省得。」田氏仍震驚，忽地往丈夫懷裡掏。方才木丫頭給了一疊，那是多少？

侯老么由著媳婦動作，也想知道。他這輩子還沒見過那麼多銀票。

薄薄幾張，田氏卻覺沈甸甸的，有些拿不動。她數得很慢，數過一張要看半天。

「我的媽呀！」忙將銀票塞到丈夫懷裡，又是一驚。

「多……多少？」侯老么嚥了一口唾沫。

田氏伸出五個手指。

「五十兩？」侯老么鬆了口氣。

「是五百！」

「啥！」侯老么忙將銀票拿出來，數了三遍，一百一張的面額，足五張。

「不行！我得還回去，木丫頭是傻了，哪能送人這麼多銀錢！」說著，拔腿要往蘇家去。

田氏忙拉住丈夫。「你缺心眼，方才席間話說得好聽，這會兒巴巴地把銀錢還回去，是怎麼個意思？」

「我……」侯老么一臉無奈。「我那是不曉得這麼多銀子……」

「行了，木丫頭是個有主意的，咱要是不收下，怕是要寒人心，往後有用得著咱的，多幫襯。」

侯老么心想也是，田叔比自個兒年長，思慮更周全，他既道收下，該是沒錯。

二人商商量量也就不糾結，往家裡去了。

蘇世澤一家人待在主房，逗弄小六月。

碗筷是兩家妯娌幫著洗的，吳大娘和蘇葉將院子和灶屋歸置乾淨，這才擦手進屋。

吳大娘還端了一簍子洗乾淨的桃子進屋，挑了個最大最紅的遞給蘇木。

蘇木接過啃起來，是她喜歡的軟桃，又香又甜。吳大爺和蘇世澤也各自拿了一個啃，半個桃子下去，酒醒了大半。

等一家子都坐下來，蘇木兩三口將剩餘小半啃乾淨，拿出一碟銀票放到吳大爺桌前。

「阿公，這兩月把二灣的房子修起來吧！照四合院子修，幾進的你們看著辦。」

房子確實打算修，可他手上有些錢，去年、今年賣果子的都存著。原本拿出來幫扶家裡，木丫頭死活不收，平日又沒什麼開銷，這錢就餘下來了，修間屋舍是沒問題的。

他把銀票推了出去。「丫頭，我手裡有錢，這些妳留著。做生意，沒本錢不穩妥。」

「阿公，生意的事，我有分寸，錢既拿出來了，就有打算，您放心收下。」蘇木一臉真摯。「說來，沒有您嫁接的本事，茶葉種不出這麼好，自然也賣不得這麼多錢。只給您這些，還是我小氣了哩！」

她的玩笑話，惹得一家人大笑。

蘇世澤也附和。「這倒是，我就像地裡的牛，揮一鞭，動一下，只曉得按方向走，沒有爹，這茶葉種不出來。」

「你父女倆！」吳大娘氣笑。「一唱一和，專撿好聽的說，哄老頭子開心。」

蘇木搗嘴，似做錯事般無辜，再惹一家人大笑，連小六月也被屋裡的歡聲笑語感染，在吳氏懷裡咿咿呀呀，鬧不停。

這會兒，她又掏出兩張銀票放置桌上，看向坐在門邊的吳三兒。「這二百兩是給小舅的工錢，去年就說了，這錢一直沒給。」

哪是她沒給，是一家子不收，那會兒家裡困難，只靠郡城鋪子每月十餘兩度日，開銷又大，哪裡還能收錢？再說，沒有女婿家借住，一家三口連個落腳的地方都沒有。

不等吳大爺開口，蘇木繼續道：「阿公，我給的每一筆錢都不足表達心中謝意，銀子你們就收下，莫要推辭。」

吳大爺剛到嘴邊的話，生生嚥了回去；吳大娘更是不好說什麼，女兒能嫁給蘇老大，當真是前世修來的福分啊！

「這錢，我不要。」

一貫安靜的吳三兒開口了。他聲音低沈，有些沙啞，是男娃到變聲期慣有的不舒適。

一家子都愣住了，直看向他，將他看得不自在，黝黑的面龐爬上紅暈，不仔細瞧，卻是瞧不出來。

這錢他不要，為何不要？

半晌沒再開口，蘇世澤以為他心裡生出情緒，對一家子有意見。思慮再三，卻想不出有什麼地方讓這個沈默寡言的小舅子難堪。

而吳大爺夫婦更是惶恐。兒子一貫老實憨厚，今兒怎這般態度，有些失禮。

吳三兒的沈默讓大伙胡亂猜測，蘇木早覺他時常怔忡的模樣，像是……害了相思病。她試探地問道：「小舅……是有心儀的姑娘了？」

這個半天不出聲的半大小夥子噌地站起身，震驚地看向蘇木。「妳怎曉得?!」

啥？搞了半天，是有瞧上的姑娘了！

吳大爺夫婦互望，臉上皆是欣喜。吳大娘開了口，口吻充滿希望。「是哪家姑娘？」

吳三兒這才反應過來，自個兒舉動有些荒唐，窘迫萬分。又坐下，兩手抱膝，埋頭不言語。

話說一半不吭聲，一家人真被他給急死了。

吳三兒平日不亂走，並未接觸哪家姑娘，蘇木猜不出。「小舅，你得告訴我們是哪家姑娘，才能幫你呀！」

吳三兒抬頭看了蘇木一眼，又低下頭。

自家這個情況，他不確定能否給人安穩？姊夫家賺了那麼多錢，到底不是自個兒的，他的心思就一直埋在心裡，娶妻生子，怕是不用想了。

可就在方才，蘇木給了爹那麼些錢，還給自個兒，說那是工錢，是他自己的錢，那他是否有底氣追尋自己心悅的姑娘……

想起相思之人的面貌，他抬起頭。「錢我不要，我……我想娶秀兒。」

秀兒？哪個秀兒？吳大爺夫婦不解。

蘇世澤幾人卻是知曉的，便是牛大力的妹妹牛秀兒，印象中是個乖巧能幹的，得空就來鋪子幫忙，瞧見過幾回。

吳三兒進城送過幾回貨，想是一來二去瞧上了眼。

蘇木解釋道：「年前不是買了兩個人看鋪子，秀兒便是其中一人的妹妹，年方十四，家中除兄妹二人，還有一個母親，住郡城邊外的一個村落。家境一般，人倒是生得清秀，又勤快能幹。」

吳大娘若有所思點點頭。都到賣身的地步，木丫頭說「一般」，已是十分保守了。不過人若勤快能幹，旁的又有什麼關係。

她看向兒子。「那家姑娘怎麼想的？」

吳三兒面露難色，搖搖頭。「我……我不曉得……」

照他那悶葫蘆的性子，要是曉得，怕不是吳三兒了。吳大娘自知問了也是白問，轉向丈夫道：「不如趁這空檔，咱帶兒子上門去問問？」

吳大爺點點頭。「成，明兒就動身。」

次日，一家三口動身前往郡城，沒兩日便回來了。

老倆口對秀兒讚不絕口，因著蘇家的關係，女方家自然沒什麼挑剔。老倆口也怕這點，倘若秀兒因這層關係下嫁，委屈自己，他們也不安心。於是再三確認，那女娃嬌羞地答應，對兒子是有意的，這可把一家子樂壞了。

當即在郡城買了禮品，將親事定下，至於何時成親，是打算將屋建好，再接新媳過門。

除此之外，此行去郡城，三人還撞見了蘇丹，打扮得嬌嬌俏俏，跟她表叔一道，表叔是二灣的人，是以認得。至於做何？便不得而知了。

老蘇家似將蘇老大一家子完全隔絕，一點也不搭理，連吳氏生孩子都沒來瞧一眼。不過，除了蘇老大偶感心痛，其他人樂得自在，而撞見蘇丹這件事，也就不往心上去。

接下來的日子，一家人全心準備蘇葉的婚事；小六月的滿月酒便不打算辦了，到週歲宴再慶賀一番。

蘇葉嫁妝足足備了二十四抬，將幾間屋子堆得滿眼是紅，喜慶非常。

蘇木整日忙著給蘇葉準備嫁妝，禮單時不時添幾個，其間還往郡城去了兩趟，每一樣東西都精挑細選，十分上心。

蘇葉則待在屋裡繡嫁衣，哪兒也不去，一切都由家人操辦，她安心待嫁即可。

七月初，書院放田假，田良和虎子趕回來，正好趕上蘇葉出嫁。

到了七月初三，一家人穿戴一新，蘇葉一身紅嫁衣坐在貼了喜字的妝檯前，吳大娘正用細線給她「開面」，嘴裡說著吉祥話，屋裡來了一撥又一撥道喜恭賀的親友。

這時，聽見官道口傳來吹吹打打的鑼鼓聲，是接親的人來了，吳氏這才端來一碗飯菜餵給新娘子吃，寓意不要忘記哺育之恩。

總之一連串麻煩而複雜的流程後，蘇葉終於上了花轎。劉子慶騎著一匹健壯的棗紅色駿馬，領在前頭，花轎後頭是整整二十四抬嫁妝，壯觀氣派。

四合小院像是一下子被搬空，瞬間冷清下來。

而後幾日，家裡驟然少了一人，十分不習慣，時不時喊起蘇葉的名字，卻再沒有那溫柔安靜的回答了。

這樣的不適應他們還未習慣，蘇木也要收拾行囊出遠門了。

杜雪瑤成親之日在八月初，郡城上京都快馬加鞭也需二十日，何況嫁親。因此等蘇葉三日後回門，蘇木便隨了小夫妻一道回了郡城。

家裡一下少了兩人，吳大爺一家要忙著回二灣建屋，虎子不日也要回郡城唸書，蘇世澤和吳氏當真覺得家裡冷清下來，好在有個小六月，照顧他之時，也去了大部分的孤寂。

第四十九章　巧遇

蘇木到郡城當日便被郡守府接了去。

此次來接親，魏家派了魏三公子。

魏家乃旁支，傳代不多，魏老太爺已逝，只獨子繼承家業。魏老爺有三子一女，迎娶雪瑤的便是魏二少爺，上一大哥，下有三弟、四妹，來接親的便是排行第三的魏三公子，魏紀禮。

杜夫宴已授官職，但親妹妹出嫁，便告了二月假期。好在他新上任，幹的也都是無關緊要的雜事，而賦閒在家的唐相予以遊歷為由也跟來。

就在昨日，三人剛到。

當蘇木被田嬤嬤迎進聽雪閣時，三人正與杜雪瑤於廳堂相談甚歡。那個魏三少爺年紀最輕，約莫十五、六歲，性子活泛，談吐風趣，惹眾人頻頻發笑。

他最先瞧見蘇木，調笑道：「是哪家小姐，生得這般標緻。」

眾人齊望過去，一襲茜色衫裙，烏絲綰髻，斜插一支木簪子，小臉光潔，未施粉黛，卻面色紅潤，氣質宜人，耳垂綴著兩粒珍珠，平添了幾分嬌俏。

這樣簡單的打扮怕是連魏府的丫鬟都不如，這小少爺竟喊起小姐，唐相予不由得多看了他兩眼。

「木兒！」蘇雪瑤忙站起來，歡喜相迎，這才接過魏三少爺的話。「是我的好姊妹，蘇木。」

蘇木隨杜雪瑤牽著進門，雖有些懵，卻也快速反應過來。杜夫宴和唐相予是見過的，二人高中又為官，這樣的場合是擺不了什麼官架子，她便佯裝不知。

而方才那位說話的少爺，衣飾華貴，面帶貴相，想來身分也不低。

她微微福身，算作行禮，而後坐到杜雪瑤身旁。

三人也笑了笑以示回禮，杜夫宴眸中帶著敬佩，唐相予眼神躲閃，魏三少爺則笑意連連，很是和善。

蘇木垂下眼簾，不再探究。

「在下姓魏，名紀禮，是未來嫂嫂的三弟。」魏三少爺自覺地起身，向蘇木拱手作禮，熱絡道：「方才見小姐怡然之姿，心生喜悅，有意結識，可允？」

此話一出，杜雪瑤羞紅了臉。方才她未解釋，便是有些羞於出口，這會兒也顧不得幫蘇木說話了。

言語間雖是玩笑，可唐相予不知為何有些不悅，正欲開口阻攔，卻聽見一旁人兒笑道：「我已許親，實不敢應。」

魏紀禮先是一愣，隨即大笑，道了幾句恭賀的話。

唐相予心下苦澀，再望向那人兒的眼眸，卻見一汪春水，波瀾不驚。

從郡守府出來，天色已暗。

雲青見自家少爺一臉疲憊，想是趕了半月路還未歇過來，於是體貼道：「要不卑職去備馬車？」

唐相予擺擺手，逕自朝前走去，雲青只好跟上。

他哂笑，自己何等高傲的人，怎為了一個黃毛丫頭暗自神傷，真是好笑。

可他活到十八，從未見過那樣聰慧機敏的人兒，她的一句話、一個動作，都像是帶了魔力，將自個兒牢牢吸引。說不清哪裡好，就是教他忘不了，或許就在她砍掉自己心愛的玉竹時，他與她的糾纏便開始。

可為何到後來，這份糾纏只剩他一人，她卻訂了親……她還欠他一碗牛肉麵。

這般想著，不知不覺朝書院那條小吃街走去。

其餘街市已漸安靜，獨這條街越到夜晚越熱鬧，多是著青襟的書院學子，抑或是覓食的飢者。

「少爺，您是餓了？」雲青跟了一路，不明所以。

「回去吧。」唐相予搖搖頭。怎麼走到這兒來了，莫不是真還想那碗麵？他又笑了，帶著苦澀。

心裡想著麵，還真就到了鋪子前，不過他沒那份心思了。年輕的夫婦忙進忙出，鋪子生意依舊好，鋪裡像是又添了兩張桌子，越發顯得擁擠。

忽地，他瞥見一個熟悉的背影，不就是一身青襟的田良？

他背對大門，側身和老闆說話，讓唐相予瞧得真切，就是他。

對面正坐一粉衣薄衫的年少姑娘，面上掛著紅暈，一雙眸子晶瑩發亮，幾分羞澀的樣子。

田良細心給她遞筷子，又將麵小心推到她面前，說著什麼，惹得那姑娘笑意連連，直勾勾地望過去，羞澀卻大膽。

這二人是何關係？

唐相予一陣惱怒。他是訂了親的人，怎好與別的女子私自外出，還一同吃麵！這個田良瞧著一本正經，竟也是個輕浮浪蕩的！

「雲青！」他怒道。

「在。」雲青見自家少爺往麵館看了半天。莫不是想吃麵了？

「瞧清靠門邊的粉衣女子，查清她的身分，子時我要知道。」說罷，頭也不回離去。

雲青還沒反應過來，忙往裡瞧去，一個庸脂俗粉查她做甚？難道少爺瞧上眼了？子時……子時！現在都什麼時候了，我的少爺啊！是要玩死人啊！

街心宅內，唐相予一身寢衣，倚在榻上看書，身邊杌子上擺著茶，已無熱氣。他緩緩翻頁，似看得認真，仔細瞧卻發現眸子未動，正出神。

「咚——咚！咚！」

梆子敲了三下，一快兩慢，子時到了。

「少……爺……」雲青恰時奔進來，一手扶門，一手扠腰，喘得直不起身。「查……查到了！」

唐相予嘴角一勾，端起身旁的茶盞遞給他。「喝口茶，慢慢說。」

雲青嘛了嘛，果覺口乾舌燥，接過茶兩口喝完，冷的卻也顧不得，歇過神，緩緩道來。

那姑娘姓蘇名丹，是郡南縣福保村人士，是蘇二小姐的堂姊，其弟蘇青在郡城南街的「明堂書院」唸書。蘇青借住於蘇典吏家中，而這位蘇丹小姐此番進城，為探望其弟。至於為何會與田良相見，便不得而知。

講到蘇典吏時，自家少爺皺了皺眉，他便解釋道：「年前，杜郡守查買官一事，為防波及太多，引官場動盪，許多罪名較輕的官員都私下了了。」

原本罷了的蘇典吏，不承想以三百兩銀子又將關係打通，且當年涉他買官之人皆繩之以法，是以逃脫，成了漏網之魚。

想來是杜郡守因著蘇家賣茶一事，給了蘇典吏面子，該是沒細查蘇二姑娘與蘇典吏之間的恩怨。

唐相予將一書頁來回撥弄，深思熟慮。

原來如此。蘇家旁人他不管，就看田良是否真就有那定力，不受旁人誘惑或是算計。倘若這點能耐都沒有，又有何資格娶她？再者，又是否能真正信任她？

「雲青，明兒個上郡守府送帖子，道福滿樓新排了一曲歌舞，請他們幾人一同觀賞。」

歌舞？不正講那蘇丹姑娘的事，怎又說到歌舞了？自家少爺真是說一齣是一齣。他無奈地拱手。「是！」

說罷，轉身離去。

「等等，」唐相予叫住他。「宣揚出去，這場歌舞特地為杜三小姐出嫁所排，旁人……也可以觀看。」

福滿樓三樓設有戲臺，時有吹簫、彈阮、鑼板、歌唱、散耍等節目。而三層是敞開式建築，作何表演，四面八方、視角極佳的位置都能瞧得一清二楚。

次日大早，兩姑娘一身寢衣，青絲落肩，在妝檯前說笑。

「木兒，妳戴這支步搖。」

「不要，太華麗了。」

「那戴這條珍珠項鍊，正巧與妳的耳環相配。」

「不要，顯得累贅。」

「那這玉簪呢？手鐲呢？」

「我手腕太細……」

杜雪瑤氣極，扭過頭，嘟囔道：「這不要、那不要……」

蘇木無奈。她衣飾簡單，戴那麼些貴重的首飾，倒顯得不倫不類。

不等她解釋，杜雪瑤卻轉過身來，一臉狡黠。「苑裡的海棠花開得極好！」

於是乎，二人一身素色，華麗的飾物都沒戴，綰了同樣的髮髻，各插一朵開得正豔麗的海棠花出門。

杜府的轎子落到福滿樓門口，杜夫宴和魏紀禮走在前頭，杜雪瑤和蘇木隨後。這是蘇木第一回赴這般正式的宴會。

前頭二人正與尹掌櫃寒暄，劉田從旁侍候。二人顯然也看到她了，尹掌櫃拱手。「蘇二姑娘，許久不見。」

蘇木還禮，笑道：「快大半年了，尹掌櫃近來可好？」

「甚好！」尹掌櫃笑了笑。有了稀奇的幾樣菜色，可謂順風順水，能不好嗎？

蘇木又看向劉田點點頭，後者自是客氣地回應。他還是個小二時，便對這個蘇二小姐印象頗好，如今再見，自然以禮相待。

杜夫宴等人吃驚不已。大酒樓的掌櫃怎與她這個毫無背景的小女娃相識，還似十分熟稔。

三人笑而不語，尹掌櫃將人引上三樓雅間。
今日，福滿樓生意格外好，來往是人，雅間早早訂滿，連帶一旁鋪子樓上樓下都坐滿了人。
華麗而不失典雅的裝飾，寬敞別致的戲臺及各樣名貴的擺件，只讓人覺得進入富貴人家的後院。
唐相予一如初見，一身冰藍錦袍立於戲臺正對的窗前，窗邊放了一盆綠竹，體態盈盈。
這讓蘇木想起了他私宅後院的那片竹林……他竟喜歡這樣長盛不衰的東西。
除主桌空著，其餘雅座皆坐滿了人，且來人衣飾不俗，非富即貴。
幾人朝主桌走去，在座之人目光皆投過來，杜夫宴和杜雪瑤似有相熟，時不時與人點頭交好。
「相予兄，這般隆重，我這個親哥哥倒是慚愧了。」杜夫宴拱手。
唐相予嘴角一勾，意氣風發，哪兒還有昨日的憊倦。「少廢話，坐吧！」
幾人含笑，各自落坐。
兩位姑娘自然坐正中主位，杜夫宴挨妹妹左手邊。
不知有意無意，唐相予所站之處正巧在蘇木旁位，且這處位置與勾欄相挨，是以二人座位靠得很近。他彎腰坐下，視線便落到蘇木髮間的那朵海棠花上，若有若無的香氣，讓他心生愉悅。

花，很配她。

魏紀禮不似幾人規矩落坐，一旁各處遛達，又於窗前倚望。就見正對樓上坐了一桌年少姑娘，似看向這處說著什麼，個個巧笑盈盼，很是惹眼。他便朝那處揮揮手，笑得恣意。

他轉身於杜夫宴邊上空位坐下，興致盎然道：「郡城雖不及京都繁華，民風卻開放許多，郡城百姓生活恣意，無不洋溢富足的神態，倒是比京都多了閒適。只停留短短三日，我卻不想回去了，可如何是好？」

他說著，似暗自神傷。

「那便再留幾日，教魏三少爺玩個暢快，至於親事……且讓令兄等等吧！」唐相予斜坐著，身子傾向蘇木那側。

蘇木只覺衣襟與之觸碰，而他轉頭發笑時，鼻尖輕輕噴出的氣息帶動了耳間髮絲，她覺得有些不自在，於是不著痕跡地往邊上靠了靠。

她這般小動作，唐相予看在眼裡，不由得嘴角又是一揚。

「這可不行，我二哥是日盼，夜也盼，就等我把嫂子迎回去，若知道我故意拖延，怕是要打得我下不得床。」魏紀禮作害怕模樣，規矩地坐下，似要正經聽戲了。

「你又瞎說！」杜雪瑤面露羞澀，佯裝惱怒，瞪了他一眼。

幾人談笑間，戲臺上樂師已就位，輕攏慢撚，一曲高山流水於整個堂內婉轉。著舞裙的姑娘們提著裙襬，蓮步輕移，上臺站位。隨著旋律的漸次變化，姑娘們似花間精靈翩翩起舞，神色俱到，體態優美。

堂內安靜下來，來人皆放下茶盞，認真觀賞。而福滿樓旁的酒樓也似安靜下來，齊看向這處。

只是正對茶樓角落的一個粉衣女子無心歌舞，一雙眸子瞪圓，看向主桌茜色衣裙的少女。

是她？一旁與之親近的少年又是誰？二人挨得很近，藍衣少年時不時給她添茶，又遞水果，還低頭耳語。

蘇木臉上的笑快掛不住了。她偏過頭，瞪著唐相予，壓低了聲音道：「唐相予，你腦子被門夾了？」

他突然對自個兒這般殷勤，只覺一身惡寒。

唐相予一愣。腦子……被門夾了？隨即哈哈大笑。

蘇木忙坐正，旁邊杜雪瑤三人轉過頭，怪異地看向他。「唐少爺，臺上是歌舞又不是唱戲，你笑什麼？」

唐相予掩口，一手指向臺上。「繼續、繼續。」

待三人轉頭繼續看歌舞，他又靠近蘇木。「妳欠我的牛肉麵，何時還？」

蘇木再次轉向他，一雙眸子漆黑發亮，如一汪春水，卻不再是波瀾不驚。

「小姑，那是哪家小姐？」粉衣女子走近靠窗邊的蘇世安問道。

聽聞福滿樓有歌舞，各家小姐相約觀賞，有錢、有地位的早早訂下福滿樓雅座。

像蘇世安這樣的小門戶於一旁的酒樓訂位，得視線極佳位置，已極好。與之同行的有幾家小姐，其父皆與蘇典吏一般，官職卑微，較平常人家身分貴了幾分，卻進不得像杜雪瑤那樣的官家小姐圈子，是以自個兒組一圈子，倒也樂在其中。

蘇世安斜眼看著這個粉面嬌俏的姪女，有些不耐煩。

在鄉下，雖然她待自個兒還算周到，卻仍是看不起。不過爹囑咐了，莫要和蘇家的人起衝突，她便收起不耐，順著她的視線看去，正瞧見杜府三小姐拍手稱好。

杜三小姐是自個兒攀不上的人，也是眾小姐羨慕的人。她輕嘆一聲，收回視線。「杜郡守的千金，人家是正經千金大小姐，妳我是攀不上的。」說罷，端起桌上茶盞，低頭飲了一口，不再與她言語。

蘇丹瞧她臉上不喜，便不敢再追問，默默退到旁側，與一眾丫鬟站在一起。

杜郡守的千金？原來說她與郡城小姐交好，竟是真的，那樣貴氣的酒樓，連小姑都進不去，她竟安然坐在主位。

這些都不重要，身旁親密的少年又是誰？她難道忘記她已同田良哥訂親了？與旁人勾勾搭搭，真是低賤。

不行！她不能讓田良哥被蒙在鼓裡，定要將那丫頭的下賤心思告訴田良哥！

若田良哥認清她的真面目，是不是會退親？那自個兒是否就有機會了？

昨夜，她哭著去找他，騙他三爺一家待她不好，不給飯吃，還羞辱她。她餓著，難過、害怕、無助，在郡城只認識他，便來找他。

田良哥帶她去吃牛肉麵，麵好吃，田良哥很溫柔，她沈浸在他的一切，無法自拔。

不論如何，她一定要把田良哥搶過來！

等她回過神，臺上歌舞已結束，堂內各人逐漸散去。

主桌一行四人也正起身，準備離去。

蘇丹忙到蘇世安身旁。「小姑，妳先回吧！我想起娘讓我帶點東西回家，過會兒便去市集逛逛。」

蘇世安不耐煩地擺擺手。她過會兒要同眾小姐遊湖，這樣一個身分低賤的親戚跟隨也覺丟臉，走了更好！

蘇丹好脾氣地笑了笑，便獨自從酒樓出來，慢慢靠近了福滿樓。

第五十章　誤會

下晌，蘇木去見了蘇葉。

小倆口獨居一座四合小院，院子不大，蘇葉一個人就能忙得過來。劉子慶忙於生意，怕妻子一個人在家拘得慌，便帶她一道去鋪子。蘇葉樂得自在，也好照顧丈夫的飲食。

時值七月，正是糧食產出的日子，鋪子生意極好。

蘇葉將妹妹請至內堂，熱情端來茶水，問到家中近況，又囑咐路上小心，早日回來云云。

蘇木一一應下，見姊姊面上多了新婚妻子的嬌媚，也就放心，又囑咐蘇記冷飲各事項，讓她按時去提錢。雖說郡城安定，但是心懷不軌的人還是有，銀子太多放在鋪子，總歸不安全。

蘇木將鋪子買了下來，添在嫁妝一併送給蘇葉。比起賣茶，銀子不多，卻是個穩定進項，手頭寬裕些，做什麼事都方便。

這些囑咐，蘇葉也記在心裡。

姊妹倆許久沒說這麼多話，一個出嫁，一個遠行，竟似要長久分別，萬分不捨。

蘇木抬頭看天日，才覺時間不早了。她從鋪子出來，雲青正站在門口等候。不就是一碗牛肉麵，搞得她要賴帳似的……

「你家少爺呢？」

雲青側身看向不遠處，蘇木順著他的視線看去，見唐相予正站在不遠處，兩手抱胸，好整以暇地望著她。這樣的好樣貌，惹得路過的姑娘頻頻回頭，掩嘴偷笑。

蘇木腦海中冒出四個字——「紅顏」禍水。以他的身分，什麼樣的山珍海味沒吃過，偏將牛肉麵牢記，真是怪人。

不過田良哥約她下學一見，算好時辰，請唐相予吃完麵該是差不多。

她朝他走去，到跟前卻不停留，只丟了句：「走吧！」

「妳喜歡花？」身後人兒跟上來，忽地蹦出一句話。

蘇木不明所以地看向他，隨即反應過來，摸摸頭上的海棠花，聳聳肩。「不討厭。」

「喏，隨手採的。」他變戲法似地從背後拿出一束小小的黃花，似虎子每每下學帶回來的。

蘇木嚥了嚥口水。這個嬌少爺到底知不知道送女孩子花意味什麼，長成這樣，還笑得一臉懵懂。若非她定力好……她在想什麼，難不成還要調戲良家少男？

暗覺自個兒好笑，嘴角竟不由自主往兩邊扯，一把接過花，至鼻尖嗅了嗅，淡淡的清香，讓人心情愉悅。

她仰著頭，直直看他。「下回不要送女孩子花，會教人誤會的。」

唐相予偷笑，誤會……才好。面上卻不動聲色。「誤會什麼？只是瞧見了，想到妳喜歡，便隨手一扯，若妳不喜歡，丟了便是。」

說著，佯裝要搶。蘇木忙護在身後，瞪圓了眼。「你敢！」

見她這般可愛模樣，再是裝不下去，他笑容爬滿面，舉起雙手。「不敢、不敢。」

這樣如沐春風的笑容，太……太惹眼了，蘇木的心像是漏跳了半拍，忙轉身捂住胸口。果然是禍水！禍水！

站在不遠處的雲青掩面。少爺，您能不能要點臉面……

牛肉麵館還是從前模樣，如唐相予昨日所見，鋪子又加了兩張桌子，幾乎是背挨背。

此刻到了飯點，書院還未下學，街市卻已熱鬧起來。麵館生意一如既往的好，二人揀了最裡一張桌子坐下。蘇木靠裡，唐相予居外。

隨著時間過去，鋪子裡的人越來越多，片刻坐滿。

唐相予後背一個受力，被人擠了一下，原是後桌來人。他皺眉，往前挪了挪，可身後人卻不自知地往後擠。二人後背時不時相碰，教他惱火，正欲發作……

「唐相予，我同你換換位置。」蘇木瞧出他的不適。

「不行！」他怎麼能讓男人的後背挨著她，天知道他多想甩出一錠銀子，把整個麵館包下來。可這樣，他的目的達不到，還會惹她生厭。

唐相予一副老母雞護崽的樣子，讓蘇木忍俊不禁，也為他的體貼有些感動。「那你坐我旁邊來。」

旁邊？好像……還不錯。唐相予樂開了花，站起身巴巴地往蘇木旁邊去。

桌子不寬，二人縮著身子，將將能坐下。視線微微一側就能瞧見她垂下眼簾的模樣，那樣乖巧。

這時，老闆娘端著兩碗麵過來，放置二人面前，一如上次，細心介紹。看著熱騰騰的牛肉麵，頓覺食慾大振，可手一動，便相互碰撞。二人相視大笑，不甚在意。

蘇木看他攪動碗裡的麵，想起上回他巴巴盯著自個兒碗裡的牛肉，跟虎子一般饞嘴模樣，便不由自主地挾起自個兒碗裡的牛肉往他碗裡放。

唐相予有些意外，轉頭看向她，眼神不由自主流露出絲絲愛意，看得蘇木一個哆嗦。

「我吃不完……」

說完，低頭攪著自個兒的麵，吃起來。

嗯……吃不完……

唐相予笑了。

麵館外，熙攘而窄小的街道，一身青襟的田良站在其中，眼神呆滯。

「田良哥，我沒說錯吧！她就是個下賤的女人，腳踩兩隻船！」身後的蘇丹，神色平淡，一雙眸子卻如蛇蠍般，寒光凜凜。

「妳胡說！木兒不是那樣的人！」田良低吼，眼中閃過一絲痛色，藏在廣袖中的手，緊緊捏成拳頭，指甲嵌入肉中，卻不覺半分疼痛。

她不是那樣的人，為何手側放了一束花？為何與旁的男人那樣親密？她待自個兒從未那般，到底是什麼樣的心思……

「我沒有胡說！」蘇丹何曾見過溫潤如玉的田良哥如斯模樣，她心痛，卻也暢快。「上午，木丫頭還與那少爺在福滿樓看歌舞，舉止比現在親密百倍、千倍！她心裡根本沒有你！」

她心裡根本沒有你……

寥寥幾字，如同鋒利的刺刀，扎在他胸口最柔軟的地方。再也看不下那樣刺眼的場面，他跑開了，沒有方向，只要看不見她就好。

「田良哥！」蘇丹追了上去。

田良哥該下學了吧！蘇木探著身子往外張望。

唐相予吃完最後一口麵，不動聲色地問道：「等人？」

「嗯。」蘇木放下筷子。「此去京都來回月餘，田良哥邀我今日一見，這會兒該來了。」

可直至次日下晌，杜府送親的隊伍出了郡城，也未見田良出現。

蘇木趴在車窗看了半天，除了漸漸變小的城門和滾滾煙塵，再無其他。她將車簾子放下，有些失望。不知因何事耽擱？也該叫人送個信。

昨晚，等他良久，卻未出現。上書院打聽，她被告知，他早就出去了，說是有人找。

可再是要緊，第二日也該上門尋她，畢竟此去月餘……

杜雪瑤見她臉色不好，變著法找她說話，二人說說笑笑，不愉快的事也就淡忘了。

此去京都，路途遙遠，兩姑娘相伴並不覺勞累，只當遊山玩水，欣賞沿途風光。最重要的是，有蘇木這個滿腦子稀奇古怪想法的妙人，每天都充滿新奇。

馬車停下，兩個姑娘迫不及待跳下車，指使小廝搭檯子生火。

一路上，大部分時候能找到客棧落腳，可有時仍需露宿野外。比如此刻，前頭一望無際的山林，行至半夜，也不知能否遇到客棧抑或是借宿的農家？

此行備有廚子和隨行的丫鬟，食材也是每到一處集市補齊，只是昨兒趕一天路，未有鄉鎮，是以馬車上的食材餘下不多，只一包饃饃、幾塊乾肉，和一堆土豆。

米自然是有，熬點清粥給幾位少爺、小姐喝，菜卻豐盛不得。

見丫鬟拿出這些，魏紀禮苦著臉。「就吃這些啊？我寧願餓著。」

杜夫宴和唐相予也下馬，走過來。杜夫宴道：「這一路近古道，鄉鎮幾乎沒有，多胡人。胡人野蠻，還是少接近的好，你不吃，怕是要餓到天明了。」

魏紀禮捂著咕嚕叫的肚子，猶豫了。

什麼古道、胡人，兩姑娘絲毫未放心上，杜雪瑤喊道：「二哥，木兒捯飭吃食，你們只管等著，有些人寧願餓著，那便餓著。」

說吧，挑釁地看向魏紀禮。誰讓他老調笑，喊自個兒嫂子，多羞人！

「二嫂！」魏紀禮變了臉色，殷勤極了。「我說不吃這些，可沒說不吃蘇姑娘做的。」

瞧吧！張嘴閉嘴二嫂二嫂地喊，她還未嫁呢！杜雪瑤氣鼓鼓地離遠他，不予理睬。

魏紀禮討了沒趣，靠近蘇木，討好道：「蘇姑娘，妳做什麼好吃的？」

蘇木見二人這般孩子心性，無奈地搖頭，指著丫鬟拿出的食材。「就這些。」

啊？還是這些？魏紀禮蔫了，沒精打采地往馬車上歇覺去了。

唐相予二人倒是頗有興致，於旁側尋一地坐下，看她如何動作。

沒了討厭鬼，杜雪瑤又活泛起來，與蘇木並肩而立，指揮丫鬟們烹煮。

「先將饃饃置於火上烤，肉和馬鈴薯就……一起熬煮吧，再煮一鍋清粥。」

蘇木說完，便拉著杜雪瑤坐下。

杜雪瑤一臉懵，眨眨眼，看向蘇木。「完了？」

兩少年也是一樣表情。就完了？

蘇木不由得抿嘴一笑。確實完了。

等他們將饃饃拿在手裡時，眼神皆是稀罕。饃饃還是那個饃饃，只是烤得兩面金黃，中間開縫，馬鈴薯和肉燉得很爛，填在饃饃裡，味道……還不錯……

魏紀禮躺在馬車，肚裡的飢餓讓他難以入睡，忽聞得一陣香氣，餅子香、肉香……他一個挺身，朝那香味而去。

見幾人口中啃著饃、喝著粥，饃中填肉，泛著油光，不禁嚥了嚥口水。「好吃嗎？」

幾人佯裝不理，他便死乞白賴地討，一行人鬧作一團，愉快非常。

吃飽喝足，繼續上路，沿路山林漸稀疏，果真如杜夫宴所講，已到古道邊界。時而見身著動物皮毛製成衣裳的胡人路過，那些人手上都帶了武器，或鐮刀，或棍棒，神色麻木，冷眼瞧著車隊路過。

行了一下午，未見半個村落，偶有兩個矮小的帳篷，今夜怕是要宿在馬車裡了。

「今夜將就一宿，明兒早行半日，出了古道有一小鎮，再好生歇息。」杜夫宴安排道。

他留下魏紀禮和大部分有身手的家丁照看兩姑娘和行李，自個兒和唐相予帶了幾人去找吃的。附近平原，只能獵野物，只是天色已暗，顯然行不通，只好到附近人家買點吃食。

天色雖暗，平原的星空卻格外美。

杜雪瑤和蘇木偷偷爬上馬車頂，挨著躺下，一如初見時，二人躺在聽雪閣的樓閣賞月。

杜雪瑤心兒怦怦跳不停，她有些害怕，卻又覺得刺激，緊緊拽住蘇木的手。「木兒，我第一次做這樣的事。」

蘇木笑了。「好玩嗎？」

「好玩！」杜雪瑤毫不猶豫，漸漸放開手，慢慢伸向空中。「好像離天空更近了。」

這樣的放肆，往後怕是再也不能。她要將學了幾月的女戒和主母作派，分毫不差表現出來，往後也不再有杜家三小姐，而是魏府新媳，有著操持家業、相夫教子的重任，那又是另外一個人生。

「害怕嗎？」蘇木也伸出手，明亮的星便調皮地從指間跑出來。

「不怕。」杜雪瑤笑了笑。她有爹、有哥哥，還有她，不管往後的路怎麼樣，只要有他們在，就很安心。

她轉過臉，認真道：「雖然有點自私，但我還是希望妳能來京都。妳心思廣闊，眼界不凡，或許京都更適合妳。」

「或許吧！若田良哥能高中，我會隨他入京也不一定。」蘇木收回手，想起那溫和的少年，彷佛已經望見往後平靜的生活，執子之手，與子偕老。

這時的蘇木，似乎已經忘記曾經富甲一方的志向，也許她骨子裡就缺乏安全感，渴望安定、平淡、安逸的生活。

「什麼人！」

忽然，一陣動亂，看守的家丁拿起武器，戒備起來。魏紀禮也一掃平日的吊兒郎當，神色警覺地靠近杜雪瑤她們這輛馬車。

隊伍周圍約莫十幾個黑影，逐漸靠近，看著輪廓，手上似拿了武器。

車頂二人也察覺動靜，依偎一起。杜雪瑤何嘗見過這樣的場面，嚇得有些發抖。蘇木抱住她，沈下心來，觀察四周動靜，一雙眸子不停轉動，黑得發亮。

是胡人……

「我們只要東西，不傷人。」

黑夜中走出一人，火光映照下，逐漸顯現出整個輪廓。

那人身高八尺，膀闊腰圓，長長的絡腮鬍遮住半張臉，濃黑的眉毛下，一雙眼如鷹隼般銳利。手上一柄大斧泛著寒光，在地上劃出長長的、深刻的痕跡。

「你們……你們什麼人？可知道這是一郡之首的車隊，又可知此行之人絕非等閒！」魏紀禮故作鎮定，心裡卻有些打顫。

那人冷笑。「我管你什麼人！就是天王老子來了，東西照樣留下！」

說著，斧頭一揮，似要動手。

隨行的家丁又豈是尋常家丁，一路窮山惡水，杜郡守自然挑了最精銳的士兵隨行。就在那人抬手間，喬裝的士兵紛紛亮出武器，將魏紀禮及馬車掩在身後。

那人沒料到這並不是普通商隊，竟是訓練有素的士兵，有一瞬間詫異，隨即眼中閃過一絲決絕。縱然得罪官府，他也要搶！

而身後隨行的黑影見對方動作，也毫不猶豫地跳出，個個如帶頭的中年男子般高大健壯，手握利器，眼中是同樣的決絕。

視。

蘇木眉頭緊皺。這是一幫不要命的劫匪！她不敢動作，將杜雪瑤牢牢護在身下，屏氣凝

「給我上！」馬車這頭一人高喝，士兵紛紛抄起武器，與劫匪撕打。

劫匪的打法毫無章法，不像習武之人，可強健的體魄和周身的力氣，以及敏捷的反應，讓他們占了上風。

一時間，兵器相互碰撞，發出冰冷的聲音及耀眼的火花。

一個劫匪不慎，被攻下肢，劇烈的疼痛教他身形一晃，一剎那間的失神，卻教對方瞧出破綻，一記用了全力的迴旋踢，重重落到胸膛。他連連後退，卻止不住那力道，猛地撞到馬車上。

馬車驟然受力，車頂趴著的二人便被甩了下來。

「啊！」

杜雪瑤嚇得大叫，蘇木也慌了，可預想中的疼痛沒有，倒落入一個穩穩的懷抱中。

「沒事吧？」是唐相予他們回來了。

蘇木搖搖頭。「沒事……」

「我有事……」底下傳來魏紀禮虛弱的呼叫。

杜雪瑤摔下來，正好砸到他身上。

「雪瑤，妳怎麼樣了？」蘇木忙從唐相予懷裡掙脫，去扶她。

「沒……沒事。」杜雪瑤艱難地起身，問向趴在地上的人兒。「喂，你沒事吧？」

「死不了……」魏紀禮扶著馬車站起來。

這樣一場動亂，在兩個女娃的驚叫中安靜了片刻。

第五十一章 上京

唐相予和杜夫宴立於人群中，將來人瞧得仔細，而那群劫匪也正打量他二人。

唐相予道：「胡人與我大周從來井水不犯河水，而今這般作派，是要挑起爭端？」

領頭的漢子直直盯著唐相予，捏緊斧頭的右手，咯咯直響。「你朝皇帝禁止與我邊塞買賣，無非就是逼我等降服。既然你們不義，我等為何要守規矩?!」

唐相予皺眉。大周與邊塞共處矛盾數十年，近幾年越發動盪，怎麼偏偏就教他們碰上？雙方勢均力敵，但劫匪顯然適應這樣的環境，勝算更大些。只是對面是塊難啃的骨頭，尤其為首的年輕公子，有些來歷。

幾人交換眼神，似在部署新的作戰方案，只等領頭之人一聲令下。

果見他緩緩舉起斧頭，一聲令下。就在兩方亮出兵器，迅速準備作戰時，一個清冷的女聲突兀地響起。「你們想要什麼？」

眾人手上動作頓住，循聲望去。

見一小姑娘鎮定自若地立於黑夜中，她衣衫散亂，卻讓人瞧不出一絲狼狽。

「你說過，只要東西，不傷人。」

饒是所有目光都齊聚她身上，也無絲毫怯意，只有唐相予瞧見她緊握的拳頭。

領頭的匪徒迎上小姑娘直辣辣的目光，放下斧頭。「茶葉！」茶葉？打鬥半天，只為茶葉？不是為了傷人或是搶劫銀錢，只為茶葉？

蘇木毫不猶豫，翻身上了馬車，抱出一罐茶葉，大步向前，走到匪徒面前。

「木兒，小心！」杜雪瑤驚呼，她嚇壞了。

而一旁的魏紀禮和杜夫宴也是一臉憂色，獨獨唐相予謹慎看著，確保她在他能保護的範圍內。

「此行帶得不多，路上飲了些，只餘這些。」蘇木捧著茶罐遞給他，神色平淡得像是與對方熟識。

那人顯然也愣了。這小姑娘好生膽大。不過於蘇木的表現也只是略微詫異，所有的目光都集中在她手上的罐子。

領頭之人雖猶豫，卻也將手伸過來。等他真正拿到罐子時，右手的斧頭一揮，就要落到蘇木肩頭。唐相予眼疾手快，腳下一躍，撈起一把長槍就要去擋。

那人並不是真要傷蘇木，力道正好在斧頭落肩之時驟然停下，而唐相予的長槍也正抵在那處，擋住去路。是以兩兵器相交，並未挨到蘇木分毫。

頭領將罐子扔給身後人，那人忙打開蓋子，欣喜道：「是茶葉！」

頭領看向蘇木，見她仍是一副泰然處之的樣子，似視他手中大斧若隨風搖擺的柳枝，毫無殺傷力。

既然東西已得，便不欲糾纏，這行人不好對付，且似大有來頭。

他收回武器，深深看了蘇木一眼，又看向唐相予，高喝道：「走！」

那些人得令，紛紛後退，隱於黑夜，而後消失不見。

士兵欲追上去，唐相予攔住。「窮寇莫追！」

「木兒，妳沒事吧？嚇死我了！怎就獨自上去了，那都是殺人如麻的匪徒！」杜雪瑤上前拉住她，仔細檢查。

「沒事，」她說著，看向唐相予和杜夫宴。「這些人不像是匪徒，該是附近的胡民。」

二人相互看了看，沒有說話。事涉朝政，並不好輕易回答。

「既是胡民，為何要搶東西，還只拿走茶葉，真是奇怪！窮凶極惡的模樣，是沒打算讓咱活命啊！」杜雪瑤縮了縮身子，仍心有餘悸。

是啊！方才真是凶險，若唐相予二人未趕到，她怕是落到亂刀之下，非死即傷吧！

經此一戰，不敢停留，萬一再來一批「搶劫」的胡人，他們可沒多餘的茶葉解危。

杜夫宴將換來的食物分給眾人，吃罷，匆匆上路。

直至天明，出了古道，約莫行兩個時辰，道路漸寬，山林出現，一座小鎮座落其中。

一行人又餓又倦，尋到一間客棧，要了幾間上房，各自回屋歇息了。好些受傷的士兵，也得以治療。

天氣炎熱，整整兩日沒換衣衫，杜雪瑤和蘇木舒舒服服洗了個熱水澡，躺在床上。

杜雪瑤想是累極了，倒頭便睡著。蘇木雖也睏倦，卻怎麼也睡不著，她還在想，那幫胡人以身犯險，為何只搶茶葉？

這時，廂房對面傳來響動，像是在砸東西，又有急促的腳步聲。

蘇木起身，輕輕將門開了一縫。唐相予正站在門前，她便大著膽子將門敞開。「發生什麼事了？」

「像是有人突然發病，正請大夫。」他站在門前，將她掩在身後，繼續道：「那人是胡人。」

「胡人？」蘇木詫異。胡人不是與大周水火不容，怎麼跑到大周疆土，還鬧事？她有些好奇，將頭偏了偏，便將對面廂房的人事，瞧得一清二楚。

房內有三個胡人，一如昨夜所見膀闊腰圓，人高馬大。來往的是提著藥箱行色匆匆的大夫，只是沒進一會兒，便抹著汗出來。躺在床上之人，怕是病得不輕。

這時雲青大步走來。「少爺，打聽到了，那胡人得了心衰症，情況很不好。」

心衰症發作就像突發心臟病，誘發心臟病的主因是血液中的膽固醇和脂肪酸過多。這些過多膽固醇和脂肪酸附著沈積在血管上，造成動脈硬化，最終還會形成血栓。血栓一旦阻塞心血管，結果就是心臟病發作；一旦阻塞腦血管，結果就是腦中風。

為何膽固醇和脂肪酸會過多？

思緒於腦海中一閃而過，蘇木問道：「得心衰症的胡人多嗎？」

雲青看看自家少爺，得人點頭，才回道：「多，此症無解，若是突發，必死無疑。」

蘇木吁了一口氣，神色了然。那麼胡人搶茶葉，便事出有因了。

邊塞地闊天寒，不宜種植菜蔬和茶葉，主食肉飲乳的胡民，長期得不到這類助消化、解油膩的東西，便會引發心衰症。

大周嚴格管制茶葉買賣，無非是想牽制胡人，以此交換大量馬匹，以擴充軍隊，或是逼他們就範。昨夜，胡民怕是被逼急了……

唐相予見她變了臉色。她這樣聰明該是猜到了，不過事涉戰事，萬萬不可議論。昨夜他也吩咐下去，蘇木向胡人奉茶，不能讓外人知道半個字，更不能讓胡人知道她會種植茶葉。

唐相予擔憂的神色，她懂。她當作什麼都不知道，隨即露出一個微笑。「那我進去歇息了。」

「嗯！」唐相予點頭，看她進去將門掩上，才轉身。「雲青，你守著。」

過了古道，一路北上，越近京都越安定，百姓的生活也越富裕。

終於，行了近二十日，車隊到了繁華的京都。

寶馬雕車香滿路，高樓林立，川流不息，任何華麗的辭藻都不足以形容京都百姓富足、安逸的生活。魏紀禮說郡城百姓恣意，完全是胡謅，根本不及京都的百分之一。

杜雪瑤和蘇木滿心歡喜，撩起車簾子，好奇地朝外張望。

馬車上了一座熱鬧的虹形大橋，橋上人頭攢動，遊客行人如織，只見橋上兩側擺著許多小攤，有賣各類雜貨，也有賣小點乾果的，還有算命的、賣茶水的……大橋中間的步道上是熙來攘往的人群，是以馬車行得極慢，二人也得以欣賞來往風光。

「木兒，瞧！」杜雪瑤憑窗而望，指著寬廣的河流驚呼。

但見河裡往來船隻，千帆競發，百舸爭流。遠處一艘運糧大船正準備駛過橋洞，只見大船上站了百餘人，十分忙碌。

馬車一路不停，直接行至杜雪瑤大哥杜夫赫的宅子。

遠嫁的大都在客棧落腳，像杜雪瑤這樣在京都有親人的，便直接從家裡嫁出去。

杜宅寬闊、華麗，位於鬧市，杜夫赫想來官職不低。

杜夫赫之妻雲氏，乃大家嫡女，其父在朝中官居要位。雲氏育有一子一女，子年七，女年四，一家四口攜一眾奴僕站在門前迎接。

杜夫赫公務繁忙，十餘年，回郡城的次數屈指可數，對老父和弟、妹分外想念。

弟弟這些年四處遊歷又進京考學，倒時常見面，可這個妹妹卻是許久未見，如今長得這般亭亭玉立，竟到出嫁的年紀。

不過，他是個嚴以律己的人，這點隨了其父杜郡守，是以不輕易表露自個兒的傷情，只含笑寬慰幾句，安排一行人下去歇息。

婚期在八日後，杜郡守將公務安排妥當，也快馬加鞭趕來。

雖得這幾日空閒，杜雪瑤卻是不准出門的，她要安心待嫁，若拋頭露面被人認出來，傳出去，於杜家、魏家和她自個兒都不好。

魏紀禮將人送到，也要回去覆命。雖暫別幾日，他卻表現出萬分不捨，那紈袴的心性教人無奈。

而唐相予自然也不好待在杜家，剛到那日，便被家裡人催著回去，像是有什麼急事。熱鬧的一行人，驟然散去。

獨杜雪瑤整日拘在房中，百無聊賴，好在有蘇木作陪，說說話也極好。只是這樣的安逸日子過沒兩日，便被各家小姐遞來拜見的帖子打破了。有魏家四小姐，還有唐家的幾位、雲氏娘家表親，以及與這些小姐交好、沾些關係的官家小姐，總共十餘人。

俗話說得好，有女人的地方就有是非，這些官家小姐圈，可不是單純的情真意切，那都是官官相護，大有牽連，我同妳說兩句，我於她親近兩分，都代表了各家於官場的立場。

像蘇木這樣連小門小戶都算不上的農家女，可不打算置身其中，供人談樂。杜府雲氏想來是個愛花之人，後院三步一簇，五步一團，各式奇花異草，爭奇鬥豔，十分養眼。

小姐們在廳堂赴宴，丫鬟們都去伺候了，蘇木樂得清閒，於後院閒逛。

再過兩日，杜雪瑤出嫁，她也要趕回去了。

九月的茶老得快，得趕在那幾日才能採到最嫩的茶心，從而製出頂級好茶。

雖有一次製茶的經驗，但蘇木還是不放心，每一道工序都要親自把關，畢竟這茶不是給一般人喝的。所以，時間很緊，她遺憾不能逛逛街市，領略京都的繁榮。

「蘇二小姐、蘇二小姐。」不遠處聽見丫鬟呼喊，是雲氏身邊的大丫鬟，她跑得急，小臉通紅。

「怎麼了？」蘇木應道。

「三小姐她們邀您去呢！」

邀她去？沒搞錯吧？

昨兒便和雪瑤說不同往，雪瑤並未勉強。今兒又派人來請，莫不是出什麼事了？

蘇木笑了笑。「有什麼事嗎？可是有什麼稀罕玩意兒邀我同賞識？」

那丫鬟搖搖頭。「小姐們說起您，想見見，便讓奴婢來喊人。」

蘇木眉頭一蹙。「哪家小姐？」

丫鬟想了想。「是唐府的小姐。」

唐府？唐相予的姊姊或妹妹？見她做什麼？不管原因是何，既遣人來請，她自然不好推脫，便隨了丫鬟去廳堂。

廳堂佈置得十分雅致，四角立著漢白玉的柱子，四周牆壁全是白色石磚砌成，黃金雕成的蘭花在白石之間妖豔地綻放。上好檀木雕成的桌椅上細緻地刻著不同的花紋，桌上擺著名貴的瓷盆，水仙含苞待放。

此處像是專為招待女眷而設，十餘位粉面嬌俏的小姐分坐兩旁，衣飾不俗，舉止大方，無不透露大家閨秀的作派。只是這會兒，所有人皆傾著身子朝門外看去。

聽見外頭有丫鬟引路的低語，眾人期盼的眼神更甚，有性子活泛的細聲道：「來了、來了。」

去而復返的丫鬟身後多了一位女孩，身量不高，體格偏瘦，一身普通的青色裙衫，髮髻簡單，模樣只能算得上清秀，渾身上下除了一對廉價的珍珠耳環，一支桃花木簪，再無別的裝飾。

這樣一個普通得連丫鬟都不如的小女娃，真是她們要見的人？

眾人齊看向杜雪瑤，杜雪瑤臉色有些不好，但她仍保持微笑。

「哈哈！」

忽地一聲笑，吸引了眾人目光。

蘇木也看過去。笑的正是居首位，著朱紅色織錦長裙、綰著如意髻的少女，約莫十四、五歲，秀眉鳳目，玉頰櫻唇，項頸中掛了一串明珠，發出淡淡光暈，映得她更是粉妝玉琢一般。

「怕是覓錯人了吧！怎尋了個連丫鬟都及不上的來？」少女笑容燦爛，聲音動聽悅耳，語氣更是帶了一絲天真。

除杜雪瑤氣得緊抿嘴唇，眾小姐都跟著嘻笑。

蘇木微微俯身，並不惱怒，笑道：「既是覓錯了人，那我便退下了。」

說著，轉身欲離去。

這樣的反應讓眾人笑容僵在臉上。好不容易把人等來，怎好讓她輕易走了？

「蘇二小姐留步。」方才那少女仍舊笑臉相迎，只是語氣少了幾分甜膩。

蘇木也不拂她的面子，轉身看向她，似在說有什麼事？

一進門，她便對自己毫不客氣，想來便是指名要見她的唐府小姐唐相芝。

這樣的態度看來不是好事，蘇木很是無語。這就是所謂的人在家中坐，禍從天上來？她不知道怎麼得罪了這個素未謀面的嬌小姐，但她好歹多活了一世，這樣的小把戲，可不足以讓她肝火大動。

唐相芝被她這樣一看，像是糕點噎住，有些堵心。不過虛假的面貌是官家小姐們交際的必備技能，她很快綻露笑顏。「聽聞妳機敏聰慧，是個妙人，我們也就好奇想見見，妳們說是不是？只是與期待相較甚遠……是我失禮了。」

旁座幾位紛紛附和，附和之餘也不忘讚唐相芝蕙質蘭心、麗質天生。

「無事，唐小姐相交的都是您這樣的人，一時看走眼，也無甚奇怪。」

她神情真摯，語氣平和，像是認真地說一個事實。

只是，「這樣的人」聽起來怎麼這麼彆扭。

第五十二章　擠對

不等她們細想，杜雪瑤開口了。「木兒自由散漫慣了，不像咱時時拘在家中，連性子都拘沈悶。我最是愛她這樣的活潑，才成為至交好友，此行也特地央求她上京陪我。」說著朝蘇木招手。「快坐我身旁。」

杜雪瑤的父親雖不是京官，卻也舉足輕重，大兒子官居要職，二兒子剛及第，且杜雪瑤所嫁魏家是京都炙手可熱的人家，是以她的身分也跟著水漲船高，是小姐們爭相交好的主兒。她既開口說這番話，便是對蘇木身分的肯定。

蘇木嘴角一勾，坐了過去。

待她坐下，杜雪瑤放低聲音，歉意道：「那唐小姐不知從哪兒知道妳，一直嚷著要見，我推脫不過。」

蘇木握了握她的手，輕輕搖頭，給了一個放心的眼神。

旁邊一紫衣裙衫、面相可愛的姑娘巴巴地望著蘇木，一雙黑漆漆的眸子透著期待。「蘇木妹妹，妳瞧著比我小，我喚妳妹妹可好？妳做的奶茶當真有那麼好喝？」

杜雪瑤嬌羞一笑，給蘇木解釋。「她是魏少爺的四妹，魏紀瑩。」

魏紀瑩忙道：「喚我瑩瑩即好。」

想起魏紀禮當初曾豪氣地甩出一錠銀子，將鋪裡所有茶水點個遍，讚不絕口的樣子，蘇木看向她。倒是個單純的。「可是聽妳三哥說的？」

魏紀瑩忙點頭，充滿希冀道：「三哥道堪比瓊漿玉露，蘇木妹妹，妳何時將鋪子開到京都來？」

蘇木笑了笑。「且看吧！」

「哦……」她答得委婉，似沒有上京的意思，魏紀瑩有些失望。

唐相芝冷眼看低語的三人，隨即笑道：「今兒很高興結識雪瑤，特帶一新茶，乃家父得宮裡賞賜，想與姊妹們共品。」

她說著，看向蘇木。「不知蘇小姐對茶道可有了解？」

蘇木從她的一雙丹鳳眼看出了滿滿的諷刺，淡淡瞟了一眼，漫不經心回道：「略懂一二。」

談話間，丫鬟們已經布好茶具，而不是端茶上前。

眾小姐不解，遂放低了聲音，相互攀談。這是要讓人親自泡茶？她們可都是身分尊貴的閨閣小姐，怎好做下人才做的事。

不出所料，唐相芝看向蘇木。「既然蘇小姐略懂一二，想來泡茶不在話下，不知可否讓我等見識？」

杜雪瑤冷下臉。「唐小姐這是什麼話？木兒是我的朋友，可不是奉茶的丫鬟！」

此話一出，她便後悔了。唐相芝擺明想讓木兒難看，她卻把話說得太明白，倒是有些打自己人的臉。

唐相芝掩嘴笑。「我只是好奇，聽說好茶要配好的泡茶技巧，若讓笨手笨腳的丫鬟將這茶糟蹋了，可是辜負我的一番美意。」

說著作委屈樣，而一旁幾個跟她挨得近的，忙附和。

「是呀！好茶不易得，可惜我等做不來那活計，只好委屈蘇姑娘了。」

「蘇姑娘，快動手吧！咱呀，都等得急了。」

七嘴八舌的催促，使得整個廳堂熱鬧起來。眾小姐鬧歸鬧，卻也輕聲細語，帶著作派。

魏紀瑩覺得有些欺負人，卻說不出反駁的話，於一旁乾著急。

看來她不動手，這場鬧劇是不會甘休了。蘇木施施然起身，走向茶桌。

杜雪瑤和魏紀瑩皆擔憂。

蘇木只是淡然地笑了笑。不就是泡個茶。

她不多言語，輕輕打開茶罐，拿出油紙包裝的茶葉，用剪刀剪開一道小口。執起白玉製成的茶杓舀上茶葉，放進蓋碗。

而旁置一爐，爐下燃炭，爐上煮著水，她舀起滾燙的開水淋過蓋碗，蒸氣攜帶著茶香裊裊上升。

沸水反覆相沏，而後倒入擺放整齊的白玉雕花瓷杯。

她動作嫻熟，一整套做下若行雲流水，在場之人皆被那氣定神閒的動作吸引，也跟著沈靜下來，連一旁伺候的丫鬟們都看呆了。

「好了。」蘇木看向那丫鬟，面帶微笑。

她動手泡茶，是因為茶道不丟人，更不是伺候人的活計，但親自奉到她們手上卻是不肯做的，饒是身分尊貴，於她又何干？

丫鬟回過神來，忙將茶杯一一置於各家小姐面前。

眾人也似回過神來，唐相芝面上更是有一絲不自然，隨意丟下一句。「倒是嫻熟。」

短短四字，讓人覺得蘇木是做慣了這類下等活計，身分的低賤不言而喻。

當茶入口，方才的不愉快教她們統統拋向腦後。這茶，當真好喝。通常的綠茶、紅茶皆帶苦澀，香而濃，適宜男子飲用；這款茶，清雅中帶著淡淡甜意，十分溫和，一眾嬌滴滴的小姐們，自然喜歡。

而這份喜歡來自於唐相芝，她們可沒有受寵的父親，自然也得不了賞茶。於是乎，各種誇讚的詞句又來了。

蘇木起身坐回自己位子，不著痕跡地瞟了唐相芝一眼，見她一臉得意，對於這些誇讚似乎很受用。氣出了，風頭也出了，該不會找碴了吧！

因著蘇木沒有拂她的意思，竟親自動手泡茶，唐相芝確實愉悅不少，只是看蘇木眼神中的鄙意更甚。這樣一個身分低賤的人，也配和她哥哥交好？

這種貴族圈除了聊聊京都的八卦，便只有琴棋書畫、繡工女紅。以她們的家世身分，自然要處處拔尖，是以真才實學都有幾分，妳吟我誦，聽著倒也有趣。

蘇木品著茶，一手托腮，悠閒地坐在那處，興致盎然地欣賞各家小姐表演，就似方才她泡茶，她們瞧著一樣。泡茶和吟詩作對，又有什麼不一樣呢？

唐相芝就是看不慣她這副毫不在乎的樣子，因此時不時提她幾句，得蘇木擺手稱不會，她才滿意。

一個鄉下丫頭，自然是不會這些，就是要她出醜。

半下午過去，眾小姐也都累了，就等唐相芝說出散宴的話。

唐相芝理了理繡著精緻紋飾的廣袖，站起身。「今兒就到這兒吧！」

眾小姐各自起身，紛紛說告別的話。唐相芝走在最前，其餘人隨後；杜雪瑤等人是主家，跟隨著送至門前。

各家轎子已在杜府門前等候，唐府排在最前。

唐相芝臨上轎前，腳步頓了頓，回過頭來，看向蘇木，天真問道：「蘇小姐，今兒的茶如何？見妳喝了幾杯，倒沒發表什麼言論。若喜歡，回府後，我讓人再送些來。」

臨走還不忘奚落一番？罷了，就遂她的意吧！

「我家是茶農，種出的茶也都賣了，喝不上幾回，所以這茶的好壞，我也品不出來。唐小姐客氣了，莫將好茶贈我這個粗人。」

原是個低賤的茶農。唐相芝得意一笑，嘴角露出一絲嘲諷，轉身上轎了。

一排華麗的轎子，於杜府門前直往熱鬧的街市去，至街心，四散分離，而後消失於熙攘的人群中。

杜雪瑤氣得直跺腳。「妳瞧瞧唐相芝那囂張的樣子！處處欺負妳，偏還說不得！」

唐家在官場始終保持中立，不表現出對任何人的親近，可不管內閣事務的參與，還是外戚官員的管制，都要經御史中丞唐大人之手。

唐大人油鹽不進，那些官員便只好從他的子女入手。於是乎，唐相芝是小姐圈爭相結交的對象，也是不可得罪的人。

蘇木拉住她。「小事而已，口舌之快，讓她逞逞就好，可莫因我生出什麼不愉快，影響妳的親事。」

以她那樣聰慧機敏的性子，又怎會在人前吃虧，原是為了自個兒。杜雪瑤感動不已，只是她不解。「妳明明懂茶，為何裝作一竅不通的樣子？」

蘇木笑了。「唐小姐不就想看到我什麼都不會、粗鄙無知的樣子，便遂了她的意。」

「哼！」杜雪瑤朝唐相芝離去的方向哼了一聲，又轉向蘇木，一臉崇拜。「誰說我木兒粗鄙無知，妳是天底下最聰明、最善良、最好的人！」

唐府內宅。

紫檀木折枝梅花貴妃榻上倚了一位三十四、五的夫人，身著一襲淡綠暗花細絲褶緞裙，裙角有幾縷銀絲勾織，乃是著名的蘇繡。

夫人面容豔麗無比，一雙鳳眼媚意天成，卻又凜然生威，一頭青絲梳成華髻，繁麗雍容。

她視線遞到門外，嘴裡喃喃道：「這都半日了，怎還未回來？」

而一旁俏麗的丫鬟輕輕給她搧著風，也朝門外探望，見得門口有人影晃動，歡喜道：「回來了，二小姐回來了！」

那夫人被她聲音帶動，也面露喜色。

來人正是唐相芝，由奴僕簇擁著走進內堂。她俏生生地行禮，親暱喚道：「母親。」

貴妃榻上的夫人正是唐相芝的母親，唐府主母。

「芝兒，快坐到母親身邊來。」唐夫人朝她招手，又吩咐身邊的丫鬟。「去給二小姐端一碗冰鎮蓮子羹。」

唐相芝牽住母親的手，乖巧地挨她坐下，一雙眸子靈動地轉著。

唐夫人理了理女兒額前的碎髮，眸光一凝。「可瞧見了？」

「瞧見了！」唐相芝點頭，隨即面露鄙夷。「哪有雲青說得那般好，就是個粗鄙低賤的鄉下丫頭，文墨不識，粗賤的活計倒是信手拈來，長相穿著連個丫鬟都不如，大哥是瞎了眼了！」

唐夫人眼神一冷，不怒自威。「不可這般說妳大哥。」

唐夫人是唐家嫡母，女兒是嫡女，備受寵愛，但她仍然最疼兒子。

唐相芝面上有一瞬的驚慌，旋即又笑得燦爛。「大哥那樣的人中龍鳳，放眼望去，整個京都少有配得上的，那個野丫頭想攀高枝，麻雀變鳳凰，簡直癡心妄想。」

唐夫人嚴肅的神情緩和下來，嘆了口氣。這麼多年，少見兒子對哪家小姐多瞧半眼，獨獨這兩年總往郡城跑，怎麼叫都不回來，去年若非自個兒稱病，怕也見不上兒子。

可回來之後，他竟像變個人似的，不說鬱鬱寡歡，卻是一副有心事的樣子，這樣的精神面貌，如何能參見殿試？

整個唐府的榮光都在他身上，若殿試考不好，丟臉的不只唐府，更是丟他自己的臉面。別人可以從頭再來，他不能！

唐夫人是無論如何不能讓他再出京，不過他倒也認清事態，並未踏出京都半步，連唐府都少出。這讓唐夫人很是欣慰。

兒子也沒教她失望，高中榜眼，一時間，整個唐府風光無限。

可不到一月，他又要往郡城跑！再沒察覺出什麼，她也不配當唐府的主母，他唐相予的母親。

是以，主僕二人回京當日便被叫回府，明面是母親想兒子，實則暗地裡叫雲青來問話。

唐相予並未交代什麼，往常自家少爺遠行，夫人也總要問得清清楚楚，所以這回，雲青也不覺有什麼不妥，將一行接觸的人和事鉅細靡遺地交代，蘇木的存在也由此得知。

自然，古道送茶，他特意隱去了。

唐夫人心情複雜。兒子有心悅的姑娘是好事，可必須門當戶對！

那姑娘只是個鄉村丫頭，哪裡配得上處處拔尖的唐府大少爺？可又是哪裡吸引了兒子，教他時常往郡城跑呢？她納悶，這才叫女兒上門試探，結果一如所料，那便好辦了。

唐夫人睨了女兒一眼，又問道：「那姑娘住在杜府？」

唐相芝點頭，仍是一臉不高興。「說是陪杜家小姐上京，二人關係頗好。那野丫頭能攀上杜家，想來有幾分心思。女兒今兒見她，表面雖順服，一雙眼睛卻透著狡猾，不安分。」

唐夫人沈吟。本還考慮若兒子執拗，倒是可以勉強納為通房丫頭，可若不安分，便斷不能讓她入府。她心下有了計較，看向一旁伺候的丫頭，問道：「大少爺近幾日在做什麼？」

丫鬟微微俯身，畢恭畢敬道：「大少爺近日都待在老爺書房，像是為賦職一事。」

「嗯！」唐夫人滿意地點點頭。兒子考上榜眼卻婉拒進翰林院，她為此憂心了好幾日。後聽丈夫道，拒了也好，與其在宮裡當個閒官，不如出來歷練，掌握些實權。

她不懂這些官場道道，既然兒子要賦職，丈夫自然會在京都安排個好差事。如此，兒子便不能往郡城跑，被那姑娘迷心竅了，她也好為兒子相一個配得上唐府的姑娘。

「拿我的帖子去請眾夫人小姐，只道……設百花宴邀其共賞。」

唐府占地百頃，亭臺樓榭，雕梁畫棟，華貴非常，臨北一座院落卻驟然去了這份華貴，變得雅致起來。只因那處種了一大片竹林，茂密蓊鬱，一眼望不到頭。

唐相予自書房出來，便往自個兒院子去，漫步在這片寧心靜氣的竹林，愉悅的心情，更添幾分。

他忽想到什麼，停下腳步，身後，雲青急急煞住腳。「母親找你問話了？」

雲青點頭。「這回特別問得仔細，連蘇二姑娘家中幾口人、姓啥名何都要知道。」

唐相予揉了揉額頭。「你……都說了？」

「那是自然！」雲青昂起胸膛，理直氣壯。

唐相予緩緩吁了一口氣，擠出一絲笑容。「芝兒這兩日可有出門？」

二小姐？少爺沒事注意她的動向做甚？雲青低頭細想，好像是有……「今兒去了杜府赴宴。」

唐相予只覺得頭都大了，妹妹那驕縱的性子，怕是沒少讓她受委屈。

他大步往回走，步伐快得雲青跟不上，忙小跑兩步。「少爺，您要去哪兒？」

前頭的人頭也不回。「少廢話！還不快去備車！」

啊？這麼晚了要出府？

雲青不明所以，卻不敢耽擱，忙小跑著往馬房去。

第五十三章　出事

蘇木躺在床上，翻來覆去睡不著，燥熱得慌。若是在家，她的屋裡得置兩個大大的冰鑑，才能勉強入睡。

杜府雖然也置了冰鑑，卻很小，房間又大，便解不了暑氣。

她起床，點上燈，坐到冰鑑旁，搖著扇子看話本。那話本是杜夫宴尋來送給杜雪瑤解悶的，她順了幾本來。

咚、咚！忽地聽見窗子被什麼砸得響，聲音不大，像是小石子。

她放下書，朝窗戶邊走去，輕輕開了一道縫，只見窗外欄下，站著一個人。

她嚇了一跳，忙闔上。

媽呀！是賊還是鬼啊？

「是我。」

忽地，出現個聲音在窗外，聽起來很熟，像是……唐相予？

她忙將窗戶打開，直愣愣看著窗前站的人。「你、你、你……」

她結結巴巴的，道不出一句完整的話來。

唐相予笑了。一身寢衣，青絲隨意垂在肩頭，又一臉驚慌的模樣，如何不惹人憐愛。

「嗯，我夜闖杜府，妳莫聲張，叫人當賊抓起來，我這京都第一少真就名譽掃地了。」蘇木噗哧一笑，忙捣住嘴，似生怕聲音大了將人招來。「大半夜的，就來吹你的名頭？」

自一同入京便再沒見過他，沒想到竟在這樣的情景再見，該是為了白日的事來的吧！

「妳……沒事吧？」唐相予走近一步，似要藉著月光，瞧清她的每個神色。

蘇木看著他的臉漸漸放大，屋內昏黃的燭光將他照得一清二楚。「沒事，令妹……生得很好看……」

唐相予忍俊不禁。她總是這樣讓人出乎意料，一般女子該是委屈地訴苦，偏她沒事人似的。如此，心裡念了千百遍安慰的話便道不出了。

「杜小姐成親後，妳直接回郡城？」

話鋒忽轉，蘇木也收了心神，點頭道：「時間有些緊，該是第二日就啟程。」

「那一起走。」唐相予目光灼灼。

咦？他不待在京都？照雪瑤講的，他辭了翰林院是要歷練，那……

蘇木驚訝道：「你外派了？」

唐相予稍有詫異。她知道他高中又拒官的事……心中一喜，便恢復慣有的不可一世的傲氣。「是請職！」

去郡城，為了能再常見到妳……

「那……」蘇木眉毛一挑。「若被令妹知道，我會不會有性命之憂？」

「哈哈！」唐相予被她逗笑，穩了半天，才故作正經道：「有我在。」

有我在……氣氛怎麼突然變得曖昧……

「誰！誰在那裡！」

巡守的家丁恍然見一人影，忙帶人跑過去，只見窗欄外的芭蕉晃動，哪有什麼人影？

杜府和魏家結親，紅妝綠匣排了整條街，酒席擺了三天三夜，空前熱鬧。

一輛棗紅色的馬車自杜府後門駛出來，融入熱鬧的街市，而後淹沒在人海。

沒有來時繁重的行李，除了一個包袱，便是杜夫宴安排送行的兩個奴僕。

馬車行至城門外，不遠處，只見一身冰藍袍子的唐相予騎著一匹白色駿馬於路口等候，而一旁是一身青衣騎黑馬的雲青。

他還真來了。

來時因大件行李，走了官道，回去為防再過古道遇到蠻橫的胡人，改走水路。

一路上，唐相予將一切安排妥當，哪處有客棧、哪處要露宿農家、哪條路好走、哪條路又險峻，他瞭若指掌，極盡妥貼。

他會在山林打野物，也會下河抓魚，甚至懂草藥，似乎沒有不會的。這讓蘇木對他一貫嬌氣公子哥兒的形象大大改觀。

行路匆匆，卻讓蘇木覺得像是在遊山玩水，見識了各地的風光、人情、美食。她甚至想就這樣一直走下去，走遍這個朝代的每一寸土地。

九月初，馬車終於行至郡城。

九月的郡城一如既往的炎熱，唐相予將蘇木送至劉家糧鋪，才不捨地告別。

蘇葉聽聞妹妹回來，自內堂跑出來，面上沒有驚喜，卻是滿滿的擔憂。

「木兒，出事了……」

半月前，劉子慶往客棧送糧，見田良走向二樓廂房，他覺得奇怪，便跟了上去。不承想蘇丹衣衫不整地開門，而後二人進屋，房門緊閉。

那可是自家小姨子的未婚夫，竟與別的姑娘衣衫不整，共處一室。他不敢破門而入，怕傷了顏面，忙趕回家同妻子商量。二人沒主意，當即回村告知爹娘。

蘇世澤勃然大怒，卻是不信一個好孩子會做出這等下作事，只是女婿親眼瞧見，便錯不了，也許其中有什麼誤會。

他便去了田家，將這事告知田大爺。

田大爺也氣得不行，卻同蘇世澤一樣不信優秀的孫子會做出不堪的事，忙送信將人叫回來。

當田良跪在一眾長輩面前時，哪裡還是放假時所見溫潤如玉的模樣，瘦了，憔悴了。看得田大爺心疼不已，可心疼歸心疼，事情總歸要問清楚。

只是無論怎麼問，田良就是不開口，不承認，也不否認。

倒是蘇丹追上門，說與田良無關，不要怪他云云，鬧得更像有那麼回事。

田大爺怒不可遏，將人打了一頓，關在書房。這是他第一回動手打孫子，這個他引以為傲的孫子……田大爺彷彿一夜之間老了十歲，滄桑得不像話。

蘇世澤雖然惱怒，卻也不能眼巴巴望著人被打，於是勸解一番，討說法這事也就擱置下來，只等女兒回來，看事情怎麼解決？

田良是他看著長大的，倘若他解釋一字半句，這事便了了，可他偏不開口，真是愁死個人。

再這般下去，只怕要退親了。

蘇葉擔憂地看向妹妹，一貫冷靜的人此刻蹙著眉，似難受得緊。

「別怕，一切有咱爹娘呢，出什麼事，我們都會護著妳。」

蘇木扯出一絲笑容。「沒事，我相信田良哥。」

聽了這話，蘇葉更擔憂了。大家都信他，可他……唉！

時至正午，家家戶戶炊煙裊裊，農忙剛過，新糧出倉，賣了好價錢，日子越過越好。

只是蘇、田兩家的灶頭還冷著，蘇木回來了，田家忙將人招齊，要把事解決了。

不必往郡城送銀錢的蘇大爺家，大都是老二蘇世福管事，灶頭時而能見葷腥了。

今兒初四，是小集，因著田家的事，一家人都沒出門。

砰！砰！

蘇世福叩響了蘇大爺的房門，無人回應，身後，張氏推了推丈夫的後背，示意他再敲。

蘇世福身子扭了扭，以示不耐煩，卻也抬手欲再敲。

不待手叩上房門，門「吱嘎」一響，打開了，蘇大爺直直站立，沈著臉。「做甚？」

夫婦倆忙堆笑，齊聲喊道：「爹……」

蘇大爺瞥了二人一眼，朝屋外走去，直至院壩，去查看他的一圈果樹。

張氏朝丈夫擠眉弄眼，蘇世福狠狠瞪了她一眼，又追上老爹。「爹，您看丹姊兒的事……」

蘇大爺一把將黃了的枝椏從樹上剮下來。「還有臉提？都是你們教出來的！怎麼，還要我上門求情去？我沒那臉皮，老蘇家的臉面都丟盡了！」

蘇世福摸摸鼻子，嘟囔道：「又不是丹姊兒一人的錯，若非良哥兒蠱惑，丹姊兒哪裡敢做出……」

「做出啥？」蘇大爺回頭，眼睛睜得銅鈴般大。「是當真有那回事不成？」

蘇世福不吭聲。不管有沒有，丹姊兒是賴上田良了。

「我管不了了！管不了了！」蘇大爺一把推開兒子，疾步回屋，重重掩上門。

張氏見公公不管，急了，忙跑到丈夫身邊，扯著他的胳膊。「爹啥意思？是要眼睜睜看咱丹姊兒受委屈啊！」

說著哀嚎起來。自蘇大爺不管家，她膽子也大起來，當面不敢放肆，人一不在，便不管不顧。

「那妳說怎麼辦？良哥兒訂了親，又和咱丹姊兒扯不清，是要鬧到官府，把咱丹姊兒浸豬籠？」

說到浸豬籠，張氏身子一抖。她曉得女兒稀罕良哥兒，卻不曉得她膽子那般大，竟鬧成這樣！這還是木丫頭不在，依那丫頭的性子，怕是要鬧得她一家見不得人。

她撒腿往西房去，推開虛掩的房門，見女兒正坐床邊繡花，倒是不慌不忙。

張氏在屋內來回踱步。「妳還有這閒心，眼見木丫頭回來了，這事怎麼辦？」

提到蘇木，蘇丹的手頓了頓，又將針扎進布面。「能怎麼辦？自有田良哥擔著。」

「田良哥、田良哥！他要是撒手不管，把事情都推妳頭上，我看誰能救得了妳！」張氏扠腰指著女兒吼道，話不好聽，卻擔憂萬分。

蘇丹咬了咬唇。他不會的！

「二叔、二叔！田家請你去一趟哩！」

屋外傳來呼喊，張氏慌忙出門，見丈夫一臉愁色，朝堂屋喊了兩聲。「爹，田家來人喊了。」

蘇大爺沒吭聲，他只得自個兒去了。

丈夫雖然有些奸猾，嘴皮子卻不索利，張氏不放心，摘了身上圍裙，往窗上一搭。「我同你一道去。」

夫婦二人到田家時，田家堂屋已坐滿了人，田大爺夫婦、蘇世澤一家，連侯家也來了。門邊留了空位，夫婦倆喊了人便規矩坐下。

田大爺輕咳兩聲，看向旁側的蘇木，溫和道：「木丫頭，人齊了，有啥話，咱今兒就問清楚。」

蘇木微微頷首，並未因這事有半分怨懟。她忽地眸光一冷，看向夫婦二人。「二叔、二嬸，丹兒姊的事，你們信嗎？」

什麼叫丹姊兒的事？明明是女兒和田良的事。

張氏清了清喉頭。「二嬸曉得，這事妳受委屈了，可我丹姊兒也委屈，好好一個黃花大閨女鬧出這樣的風言風語，她往後怎麼嫁人？」

蘇木笑了。這麼迫不及待就扯到嫁人了嗎？

「那我倒要問問，丹兒姊不好好在家待著，怎麼獨自跑郡城去了？」

蘇世福接過話。「青哥兒在郡城唸書，我們不放心，就讓丹姊兒進城去瞧瞧。」

「聽說青哥兒住三爺家，你們同三爺親，怎麼還有不放心的？哪家孩子出遠門唸書不是離家千里，偏青哥兒就不放心了，還獨叫丹姊兒一人去看？二叔真是個好爹啊！」

「這……」蘇世福語塞，答不上來。

張氏不依了，斜眼看著吳氏。「我青哥兒是親生，自然捨不得！」

蘇木語氣冷下來。「本想著顧忌丹兒姊臉面，不喊她一道來，如今也問不出個所以然。丹兒姊自個兒到底在郡城遭遇了什麼事，還是她自個兒說清楚的好，免得冤枉了旁人！」

她這話一出，眾人皆大驚失色。啥？意思是丹姊兒自個兒遭了沒臉皮的事，要賴上良哥兒？

田大爺提了幾日的心，咚地落下去。他看向蘇木，沒想到她竟相信孫子。這樣丟臉的事落到身上，不哭不鬧，反而冷靜地問清事態。

他頭回覺得，自個兒優秀的孫兒配不上這個小丫頭。

張氏急了，噌地站起身。「木丫頭，咱可是一家人，妳胳膊肘莫往外拐！若是我丹姊兒賴上良哥兒，良哥兒怎不吭一聲？」

蘇木眉頭微微一皺。這卻是她不解的，她不信田良是那樣的人，可他為何不解釋？

不只蘇木這樣想，在座的一眾長輩也頭疼不已。事情說開就好解決，偏他不說，真是急死個人。

張氏見無人反駁，有些得意。「如今這事十里八鄉都傳遍了，丹姊兒整日在家以淚洗面，門都不敢出。今兒來了正好，我們也想討個說法。」

田大爺急得將牙咬得咯咯直響。這事若不好好解決，是會影響仕途的，孫兒這一生就毀了！

「事實如何，他二人最清楚，我去問問。」蘇木站起身，朝院外書房走去，剛跨出門，腳步又頓住，回過頭來，看向二房夫婦。「丹兒姊最好將事情說清楚，否則，見了什麼人、做了什麼事，上郡城一問一查，還不水落石出？」

張氏的心驟然一緊，當即慌了神。若真的去問……如今就看良哥兒是什麼態度了。

書房朝南，正午的太陽將屋簷的形狀照到地上，似魚塘裡，魚兒歡騰時翻起的水波。

蘇木手裡拿著田大爺給的鑰匙，將門鎖打開。

屋內窗戶緊閉，有些昏暗，田良坐在窗邊案桌前。窗格的影子落到他身上，略顯淒楚。

他，瘦了。

「田良哥。」蘇木輕聲喚道。

田良身形一顫，緩緩轉過頭，牽了牽嘴角，露出一絲苦澀的笑容。「妳回來了。」

她消瘦了，路途遙遠，一路上一定吃了很多苦頭。今兒剛到，還來不及歇息，便跑來聽自個兒的一堆爛事，很糟心吧！

蘇木眉頭一緊。他這副眼圈發黑、鬍子拉碴的模樣，竟似變了個人。

她走近，田良又問道：「聽說是唐少爺送妳回來的？」

語氣淡淡，蘇木卻聽得不明所以，老實答道：「是。」

田良笑了。「那妳是來退親的嗎？」

「退親？」蘇木看向他，一臉不解。「為何要退親？」

這副心如死灰的模樣，她覺得陌生。

田良轉過頭，眼神卻捨不得離開，只能瞥見她的衣角。她心悅他人，他又怎能拘著她？唐少爺待她，一定比自個兒好吧……

「是，我生出不光彩的事，咱們親事就作罷吧！」

「我不信！」蘇木直直看著他的後背。「是不是丹兒姊讓你去客棧的？是不是她生的事？」

「妳為何不信？」田良噌地站起身，轉頭看向她，一雙眼布滿血絲，憔悴不堪。

「我就是不信！」蘇木睜大了眼，巴巴地望著他。「事實到底如何？你說出來才好解決。」

田良一臉痛色，低下頭。他不敢看她，他慚愧。為何妳會不信……我卻信了……

「不是，是我自個兒去的。」

蘇木緊問道：「那你去做什麼？」

田良悵然。是啊！他去做什麼呢？

當時，聽到蘇丹說被欺負了，他便巴巴地跑去。蘇丹與她不同，會撒嬌、會服軟、會誇他、崇拜他，他在她那裡得到了從未有過的虛榮和滿足。

蘇丹在郡城無依無靠，三爺一家待她不好，她沒有可以求助的人，便只能到書院尋自個兒，所以才帶餓了一天的她去吃麵。

他明白蘇丹表露出來的愛意，那是從蘇木身上從未見到的。他憐憫她，就像憐憫自己。

所以，當她說被蘇三爺的下人欺辱時，他毫不猶豫就去找她。

事情可以解釋清楚，但是又怎麼能解釋清楚？蘇丹往後怎麼做人？所以他不能說……

「如妳所知。」

第五十四章　問話

簡單四個字讓蘇木如心頭壓了一塊巨石，喘不過氣。她不信他做出那樣的事，卻信了他維護蘇丹的心。他，再不是那個純良、乾淨如一泓清泉的田良哥了。

蘇木往後退了兩步，緩緩吁了一口氣。「那你會娶她嗎？」

寥寥幾字，說得很慢，卻像拳頭重重砸到田良身上。他沒有回答。

她明白了，伸手將耳垂上的珍珠耳環摘下來，放置案桌上。「田良哥，萬事順意。」

說罷，頭也不回離去了。

萬事順意……萬事順意……

兩行清淚自眼角滑落，田良再也忍不住，趴在案桌上，消瘦的肩膀一抽一抽，將那窗格的影子扯碎了。

蘇木從房門出來，白熱的陽光刺得她睜不開眼。

眼一瞇，一顆淚珠便被擠了下來。她忙擦拭，沒事人似地朝堂屋去。

在座的人皆直勾勾望著她。田大爺緩緩起身，先開口。「木……木丫頭，那渾小子怎麼說了？」

蘇木強扯出一絲笑。「大爺，咱兩家往後照常走動。」

說罷，拉起呆愣的吳氏和老爹。「那咱就先回去了。」

田大爺一屁股坐下，直喘粗氣。

這是坐實了田良和蘇丹的事，蘇世澤氣得想衝進書房將人揍一頓，可看田大爺這般模樣，他終歸沒動手，於是啥話也沒有，站起身，大步離去。

吳氏也覺得心痛，更多的是失望。她牽起蘇木，追隨丈夫離去；侯老么夫婦也沒留下的意義，和田大爺說了幾句寬慰的話，也回去了。

如此，只餘蘇世福兩口子和田家人。

田家人臉色不好，兩口子如坐針氈，張氏還想再說什麼，比如問問她女兒怎麼辦？田家是否準備將親事定下來？如果可以的話，還能商量商量聘禮啥的。只是氣氛不太對，她要說出那些話，怕是得被轟出去。

蘇世福自然也看得清臉色。木丫頭那話是要退親，那自家女兒總是會得個說法，於是也說了幾句好話，拉著張氏走了。

田大爺簡直心如刀絞。這下好了，孫媳婦沒了，孫兒仕途也沒了，訂親期間和旁的姑娘有染，那是多大的污點，任他再有學識，也掩蓋不了。

不行！縱使孫兒再不對，也是田家的子孫，不能就這般沒落。他要想辦法，只要木丫頭不退親，就還有轉圜的餘地。

這般想著，腳步已奔出去。

蘇木一家三口正要過官道，田大爺追上來，喚道：「木丫頭！」

一家人停住腳步，轉過身來，面上皆是悲戚。

蘇木牽起嘴角，應了一聲。

田大爺走近她，一臉懇切。「木丫頭，良哥兒對不起妳，但妳能否看在大爺的分上，原諒他。他是鬼迷了心竅，但他是個好孩子，他喜歡讀書、想要當官，若同妳退了親，這輩子都完了。大爺知道這麼要求妳不應該，但是大爺實在沒法子了，我不能眼睜睜看著他去死啊！」

說著，掩面哭泣。

蘇世澤忙上前寬慰。「田叔，您這是做甚？快別這般了！」

蘇木心有不忍，也知道退親的後果，這一切都是田良自己選擇的，不是嗎？可若真見他因一些不明所以的事賠上自個兒的前途，她又不忍心了。

事因蘇丹起，那便由她了結，自己作的孽，怎麼能讓別人背？

「大爺，您放心，這事我會弄清楚。我還是信田良哥不會做出那樣的事，定有原因，他不會白白揹黑鍋，也不會賠上仕途。」

田大爺抬頭，老淚縱橫，看著這個小女娃，彷彿真就如她所說，事情有轉圜的餘地了。

「妳……妳要幹麼！」

張氏像發癲的老母雞護住西房，驚恐地看著站在院子中的蘇木。

蘇世福也忙過來，攔住去路。「木丫頭，這是妳同田家的事，莫跑來折騰妳丹兒姊，她這會兒不好著哩！」

「怎麼，生事的時候哪裡都有她，出事了，就縮在屋裡頭不管了？」吳氏難得同老蘇家的人硬氣，太欺負人了。

蘇世澤也是怒氣沖沖。好好一門親事攪和黃了，良哥兒那麼好的孩子，就被她作踐了！

「老二，讓丹姊兒出來把話說清楚，良哥兒可不能因為糊塗事讀不成書，考不上學啊！」

張氏不管不顧。「那是他自個兒的事，和我丹姊兒啥干係？」

蘇木冷笑，走近一步。「田良哥考不成學，當不了官，妳還能讓丹兒姊嫁過去？」

張氏眼神閃爍。是啊！這樣一鬧，女兒是有希望嫁過去，可若良哥兒當不了官，不就白忙活了？但她橫著眼看蘇木，心裡又暢快幾分。就算女兒嫁不了，她不也是被攪和了？

蘇木自是知道她打的什麼算盤。「怎麼，我親事沒了，二嬸很高興？可莫忘了，我沒的是親事，丹兒姊沒的是臉面。」

「妳……」張氏被她說得啞口無言。

這時，蘇丹打開房門，周身打扮和得意的神情，哪像是受了委屈的樣子。「妳找我做甚？」

蘇木直直地看著她，冷冷道：「看在妳我同姓蘇，來提醒一句，實情如何，最好去田家解釋清楚，還田良哥清白。否則查出實情，最後虧的是妳自己！」

一番話教蘇丹心裡打起鼓來。她這樣問，莫非田良哥說了什麼？可若說了，為何二人又會退親？那丫頭狡詐，難道是故意詐自個兒的？對，肯定是這樣，她穩了穩心神。

「事實就是我和田良哥兩情相悅，是妳非要插一腳，是妳把他害成今天這個樣子。」

吳氏急了。「丹姊兒，說話憑良心，木兒訂婚在先，那也是田家正經拿帖子上門來說的親。」

「還有臉說這個！」張氏不甘示弱。「明明是我丹姊兒先去說的親，都是一家人，也不知道避嫌，反倒搶了姊姊的未婚夫婿，當真不要臉。」

「誰不要臉，妳是吃了糞，嘴巴這麼臭！」

吳氏氣得不行，就要上前拉張氏，蘇世澤忙攔住。張氏那是潑辣慣的，吵架、打架少有對手，自家媳婦兒是要吃虧的。

「少說兩句，都少說兩句。」蘇世福也忙拉住張氏。爹還在屋裡頭呢！鬧得太不像話，等他老人家出來，誰都討不到好。

蘇木也覺得糟心，拉住吳氏，再看向蘇丹。「話就這些，妳自個兒看著辦吧！」

說罷，拉著自家爹娘離去。

張氏仍舊罵罵咧咧。

「成了，是要把村裡人都鬧來？」蘇丹有些嫌棄，轉身進屋了。

「妳這個死丫頭，我沒皮沒臉的是為了誰！」張氏追進去，卻也擔憂。「妳當真想好要跟良哥兒？他若跟木丫頭退了親，往後怕是做不得官了。妳要是反悔，娘可以讓妳爺跟郡城的三爺說說，給妳找個——」

蘇丹打斷張氏的話。「那都是沒影的事！我作這個決定，就不後悔！」

「妳就倔吧！」張氏嘆了口氣，走開了。

蘇丹怔然坐在床上，手緊緊拽住被面。

這樣做……對嗎？

官道口，蘇葉、劉子慶夫妻迎上來，隔老遠就聽見院壩的爭吵。

「爹、娘、木兒，怎樣了？」蘇葉關心道。

蘇世澤眉頭緊鎖，吳氏一臉怒氣。「都是些沒皮沒臉的！」

看來事情不順，蘇葉忙拉住妹妹，擔憂不已。妹妹從來都是個豁達的人，她哪裡受過這些委屈。

「姊夫，」蘇木忽地看向劉子慶。「郡城是不是有個人叫賴三？」

眾人皆放下情緒，看向蘇木，又看向劉子慶。他點頭，賴三是郡城的地頭蛇，是個無賴，經常做些偷雞摸狗的勾當。她好好的提賴三做甚？

「麻煩你回郡城後幫我找到他，讓他查查丹兒姊這幾回到郡城見了哪些人，以及那日在客棧到底發生什麼事。銀錢給夠，讓他把事情弄明白，必要的時候，把有關的人都帶來。」

田良都不解釋了，還費這麼大陣仗去幫他，一家子心疼不已。

劉子慶也佩服她遇事還能這樣不慌不忙地排布。「成，賴三混道上，認識的人多，雖是個無賴，給錢辦事還是不含糊。明兒回去，我就去找他。」

「嗯。」蘇木終於露出一絲笑。「那咱回去吧，我都餓了！」

這會兒日頭偏西，晌午飯還沒吃，經她一提醒，大家才覺得飢腸轆轆。

二灣的院子建了好大半，吳大爺和吳三兒整日忙碌；吳大娘也往二灣給丈夫、兒子和一眾工人做飯。因著田家的事，活計歇了幾日，吳大娘也在女兒家待著幫持。

飯早已做好，熱了兩回，才聽見門口傳來說話聲，吳大娘忙擺好飯菜，張羅吃飯。

回到家，就有香噴噴的飯菜，一家子心頭的不快也散了不少。

飯桌上，沒有人提那些糟心的事。

茶山的茶葉可摘了，吳大爺和蘇世澤商量著開採，時不時問向蘇木，只是眼神多了關切，怕她心裡不好受。

次日，蘇葉和劉子慶吃罷早飯就趕回郡城。蘇木在自個兒屋裡歇著，趕了二十幾日的路，仍舊睏倦，只想在屋裡待著，哪兒也不想去。

蘇世澤和吳氏則拿了田家上門訂親的三樣，去田家把親事退了。

夫妻倆一夜未眠，思慮再三，還是尊重女兒的決定。

田家雖萬般無奈，還是沒說多的話。總歸是自家對不起人，只是他們的良哥兒……田大爺當天就病倒了。

除了多些閒言碎語，日子照樣過。

田家、蘇世澤家、老蘇家，都沒動靜。村人眼瞧著蘇木的親事退了，那蘇丹呢？

風平浪靜的三日過去，郡城終於傳來了消息，不僅傳來消息，還帶來了人。

大半年不怎麼在人前顯露的蘇大爺今日坐在堂前，眼神空洞，不知道在想些什麼，精神頭也大不如前，似乎一下子老了。

田大爺坐他旁側，有些蔫，想來病還沒好。

餘下一眾晚輩，田家的、蘇家的，滿滿當當地坐了一屋子，個個垂頭喪氣。

田良也來了，坐在田大爺右手邊，對面是蘇世澤，旁邊是蘇木挨著。

他垂著頭，不敢看她。

田大爺將屋裡人掃視一圈，而後對蘇大爺道：「老哥，人都齊了，把丹姊兒叫出來吧！」

蘇世福兩口子坐在門邊，聽這話，卻沒有動。

蘇大爺抬起一雙三角眼，盯著蘇世福，慍怒道：「耳朵聾了？去喊人！」

蘇世福縮著脖子，手肘頂了頂張氏。「去。」

張氏無法，只得不情不願站起來，朝西屋去。

片刻，母女倆一前一後回來。蘇丹一身緋色衣裙，嬌嬌俏俏，垂著頭，甚是乖巧。

進屋後，張氏便老實退到邊上，蘇丹則朝堂前二長輩作禮。

田大爺沒甚耐心，擺手道：「丹姊兒，今兒來是為了妳和良哥兒的事。妳且說說，到底發生了什麼？」

蘇丹抬起眼簾，瞥見坐在一旁的田良，柔聲道：「我……我是真心心悅田良哥，這事不怪他。」

這事？她說得含糊，眾人便自行理解為二人苟合一事。

蘇大爺臉色越發不好看，卻沒有吭聲。

「什麼事？」蘇木開了口。她坐得直，神色認真，真像是不明白怎麼一回事。

蘇丹有些窘。自然是她和田良哥共處一室的事，這讓她怎麼能說出口，那丫頭分明是要自個兒難堪。

半晌，無人應話。

蘇木站起身，臉色一冷。「這事妳不好說，田良哥也不好說那便由我來說。」

眾人不解。木丫頭是瘋了嗎？她一個未出閣的女娃，怎麼好講那些骯髒事？

張氏嘀咕了一聲沒皮沒臉。

田良也終於抬頭，看向那個瘦弱的人兒。她究竟為何還要管自個兒的事？

「妳且看看此人是誰？」蘇木說著看向門外。

此時，進來一個矮瘦的中年男人，畏畏縮縮，進門便將屋裡人瞧了個遍，最後視線落到蘇丹身上，像是十分熟絡，喚道：「蘇丹姑娘！」

蘇丹一見來人，大驚失色，跌坐到地上，身子都哆嗦了。

眾人不解。這男人是誰？

田良雖也不認得，卻猜到了，忙將蘇丹扶起來，將她護在身後，看向蘇木，眼神滿是痛苦。

她當真狠心，一定要將事情揭露，不給人活路嗎？

蘇木只淡淡看了他一眼，並不想過多在意他眼中的意思。「你且說說你是誰？」

那人視線轉向蘇木，想來這就是那位花大價錢將他請到這兒來的主，於是態度恭敬不少。「我叫劉全兒，是蘇典吏府上的護院。」

蘇木眸光未動，指著蘇丹道：「她，你可認得？」

劉全兒再看向蘇丹，笑道：「認得、認得，是老爺的姪孫女。」

「那我再問你，蘇典吏一家待她如何？」

劉全兒有些猶豫，仍照實講。「雖說不若二小姐那般親近，到底還是周到的。」

田良的手一頓。她不是說蘇三爺一家待她不好，經常不給飽飯吃，還羞辱她……

「你胡說！你撒謊！」蘇丹有些崩潰。劉全兒怎麼會來！怎麼會！

「撒什麼謊！」劉全兒忙解釋，生怕蘇木誤會。「我說的可都是實話，老爺、夫人待蘇丹姑娘確實周到。」

蘇木點點頭，又朝門外招招手。

進來一個小廝模樣的年輕小哥，也若劉全兒般將人掃視一圈，而後規矩立著，等待問話。

此時，屋裡鴉雀無聲，大家都繃緊了心思，事情似乎越來越複雜了。

蘇木問道：「你且說說你是誰？」

小廝忙道：「我是來順客棧的跑堂。」

蘇木看向蘇丹，而後又看向田良。「丹兒姊住的是來順客棧吧？」

蘇丹不住搖頭。不是！不是！

田良迎著她的目光，一臉苦楚，似在乞求她不要再說了。

「田良哥……」蘇丹抓住他的胳臂，淚止不住地落，卻再也說不出半個字。

蘇木轉過身，看向小廝。「那日你看到的可是這二人？當時又發生了什麼事？」

小廝清了清嗓子，緩緩道來：「那日，我正跑堂，路過二樓房間，見一個姑娘衣衫不整地朝門外張望。」

他說著，指向蘇丹。「就是這位姑娘。」

第五十五章 真相

蘇丹捣住臉，不住搖頭，喃喃哭泣。「不是我……不是我！」

小廝繼續道：「我也是好奇，就多瞧了兩眼。不多時，這位公子來了，姑娘說著什麼，就哭了，二人便進屋將門關上。」

說到此，與劉子慶那日所見相同，眾人聽不下去，皆以不堪的眼神看向田良和蘇丹。

「我當時就湊到門邊偷聽，依稀聽見那姑娘說被人欺辱，是蘇府的護院。」

聽到這兒，眾人才明白過來，俱驚。做齷齪事的是那劉全兒，不是田良？

「你瞎說！你是哪個？是誰收買了你說這些渾話！」張氏不管不顧地撲上來，就要去撓那小廝。小廝忙躲閃，嘴裡喊著不敢。

蘇大爺重重拍著桌子。「老二，把你媳婦兒拉到邊上去！」

說完，看向蘇木，眼神帶著凶狠，帶著看不透的琢磨。這個人，當真是他老蘇家的孫女兒嗎？

「良哥兒……」田大爺一臉痛色地看向孫兒。這個渾小子拿自個兒一生的前途，去包庇丹姊兒，真是腦子不清楚了！

「木兒……」田良上前，神情滿是懇求。「別……別再問了，一切都是我的錯。」

「田良哥，你恨我也好，怨我也罷，我今日所做的一切不是為了自己，只是體諒大爺一顆愛孫之心。你有權知道真相，也才知道該不該那樣不顧一切地去包庇她？」

蘇木看他這副模樣，何嘗不心痛？他選擇相信蘇丹、選擇維護她，又置自己於何地？罷了，幸虧已退親，就當是一場黃粱夢。他們終究太過年輕，這樣的感情和婚姻禁不起考驗。

「不、不是，你們在說什麼呢？什麼受辱？又和我啥干係？」劉全兒聽得雲裡霧裡，看著眾人恨不得把他抽筋扒皮的樣子，有些心慌。

「狗東西！喪天良！」蘇大爺作勢就要起身打人。

這事跟良哥兒無關，全是這個骯髒之人作的孽，往後孫女是沒臉活在村裡了，嫁不得田家，又有誰會娶這樣一個不乾不淨的人?!老蘇家的臉都丟盡了！

劉全兒連滾帶爬地往外去。「老爺子你這是啥話，跟我可是一點干係都沒有啊！我只是受人之託上門認人罷了，什麼受辱，我是一點也不知情啊！」

一貫潑辣的張氏今兒卻默不作聲，面對欺辱自己女兒、害她聲譽掃地的人，沒有半分動作；而蘇世福瑟縮在一角，半句話都沒有，似不相干的人。

「爺。」蘇木喚住蘇大爺。

暴躁的蘇大爺竟沈靜下來，緩緩轉過身，看向孫女。這個把自家親堂姊推向火坑的人，這個讓他、讓老蘇家顏面掃地的人，早知今日，那晚就該打死她！

蘇木無視他眼中的恨意。「爺，劉全兒壓根兒不知道怎麼回事，丹兒姊也壓根兒沒……」

話沒說完，蘇大爺卻懂了，看向淚流滿面、神情呆滯的蘇丹，而後走向張氏，壓著怒火。「妳說，到底怎麼回事？丹姊兒到底有沒有被那人欺辱！」

事情敗露，田家已經知道真相，是再不能娶丹姊兒了。可女兒聲譽受損，再也找不到好人家，張氏自然不能讓這個謊言繼續下去。

在村裡找不到人家，就上郡城找，不是還有三爺一家嗎？

她撲通跪地，擺手哭喊道：「沒有、沒有！我丹姊兒還是清清白白的人家，那些話都是編的！編的！是我出的主意，丹姊兒歡喜良哥兒，我才腦子不清楚，出了餿主意！沒有不堪的事，丹姊兒同那劉全兒半點關係都沒有，全都是假的！」

蘇大爺氣得一腳將張氏踢了個倒仰。「喪門星！做人不精，做鬼不靈的狗東西！」嘴裡罵著，就去拿響棍，使了勁地往張氏身上抽。張氏哀嚎不止，模樣甚是可憐。

蘇世福站在一邊不敢勸，哪想張氏往他身邊躲，蘇大爺便兩人一起抽打，夫妻倆抱頭嚎叫。

得知事實真相的田良，如同失了魂魄，整個人神情呆滯。

原來一切都是騙局，原來是他誤會了木兒，是他親手悔了他們的親事。悔和恨都不足以表達內心的悲痛，他覺得無地自容。

「田良哥……我不是有意要騙你的……」蘇丹小心翼翼拉著田良的衣袖，淚眼婆娑。她做這一切不都是因為心悅他嗎？何錯之有？

田良轉頭看她，手腕輕輕一帶，掙脫了。他覺得眼前的人，真可怕……

一場鬧劇，牽連了最優秀的孫兒，田大爺覺得疲憊不堪，起身拉著田良離去，半句話都沒有。

事情水落石出，蘇木看看吳氏和蘇世澤，二人悵然，站起身，相攜離去。

圍在老蘇家看熱鬧的鄉親也逐漸散去，獨留發怒的蘇大爺和哀嚎不止的二房兩口子，以及哭得快斷氣的蘇丹。折騰十餘日的鬧劇終落下帷幕。

次日，田良被田大爺送去郡城；蘇丹也被送走了，說是送到老蘇家的遠方表親家。

當事三人，只餘下蘇木。有人稱讚她冷靜沈著，竟抽絲剝繭把真相查出來，還了田良清白；也有人怨她冷漠無情，對親堂姊毫不留情，讓人落得那個地步。還有人憐憫，好好一樁親事被沒由頭的事攪和了，她這個退了親的名聲怕是十里八村都傳遍了，偏又生得副清冷的性子和那樣細巧的心思，是再沒人敢上門說親了。

不過她自個兒倒不甚憂傷，整日照樣忙碌茶山和茶坊，早出晚歸，腳不沾地。只是旁人看她這副樣子，越發心疼。這丫頭就是這般，有事總往心裡去，從不表露出來讓旁人擔憂。

大半月過去，茶葉全部裝罐，運向郡城。

整整十車，滿滿當當，同上回一樣，蘇木和蘇世澤坐在前頭一輛，吳三兒押後，馬車直接駛進官府茶場。

官吏見來人是蘇木，連檢查都免了，直接由人將十車貨物押往倉庫，杜郡守身邊的管事也熟絡地將人引進內堂。

與上回的謹慎不同，杜郡守此次面上掛笑，待一家人越發客氣。

寒暄兩句，話入正題，他道：「上回那批茶，反應極好，此次是六百斤成茶？」

「是，總共六百。其中一百斤，採用最嫩、部位最好的嫩葉尖所製，口感更佳。」蘇木不驕不躁，緩緩道來。

同一種茶，也分三六九等，這蘇記普茶已算頂級好茶，那好茶中的好茶，便是極品了。

杜郡守讚嘆她的心思細巧，也暗自琢磨這一百斤極品好茶的用處。

「不瞞妳說，」他露出一絲精明。「因妳的茶，我不日就要調去京都了。」

蘇世澤和吳三兒相互看了看，不明所以。他家的茶怎就讓杜郡守升官發財了？原還擔憂賣得這樣貴，官府要怎麼銷出去。如今看來，大有文章啊！

蘇木倒是不意外，道了聲恭喜。

杜郡守盯著這個泰然處之的小女娃，也覺好奇。「就不問問，妳的茶作何有這樣用處？」

蘇木坦然一笑。「我家只是茶農，只管賣茶收錢，旁的事又有何干？」

杜郡守點點頭，這樣最好。

他一直派人看著蘇家動靜，退親的事，他自然知道。這個小女娃不簡單，聰明但是不顯露，同這樣的聰明人打交道，何樂不為。

「明年這個時候，我要三千斤成茶，妳可能製出來？」

他盯著蘇木，不放過一絲細微的表情變化。

三千斤……蘇木低頭思索。三十畝地產九百斤，若要三千斤，那便要買地，少不得再置辦一百畝。手頭有錢，置地、養地、嫁接茶樹，也不過是如法炮製。銀錢在手，技術在手，三千斤又有何難？

她抬頭，目光灼灼。「沒問題！」

三人從錢莊出來，蘇世澤看向越發沈靜的女兒，忐忑卻激動。

三十畝地的生意已讓他大開眼界，如今要擴展到一百畝，有點不敢想像。從一碗筍發展至今，他也算見過些世面，再不似從前那般縮手縮腳，不敢作為。

如今，又接了筆大生意，讓他幹勁十足，尋思著等賺了大錢，在郡城買處宅子，一家人都搬到郡城，遠離村子裡的閒言碎語，過自個兒的安生日子。

且侯家皮蛋生意越來越好，侯老么也有搬到郡城的打算，一是為了生意，二來也打算將侯文送到郡城唸書。生意越做越大，家裡還是有個出仕的穩妥。

郡城雖說不若從前，幾年來不得一趟，可來回一日的路程也累人。於是，三人打算在蘇葉和劉子慶的宅子歇一晚。

劉家糧鋪不在市集中央，比蘇記冷飲還要偏些，三人便先往蘇記冷飲去一趟，主要也是顧著吳三兒。

牛秀兒如今在鋪子幫工，每月也算工錢，吳三兒手上有了點銀錢，日子是越過越好，就是不能經常見面。好不容易來一趟，自然要讓二人好好處處。

鋪子面前排了好些人，牛秀兒和雲朵有說有笑地招呼客人。

「老爺、二小姐！」雲朵眼尖，瞧見來人，忙揮手招呼。

蘇世澤有些不好意思。他就是個莊稼漢子，這聲老爺喊得他有些臉熱。

眾人也應了雲朵的喊聲，轉過頭來。

一身冰藍長衫，臉若杏桃的唐相予正處其中，倒是一改平日的高傲，恭敬地朝蘇世澤弓身。

蘇世澤有些發愣。這個俊俏的少年郎……他認識嗎？

正疑惑，聽見蘇木解釋道：「爹，那是杜二少爺的同窗，以前來過咱鋪子的。我從京都回來，是他一路護送。」

蘇世澤恍然大悟。難怪有些眼熟，是瞧見過的。忙笑得一臉慈愛，朝他招手。

老爹的一頓操作，蘇木懵了，唐相予也懵了，付了銀子，拿了奶茶，便老老實實走過來。

「唐少爺……」蘇世澤喚道。

唐相予忙拱手。「大叔喚我相予便好。」

蘇世澤笑得憨厚。這個少爺見過幾次卻未好生說過話，是以印象不深，可他護送女兒一路，那是要好好感謝的。

「我大女兒家在前頭，晚上想請你吃頓便飯，以表你護送木兒一路的感謝。」

唐相予嘴角不露痕跡地一勾，恭敬道：「是，多謝大叔。」

蘇木瞪圓了眼，看著他，像是說：你竟會答應？

唐相予目光灼灼。只幾日不見，怎麼憔悴這麼多？看來那個田良在她心裡還是有幾分重要……

蘇世澤笑呵呵地轉向吳三兒，問他是否一道？吳三兒搖頭，欲留下來幫兩個丫頭看鋪子，看看有什麼重的活計，實則想多陪陪未來媳婦兒。

如此，父女二人加一個唐相予並行而去。

蘇世澤一副長輩姿態，問起唐相予家幾口人；又講起地裡活計，還時不時說起學問，唐相予竟然都能答得上來，二人你一言我一語，像是難逢的知己。

蘇木在旁倒像是多餘。

家中來客，蘇葉帶著蘇木操持一桌，劉子慶又去打了壺酒。五人落坐，竟也不顯得冷清，談天說地，好不熱鬧，最後聊到今日去郡守府的事。

蘇世澤趁著酒興，把心裡的打算說出來。「我也就是這麼一想，妳姊妹倆看可不可行？」

老爹難得講正經事，姊妹二人相視一笑，而後故作嚴肅，齊聲道：「爹，您講吧！」

「我尋思在郡城買幢宅子，一家人都搬過來，離大葉兒更近，也好照顧虎子。」蘇世澤頭腦清楚，舌頭卻有些打結了。「咱這回賺那麼多錢，買幢大的，往後虎子成親，六月接媳婦兒，咱一家人都住一起。大葉兒願意回來住也好，木兒不許搬走，往後就找個上門女婿。」

這兒還有外人在呢！蘇木有些不好意思地看向唐相予，而後道：「爹，這事咱往後說。」

唐相予只面帶笑容。「大叔，您要買宅子的話，我熟，您若不嫌棄，我幫您張羅，保證給您最實惠的價！」

「真的？」蘇世澤看向唐相予。「唐少爺，你可得給我尋座好的。」

唐相予說著拍拍胸脯。「放心好了，要不得幾日，尋好了就給您送信。」

他坐在蘇世澤的順手位，後者拍著他的肩膀。「好！好孩子！」

蘇木抹了抹額上的汗。您還真不把人當外人。

又吃了一會兒，蘇世澤是真有些醉了，囉囉嗦嗦地說了些對不住蘇木的話，還懷念起去世的陳氏，又念叨吳氏的好。

都醉成這樣，是不能再喝了。唐相予和劉子慶把人扛進屋，姊妹倆收拾桌子。

待唐相予從屋裡出來，蘇木也走出灶屋，她道：「走吧，我送送你。」

入夜的街市依舊繁華，紅燈高照，人來人往。二人漫步在街頭，酒氣散了大半。

「我爹那是醉話，你莫放心上。」蘇木漫不經心地道，邁著步子，故意沿青石板路的縫隙走。

她不好好走路，去年這個時候也是，專往人家鋪子簷鑽。不知為何，卻總能感染到他，跟著她的步伐，不按規矩走。唐相予笑了。「我真有門路，保准比妳自個兒看的好，還實惠。」

「真的？」蘇木歪著腦袋看他，腳步一頓，縫隙便踩不準，身子歪歪倒倒，偏她不願將腳落到旁處。

「騙妳做甚？」唐相予伸手扶住她的胳膊，待她站穩便快速放掉，讓人不易察覺。

蘇木站穩了，卻不再走，轉過身子，一臉狡黠。「既然你有門路，不如……再幫我看看郡城附近有無莊園出售？我要……一百畝。」說著伸出一根指頭，比在他面前。

「好！」唐相予一臉寵溺，似乎她說要天上的星星，他都能摘下來。

那樣一張英俊的臉上，一雙眼似乎裝下了一片星空，蘇木看得呆了。

第五十六章　買房

雲青看著自家少爺哼著小曲回來，忙湊上去。「少爺，有啥高興的事？」

他一臉討好。最近少爺出門總不帶他，莫不是有比自個兒還信任的人了？

「嗯。」唐相予哼了聲，仍逕自往屋裡去，忽地停下腳步，轉頭問道：「去把我的地契、房契翻出來。」

有些喪氣的雲青立刻振奮起來。

書房內，幾盞油燈將屋子照得透亮。

案桌上放了一個匣子，裡頭是一疊契書，他翻翻找找，終尋得一張。

這是一座院落，在他隔壁，僅一牆之隔。正因為挨得近，旁人說話都能聽得著，偏還是在最喜歡的竹苑旁。要知道他無事最愛待竹苑，那樣安靜的環境總傳來說話聲，甚是煩躁。所以，他買這座宅子的時候，連旁座也買了來。

本打算將牆拆了，院子也拆了，一併修成竹苑。後來回京都，事情便耽擱下來。

「雲青，明兒你讓人把隔壁的院子打掃一番，看看缺啥，都補齊了。」他將房契抽出來，闔上匣子。

雲青不明所以，將匣子鎖好，抱起，問道：「少爺是要住隔壁去？」

他納悶。隔壁院子不是打算拆了嗎？那樣好的一個院落，他還覺得可惜呢！

「不，我打算賣了。」唐相予狡黠一笑。「另外，你再去郡城附近的莊園看看，有無合適買賣的？」

「誒！」自家少爺重新重用自個兒，雲青興頭十足，不出三日就將事情辦得妥貼，也再得命令，將消息告知蘇家。

那是他第二回來這個村落，且都為了同一家人，他突然醒悟過來，自家少爺為何出門不帶自個兒。狠狠抽了自己一嘴巴子，罵道：讓你多嘴！讓你多嘴！

得信的蘇世澤一家十分高興，熱情款待雲青，也商量尋個日子進城看房看地。

與蘇木的淡定相比，一貫不作主張的蘇世澤夫婦倆倒是有些急迫，拉著雲青問東問西，院落幾進、有幾間房，連哪角有幾塊石頭都要問出來了。

蘇木抱著已會衝她笑的小六月，一旁坐著聽，對那莊園倒是頗感興趣，也多問了幾句。

「蘇二小姐，那莊園臨南座落，採光極好。原是郡城一位犯事的大人名下財產，而後莊園充公，才掛出去售賣。杜大人要進京述職，近日都在忙著處理這些瑣事，是以價格不會抬得太高。少爺去說了聲，讓杜大人先留著，您瞧過覺得好，再談買賣。」

雲青看著蘇木，說得仔細，周到萬分。暗想，自家少爺瞧上的人，指不定往後也會成為自個兒的主子，可要留下好印象。

蘇木心熱了。「園子占地多少？」

「約莫一百二十畝，院子周邊還有一條河渠，不過時間久了，沒人打理，荒廢著，倒是要費些心思。」

聽到有河渠，她更歡喜了。園內種茶樹，河渠邊上種果樹，再養些魚、種些藕，旁邊修個亭子，真真是好。

她對莊園滿意，蘇世澤對院落滿意，眼下沒什麼要忙活的，只收拾地裡活計妥當，也不是什麼頂要緊的，一家子商量次日就同雲青一道回郡城。

這回入城，吳氏也跟了去，抱著小六月。

忙完茶葉，吳大爺一家三口要抓緊建屋，他們在屋子旁搭了窩棚，免得來回跑。天氣還不冷，住著倒不妨事。

四合小院便關上門，落了鎖，家裡牲畜請了侯家幫忙照看，此行該是要耽擱幾天。以往入城，都是往鋪子去，而今再來，馬車便直接駛向大女兒的宅子。有個親近的人，也讓他們於郡城多了幾分歸屬感。

將行李拾掇好，天色仍早，一家子決定先去看看院子。

劉子慶還在鋪子忙，只有蘇葉一人跟隨。雲青仍在等候，還是那輛馬車，馱著一家子往城中心去。

熟悉的道路兩旁是熟悉的鋪子。這條路是郡城最繁華的地段，大都設置為商鋪，能在這一塊買院落的，非富即貴。

若唐相予給他們看的院子在這處，那怕是要不成了。兩季茶總共賣了三萬不到，雖說已不少，可買了院子還要買莊園。莊園自然頂要緊，縱使不抬高價，那樣好的一個園子，沒個兩萬兩，怕是下不來。

蘇木正計算著兜裡的銀錢，馬車應聲停下。

一行人下了車，不出蘇木所料，果真是郡城最繁華的地段，而這處……不正是唐相予的宅院？

高大的院門打開，唐相予走了出來，精神抖擻，神氣揚揚。

「大叔、嬸子。」他拱手作揖，又朝蘇葉點點頭，最後才看向蘇木，笑得溫和。

吳氏和蘇葉對他是有印象的，雖從前見時貴氣逼人，不大親近，而今看來，倒是謙和不少，便報以微笑還禮。

蘇世澤張著嘴，看向他身後華貴的宅院，驚訝問道：「唐少爺家在這兒？」

他心裡有些打退堂鼓。這一座大宅院光看門楣便知價值不菲，這唐少爺是個有錢的主兒，眼光想來也高，不會給自家看的宅院也是這般吧？

他們雖說手頭寬裕了，可要買一幢這樣的宅院，怕是有些困難。

「我一個人住，家父、家母遠在京都。」他如實答來，自然也將一家子的反應看在眼裡。「相好的宅院就在旁地，只幾步路。」

蘇世澤苦著臉，果真不便宜啊！他轉頭看向蘇木，後者也是一臉無奈。

只是人家一片好心，又一番奔波，是不好直接拒絕的，看總是要先看一眼。

「成，那便走吧！」蘇世澤領著吳氏，一臉糾結。那日怎就多喝了兩杯，怎就說了要買院子的事，又怎麼稀裡糊塗地應下那唐少爺的熱情相助？

蘇木落到後頭，與唐相予並肩而行。二人也算相熟，且他從未對自個兒擺過官少爺的架子，是以說話自然而然有些隨意。「我說唐少爺，您當我們跟你一樣富庶，尋這樣一處宅院，我可買不起。」

唐相予對她的隨意很受用，嘴角不由自主地上揚，卻又故作正經。「妳買得起！」

這是一幢高牆闊府、四方圍合的三進庭院。進入中軸對稱的庭院大門，躍然於眼前的是寫意靈動的國風雅院。

一進重景，東廂房百竿翠竹，鬱鬱蔥蔥；西牆邊兩株青松，傲骨崢嶸，南簷下十幾盆秋菊，含苞待放。二進重禮，是待客廳堂，高大宏偉，屋頂安放有麒麟、石獅子等，象徵祥瑞。

廳後便是三進登堂，當地放著一個紫檀架子大理石的大插屏。轉過插屏，園林綠色掩映之中，是專門的私屬門庭。

只見入門便是曲折遊廊，階下石子漫成甬路。上面五房舍，三明兩暗，裡面都是合著地步打就的床几椅案。

其中一裡間房內又得一小門，出去則是後院，有大株梨花兼著芭蕉。

後院牆下忽開一隙，清泉一派，開溝僅尺許，灌入牆內，繞階緣屋至前院，盤旋竹下而出。再看那牆上是高出半尺、翠綠成蔭的竹林。

蘇木站在牆下，抬頭望，這處……該是唐相予的竹苑吧？兩家竟挨得這般近，她只站著，彷彿就能聽見牆後風吹竹動發出的颯颯聲。

不得不說，這座宅院修建得相當別致、典雅，尤其這方後院，她一眼便瞧上了。院子比想像中還要好，那價格自然也不是一般地嚇人，她有些遺憾。

這時，蘇世澤和吳氏娘仨也走到院內，臉上皆是驚嘆、歡喜，卻也無奈。

唐相予仍舊那副溫和的笑，似看慣了這樣的景致，並無稀奇。「怎樣，大叔、嬸子對這院落可還滿意？」

夫婦倆忙點頭。哪裡有什麼不滿意，簡直太好了。

蘇世澤有些不好意思。「院子自然是極好，但是價格太高，我們卻是拿不出來。」

唐相予擺手。「這院落連一旁的我那座，原是書院相熟的一位先生名下，他前年高中，已入京當差。一座我買下了，另一座閒置許久。前些日子來通知，已在京都安家，這院落託我售賣。他急著用錢交付京都的房錢，便一萬兩急出。」

一萬兩於夫婦二人是想都不敢想的數目，不考慮划算與否，二人也不甚確定自家是否付得起這筆錢，於是齊看向蘇木。

而蘇木正直勾勾地盯著唐相予。當真就那麼巧？

平心而論，一萬兩相當划算了。屋子雖無人住，卻保養得極好，家具一應俱全，連花草都生得極好。

且一萬兩將將好就在她的預算之內，只是她不甚確定這是不是唐相予暗中相助，卻又想不通他這麼做的理由。

唐相予面上沒有半句玩味，卻似反應過來，忙道：「若是價格太高，我再與他說說……」

一家人忙打斷，蘇木也不再顧忌。「不必，價格已十分公道，再還價，倒是我們貪得無厭了。」

這話的意思是同意買下來了？

夫婦倆喜出望外。雖然一萬兩一下子花出去有些肉疼，可能買到這樣好的一座院落，又能離開那些閒言碎語，他們是歡喜的。

唐相予低下頭，嘴角不著痕跡一揚，又恢復正經神色看向夫婦倆。「這宅子原就養著一個門房、一個僕婦和兩個丫頭看守。宅子既然賣了，那這四個人自然也一併由你們發落。」

幾人又是一驚。怎麼買房還送人哩？不過，這宅院的主人長年不在，要人看守，倒在情理之中，也就欣然接受了。

他又道：「房契在我那處，看你們什麼時候方便，我再送過來。」

蘇世澤想了想，宅院已經俱全，沒甚好置辦的，只將換洗衣物、鋪蓋被面搬進來即可，而這些也不好大老遠回村裡再拿來，重新置辦就是。

如此，明兒個就好搬進來，於是道：「若不明兒個吧！中午一起吃頓便飯，真是要好好謝你。」

老爹如此心急，蘇木自然沒什麼意見。宅院搞定，便剩莊園了。她道：「咱上午先歸置東西，吃過晌午飯，就去看看莊園吧？」

唐相予無異議，那事情便這般定下了。

出了大門，一家人再是一番感謝的話，而後才上馬車離去。

回到女兒家，將買宅院的事和小夫妻道，二人也滿心歡喜。蘇世澤是想讓女兒、女婿都住過去，院子那麼大，就一家五口，倒顯得冷清了。

夫妻倆的小院落不大，也略偏僻，可二人婚後生活十分融洽，女婿待女兒又極好，他便不好當面說那樣的話，於是讓吳氏暗地裡問問。意料之中，蘇葉拒絕了，只道離鋪子近，她好照顧丈夫云云。

如此，也就隨她去，反正都在郡城，馬車一趟，一起吃頓飯總是方便的。

次日大早，吃罷飯，一家子上集市採買。

什麼鍋碗瓢盆、菜米肉油，裝了滿滿兩大車。而後又去布莊，一家子各買了兩套成衣，又要了好些布疋。

那布莊的掌櫃見一家子雖然穿著簡單，出手卻大方，於是專挑貴的料子介紹。

那些料子顏色太過鮮亮，做出的衣裳一看便是那種暴發戶穿的。他們是地道農戶，雖然也算突然暴富，卻也是自個兒一雙手掙出來的，對於掌櫃的熱情便不大理睬。

吳氏摸著一條素色織錦，放不下手，她拉住蘇木道：「這織錦輕薄透氣，妳最是怕熱，給妳做身夏衫吧！」

蘇木對布料不甚了解，卻瞧得出不便宜。「那便多買幾疋，咱一人一身。」

吳氏雖心動，卻也捨不得，有些猶豫。

掌櫃忙湊過來。「夫人好眼光，這條素色的江南織錦是郡城最流行的料子，只此一塊了。做兩身衣裳正好，若喜歡這料子，還有旁的幾個顏色。」

他說著，又拿出幾塊，料子都是極好，卻不若先前推薦的鮮亮，都是素色。

吳氏看中了幾個顏色，更加猶豫了，拉著蘇葉選半天，仍沒個結果。

「娘、姊，覺得好就都包起來，多做兩身。」她說著就讓老闆將吳氏挑的幾疋裝車上。

吳氏忙拉住她，擔憂道：「丫頭，咱買了宅院，又要買莊園，銀子夠用不？」

蘇葉也走過來，從懷裡掏出荷包。「若是不夠，我這裡還有點。」

錢財是她在管，一應開支也都從她手裡出，吳氏和蘇葉是不知道自家餘有多少銀錢的。

蘇木笑了笑。「娘、姊，妳們就放心買，賺錢的事有我哩！」

買得差不多了，準備打道回府。娘兒幾個卻興頭十足，若不是小六月在蘇世澤懷裡哭，怕是還能再逛上一、兩個時辰。

馬車直直行至宅院門口，立刻有丫鬟小廝幫忙卸貨。

一家子還未反應過來，一個年紀稍長的僕婦走近，恭敬地給一家子行禮道：「老爺、夫人、二位小姐，這些東西，老奴先拿進去，如何歸置，再聽吩咐。」

蘇世澤和吳氏有些手足無措，只能連忙應好。

東西有人搬弄，一家子空著手進屋，十分不自在。

蘇木未說話，暗自觀察幾人，都不是偷奸耍滑的，並未因自家身分不高，便輕待。幾人又以那年長的嬤嬤為首，嬤嬤處事周到，是個妥貼的人。

待進屋，她便喚嬤嬤，讓幾人聚一起，認認門。

嬤嬤四十上下，想是沒幹過辛苦活計，並不顯老，和善中帶著一絲不苟的威嚴。她先道：「老奴姓房，從前主要負責內宅事務。」

一旁兩個俏麗的丫鬟年歲差不多，約莫十二、三歲，同蘇木一般大，五官端正，舉止得當，一個伶俐，一個沈穩，二人分別道：「奴婢綠翹，奴婢紅拂。」

最後是個十五、六歲的小廝，身量中等，背脊挺直，精神十足，並不因看門守屋而有半分的卑躬屈膝。

他恭敬作揖，朗聲道：「小的雙瑞，是宅院的門房。」

四人素質都不差，像是精挑細選過的，蘇木再將人瞧個仔細，卻瞧不出什麼不妥。

第五十七章　隔壁

蘇世澤和吳氏端坐正堂，看著四人，大氣不敢出，生怕出洋相似的。

「宅院我們買下了，你們四人的賣身契一會兒也會送來。」蘇木開口，留意四人舉動，卻是沒有半分神色變化。

她便繼續道：「你們也瞧見了，我們是地道農戶，無甚背景，也不習慣人伺候，你們想走，我們不會強留。」

房嬤嬤上前一步，恭敬道：「二小姐，我幾人已商量過，自願留下。若老爺、夫人和二位小姐不喜人伺候，那我幾人便專處理宅院內務，院子總是要人看守、打掃。」

蘇世澤和吳氏相望。說得倒是沒錯。

父女倆專注外頭生意，買農莊、種茶，夠得忙活；吳氏在家帶孩子，連自個兒都顧不過來，哪裡還有空閒打掃院子？且院子又那般大，倒真是需要人幫忙。還有虎子，雖說宅院離書院不遠，還是要個人接送，才能放心。

蘇木自然想到這些，就是沒有這四人，她也打算買幾個奴僕。

「那便留下吧！我們也不是矯情的人，端茶遞水這種活計是不必的。我和爹怕是不得空在家，我姊不住這兒，房嬤嬤幫著我娘照顧小弟即好，其他您自行安排，照從前來辦吧！」

房嬤嬤自然懂她的意思，別的她看著辦，吳氏和小少爺要著重顧好。

一番接觸，她也大致摸清一家子的性子。老爺憨厚本分，夫人面慈心善，大小姐是個溫柔和善的，二小姐雖不顯山露水，卻是這個家能作主的。幾句問話也體現其聰慧伶俐，並不若農家野丫頭粗鄙無知。

嚴肅的問話和交代過程走完，時間也不早了，一會兒唐相予還要過來送房契。吳氏便將孩子放在搖籃裡，由他自個兒玩。「葉兒同我做飯，木丫頭和妳爹收拾屋子吧！」

主人家雖未吩咐，房嬤嬤卻也周到安排，自個兒和性子沈穩的紅拂去灶屋，活潑的綠翹和雙瑞幫著父女倆收拾屋子。

有人幫忙，幹活就是快，屋子收拾妥當，桌上還添了熱茶，灶屋更是飄來陣陣飯香。

旁院竹苑的長椅上，唐相予正仰面躺著，兩手枕在腦後，閉目養神。耳畔是蘇木和綠翹的談話，時而還有奶娃娃的啼哭和蘇世澤哄人的聲音。

他嘴角上揚，竟不覺鬧人，反而越聽越有趣。那樣簡單樸實的生活，自然而然的真情流露，是他從未經歷過的。

「雙瑞，你去後廚瞧瞧娘她們飯做好了嗎？若差不多，就去隔壁請唐少爺過來吧！」蘇木在自個兒的屋子，覺得時間差不多了，朝屋外吩咐道。

「誒！」門外的雙瑞應答，隨即傳來遠去的腳步聲。

蘇木環望屋子四周，明媚的陽光從竹窗灑下來，落到臨窗的案桌上，灑滿了陽光。案上放著一塊端硯，筆筒裡插著幾枝毛筆。案桌一側還擺了個瓷盆，栽著一株嬌豔的珍珠梅。轉頭看去，是閨中女兒都有的梳妝檯，上面擺著一面用錦套套著的菱花銅鏡和大紅漆雕梅花的首飾盒。

妝檯一邊是寢室，她走過去，挑起瓔珞穿成的珠簾，檀香木的架子床上掛著淡青色的紗帳，整個房間顯得樸素而又不失典雅。

這間女兒家的閨房，處處都是她的喜好，便不由得想，先前住這兒的小姐是個怎樣的人？

挑起珠簾走出來，迎面便瞧見案桌另一側是一個半人高的書架。

她驚喜不已，快走兩步奔過去抽出一本，是她喜愛的話本。忙再拿出一本，也是話本，這一整個架子竟都是話本，足有百餘本。

她歡喜地喊道：「綠翹、綠翹！」

聽見屋內人喊，綠翹忙進屋，睜著溜圓的眼睛，望著站在書架前樂不可支的蘇木，不由得被她的喜悅感染，笑道：「二小姐，怎麼了？」

蘇木將話本展示她面前。「妳家小姐從前也愛看這些？竟藏了整整一架子！」

綠翹上前接過書，左右翻翻，一頭霧水，茫然道：「咦？這些書什麼時候搬進來的？從前沒見過的。」

「沒見過？」蘇木笑容落下來。那是後來搬進屋的？是唐相予？他怎麼知道自個兒喜歡話本，又怎麼篤定她會住這間房？

還有窗前那株珍珠梅，開得正豔。她指著花問向綠翹。「那這盆珍珠梅呢？」

這個她倒是知道，老實回話。「前兒有人送上門的，不僅小姐屋裡的珍珠梅，後院的梨花和芭蕉也都是新栽的；前院的花草也著人修葺過，說是新主子喜歡這些。」

這時，唐相予主僕二人一前一後進門，雲青手上還拎了好些禮品。

他剛進廳堂，便被蘇木一把拉到旁屋去。

雲青瞪圓了眼，正要追上去，卻猛地醒悟。嗯……不能打擾！於是拎著東西，和雙瑞兩兩相望，守在廳堂。

「這宅院什麼意思？」蘇木扠著腰，仰著頭，逼問道。

唐相予環顧四周，偏房很寬敞，窗外是幽深的樹蔭，很安靜，只他二人，心裡很歡喜，面上卻故作無知。「宅院怎麼了？」

「什麼怎麼了？」蘇木逼近他。處處都透著是他所為的痕跡，可又是為什麼要這樣做？

「我問你，宅院是不是你安排的？」

唐相予身形未動，點點頭。「是啊。」

果然是！蘇木再往前兩步，眼神一凜。「丫鬟、小廝也是你安排的？」

唐相予嘴角微微一翹，仍點頭。「是。」

「滿園的花草、我屋裡的書架，也是你？」

見她再逼近，白淨的小臉就在自個兒下巴幾寸，他垂頭便能望見她眼裡的影子，鼻間是她身上若有若無的香氣、青草的味道，心怦怦跳個不停，喉嚨有些乾，快冒煙似的，他輕輕嗯了一聲，有些沙啞。

承認了！一切都是他做的，他故意選了這處宅子，故意投其所好，故意接近家人！

蘇木怒了，伸出右手，一把拍在唐相予身後的窗沿，將他牢牢鎖在角落。「說，你到底想做什麼？」

若非後背有牆，他怕是要從窗戶摔出去，自然不是被嚇的，而是她這般親密而不自知的舉動，讓他周身發熱，額上竟冒出細細的汗。

「妳……」唐相予不敢動，一雙烏黑的眸子亂轉，最後落到她面上，便捨不得移開。

「妳這樣……算不算調戲我？」

咦？蘇木愣過神。什麼調戲？她正逼問呢！只是為何會靠他這麼近？手、身子、臉、唇……她正在……壁咚他？

臉噌地紅了，她忙收手，可全身力量都壓在手上，猛地一收，身子便站不穩，順著前傾的力便撲過去。

唐相予也愣了，心心念念的人兒竟主動撲到懷裡，他能怎麼辦？當然是迎上去，將人抱滿懷。

她身子很瘦小，卻很軟，那股青草香重了幾分。他一手攬著肩，一手撫著腰，手臂不由得收緊，將小人兒鎖在懷中。心跳得很快，感覺快要從嗓子跳出來。

忽地落入堅實的懷抱，蘇木整個身子都倚在他身上，她的身量正好到他胸膛，耳朵便貼在心口，隨著胸膛起伏，那一聲聲心跳直接落到心裡，讓她身子發軟，使不上力。

只能輕輕掙扎，口中聲音也嬌媚起來。「你……你放開！」

縱使再捨不得，也不能嚇到她。唐相予眼中恢復一絲清明，兩臂鬆下來，撫著小人兒的雙肩，站直了身。

蘇木借力離開他的懷抱，忙後退兩步，轉過身去，羞得緊，腦子更是一片空白，方才的問話也忘得一乾二淨。

唐相予看著她，輕咳了兩聲，才道：「宅院是現成的，你們正巧需要，我便搭個橋。屋子的一切都是按妳喜好來，卻不是我的安排，原就這副形態，我不過讓人打掃一番，移植花草和話本，卻是因為妳喜歡，因為我要感謝妳。」

「感謝我？」蘇木轉過身，不解地看向他。

「嗯。」唐相予一臉真誠。「其實我是福滿樓的東家，妳的那些奇思妙想，讓酒樓生意較從前好了三成。我賺了錢，可不得感謝妳？送這些，也是希望往後妳有好點子，第一個想到福滿樓。」

蘇木皺著小臉。「就這樣？」

唐相予笑了。當然不是這樣，是因為我心悅妳啊傻瓜，可是妳剛退親，我不能如此急急表達，怕妳接受不了，也於妳的名聲不好，更不想讓妳再置身那些渾濁的流言中。前路如何坎坷，我都會披荊斬棘，妳，只管做想做的事就好。

「就這樣，不然妳當我如何？」

他反問，蘇木倒語塞了。是啊，不然是怎樣呢，難不成他對自個兒圖謀不軌？真是好笑。

「走、走了，飯熟了！」蘇木扯出一絲尷尬的笑，朝他擺擺手，欲往屋外去。

「等等。」唐相予叫住她，整了整衣衫和頭髮，示意道：「衣衫亂了。」

蘇木小臉立即糾在一起，腳一跺，轉過身，理了理鬢髮和衣衫，這才走出去。

雙瑞是聽見方才蘇木一聲驚呼，本欲進門看，可雲青擋在門前，只道沒事。他便不敢動作，畢竟前主人是唐少爺，如今賣身契雖換了人，二人關係卻也不一般。他不是傻的，瞧得清形勢。

只見蘇木紅著臉出來，瞄了二人一眼，頭也不回地朝堂屋去了。

後腳，唐相予高視闊步，也瞄了二人一眼，離去。

二人一頭霧水，撓著腦袋跟上。

一桌子的菜很豐盛，蔥油皮蛋、酸筍魚、紅燒肉、清炒小菜心，還有一碗蛋湯。不是精緻、考究的菜式，卻香氣十足，分外誘人，讓人食指大動。

吳氏摘了圍裙坐過來，和氣道：「農家菜不曉得唐少爺吃不吃得慣？」

「吃得慣！」唐相予說著便端起碗，拿起筷子，滿桌的菜，他一眼便瞧上了酸筍魚。白嫩的魚片漂在乳白色的湯上，青白色的筍片和鮮紅的乾辣椒段，青蔥蒜白掩映其中，色香俱全。

他挾了一塊魚肉放嘴裡，鮮嫩爽滑，鮮香滿溢，酸爽中帶著點辛辣，十分過癮，這是他吃過最好吃的魚。

「這魚……」

吳氏看他喜歡，也覺得驕傲。「這叫酸筍魚，瞧著奇怪，做起來也奇怪，味道卻極好。那湯水煮麵更有滋味，木兒他爹能吃兩大碗。」

蘇世澤不好意思地笑了笑。「木丫頭會搗飭，這樣那樣的吃食，一家人飯量都漲了！」

唐相予看過來，目光灼灼。

蘇木自然懂了，仍因方才有些不好意思，於是不敢看他，瞥向桌上的菜道：「曉得了，一會兒我就進屋把做法寫下來。」

蘇世澤等人不解，她便再解釋。「唐相予是福滿樓的東家。」

眾人俱驚。原是那大酒樓的東家，難怪這麼有錢。卻也感慨他的年少有為，小小年紀竟操持這麼一間大酒樓，聽說於別地還有分店，商業頭腦不簡單啊！這點倒跟他們女兒相契合，都是有腦筋的人。

如此說來，他算是一家子的大恩人了。若非當年尹掌櫃借那一百多兩銀子，蘇世澤怕還關在牢裡，生死未卜，哪還有今日的風光？一家人便將感激放到酒裡，連敬好幾杯，若非下午還有事，能將人灌醉。

如此熱情，唐相予十分受用。他不著痕跡地瞥向蘇木，後者嬌憨的模樣讓他心頭更軟。飯畢，稍坐歇息，唐相予將房契及四個奴僕的賣身契一併交給蘇世澤。蘇世澤轉手便遞到蘇木手上，後者也取出早就備好的銀票，一手錢，一手貨，買賣便成了。

雙瑞周到地雇了馬車，一行人收拾妥當，上車往郡城郊外去。

買莊園是大事，多個人看看最好。劉子慶將活計安排妥當，也趕上馬車，與妻子一家會合。

莊園離郡城不到一里路，如雲青所說無二，土地遼闊，原是馬場，青草森森，很是肥沃。不似福保村的茶山，需要養一季，現已到十月，天氣馬上涼下來，正好移種。

莊園邊的一條溝渠不僅保證了土地水源，能養魚種藕，還能防有心人使壞。

蘇木再滿意不過，當即就要回衙門訂下來，生怕被別人搶了去。

要進衙門，吳氏和蘇葉便不欲前往，娘兒倆打算上市集逛逛，添些絲線做衣裳。若只二人閒逛倒無事，如今多了個小六月，雖才四個月，卻也有十幾斤。抱著一路也夠嗆，劉子慶便跟著，有個照應。

如此，一行人分作兩路。到了市集，三人便下車，餘下幾人一道去衙門交易。

「三叔？」蘇世澤等人下了車，他最先瞧見衙門門口，正同人寒暄的蘇三爺。

蘇三爺身子一抖，顯然被嚇一跳，轉過身來，結巴道：「大……大姪？」

瞥見蘇世澤身後的蘇木，氣得咬牙切齒，卻又有所忌憚。見一旁還站了個俊朗少年，周身氣度不凡，身分不一般。

蘇木覺得有些奇怪。上回那事後，他該恨自家才對，怎這副好面孔？若方才沒瞧錯的話，還有些慌張。

她想問的話，蘇世澤問出了口。「三叔在這處做什麼？」

「哦……那個……公務上的事。」蘇三爺頂著肚子，神氣了幾分，反問道：「你們來是？」

蘇世澤老實巴交，有話就說。「瞧上了一處莊園，來衙門交涉的。」

蘇三爺一驚。莊園？不下百畝的地才叫莊園，而同官府交涉，定是郡城郊外那塊，足有一百二十畝。一萬多兩呢，文書還是他擬上去的！

乖乖！蘇老大一家一下子能拿出那麼多銀錢？

前些日子傳杜郡守官遷，同一款頂級好茶有關。蘇老大種茶樹，他是知道的，難道因此發了橫財？否則哪有那麼多銀錢買莊園？

他想著，挨近蘇世澤，低聲問道：「大姪，你同三叔講，你那坡上種的茶葉是不是——」

話還未說完，蘇木便將人擠開，惡狠狠地看向蘇三爺。「咱還有事呢，三爺沒甚要緊的，就別耽擱我們了。」說完，拉著蘇世澤便往衙門去。

「妳！」蘇三爺氣得吹鬍子瞪眼。這丫頭把他當賊防，肯定有問題！

前些日子，劉全兒被叫回去，他就納悶，那丫頭哪裡來這麼些銀錢打點上下？縱使賣茶葉賺了些錢，照那三十畝地，也就幾百兩銀子，卻是禁不住她的大手大腳。今兒一見，也就說得通了，那些茶葉是發了大財！

見門前還站有二人，他忙收起面上的陰霾，點頭問好。

唐相予只白了他一眼，便錯開身進了衙門；雲青也沒好話，他是知道這個蘇典吏的，上回不是處理了，怎又冒出來了？

蘇三爺簡直氣得夠嗆。他大小是個官，這些人什麼態度！

不過，眼下不是計較的時候，他朝裡望了望，見人走遠了，也輕手輕腳進去，找到方才與他交談的人，又是一番低語，而後才離去。

——未完，待續，請看文創風786《賴上皇商妻》3

為流浪貓狗加油 和貓寶貝 狗寶貝

廝守終生(一定要終生喔！)的幸福機會

對人來說，貓寶貝狗寶貝只是生活的一部分，但妳（你）對牠們來說，卻是生活的全部，領養前請一定要考慮清楚——

▲ 尋找永久居留地的貓貓　小黑皮

性　　別：男生
品　　種：米克斯
年　　紀：約五個月
個　　性：適應力極好，親人、親貓
健康狀況：需要獨居（可與人住，不可與貓住），
　　　　　因冠狀病毒呈陽性，要六個月大才能再次檢驗是否排除
目前住所：台中市霧峰區

『小黑皮』的故事：

小黑皮在不到一個月大時，到了第一位中途的家中，但由於被檢驗出冠狀病毒呈陽性，無法與其他貓同住，便趕緊將牠轉移到第二位中途的住處安置。當時小黑皮很快就適應了環境，而且還玩得特別high，沒有不良的狀況發生。然而，第二位中途因為某些家庭因素，無法再繼續照顧小黑皮，因緣際會之下，牠來到第三位中途的家裡，但也只能短期安置，因此總是在為小黑皮徵求中途。

目前小黑皮獨自住在志工的一間出租套房內，且志工每天都會不辭辛勞去陪伴牠幾次，讓牠不會總是一隻貓地待著。即便小黑皮到哪都能玩得很開心，也能在不同環境下適應得非常好，但真的要讓牠在一個又一個新環境下渡過嗎？委託者反覆地想著。

小黑皮是個非常喜歡撒嬌的小男孩，很愛發出咕嚕咕嚕聲，也很愛自high，現在已經會自行吃飼料。而關於小黑皮被驗出冠狀病毒的問題，委託者表示，雖然目前尚未確實的認定，但若被證實，只要提高貓咪的免疫力，基本上不太會有太大的問題，請有意的認養者無須過於擔心。

若您願意帶小黑皮回家，歡迎來信leader1998@gmail.com（陳小姐），或傳Line：leader1998，或是私訊臉書專頁：狗狗山-Gougoushan。

認養資格及注意事項：

1. 認養者須年滿23歲，有穩定經濟能力，並獲得全家人的同意。
2. 須同意簽認養寵物切結書，並讓中途瞭解小黑皮以後的生活環境。
3. 同意送養人日後之追蹤探訪，對待小黑皮不離不棄。
4. 同意讓小黑皮絕育，且不可長期關、綁著小黑皮，亦不可隨意放養。
5. 為讓中途對您有更深入的瞭解，中途會先有份線上問卷請您填寫。

來信請說明：

a. 個人基本資料：姓名、性別、年齡、家庭狀況、職業與經濟來源等。
b. 想認養小黑皮的理由。
c. 過去養寵物的經驗，及簡介一下您的飼養環境。
d. 若未來有結婚、懷孕、出國或搬家等計劃，將如何安置小黑皮？

風 文創 785

賴上皇商妻 2

國家圖書館出版品預行編目資料

賴上皇商妻 / 頡之著. --
初版. -- 臺北市 : 狗屋, 2019.09
冊 ; 公分. -- (文創風)
ISBN 978-986-509-042-5 (第2冊 : 平裝). --

857.7　　108013851

著作者	頡之
編輯	張蕙芸
校對	黃薇霓　簡郁珊
發行所	狗屋出版社有限公司
地址	台北市104中山區龍江路71巷15號1樓
電話	02-2776-5889～0
發行字號	局版台業字845號
法律顧問	蕭雄淋律師
總經銷	知遠文化事業有限公司
電話	02-2664-8800
初版	2019年9月
國際書碼	ISBN-13　978-986-509-042-5

本著作物由起點中文網（www.qidian.com）授權出版

定價250元

狗屋劃撥帳號：19001626

網址：love.doghouse.com.tw　E-mail：love@doghouse.com.tw